LOCUS

LOCUS

LOCUS

LOCUS

to

fiction

to 37

最後一匹人頭馬是怎麼死的

Telling Tales

編著：娜丁・葛蒂瑪（Nadine Gordimer）

譯者：蕭寶森

責任編輯：李芸玫

法律顧問：全理法律事務所董安丹律師

出版者：大塊文化出版股份有限公司

台北市105南京東路四段25號11樓

www.locuspublishing.com

讀者服務專線：**0800-006689**

TEL：(02) 87123898　FAX：(02) 87123897

郵撥帳號：18955675　戶名：大塊文化出版股份有限公司

總經銷：大和書報圖書股份有限公司

地址：台北縣五股工業區五工五路2號

TEL：(02) 89902588　FAX：(02) 22901628

排版：天翼電腦排版印刷有限公司　製版：源耕印刷事業有限公司

初版一刷：2006 年 11 月

定價：新台幣320 元

Printed in Taiwan

Telling Tales

最後一匹人頭馬是怎麼死的

Nadine Gordimer 編著

蕭寶森 譯

致謝詞

本書之得以問世，要歸功於許多人無償的貢獻。

在此要感謝

本書作者群無償提供他們的作品。

在毫無利潤的情況下印行本書的出版社：

英國——Liz Calder, Bloomsbury Publications

美國——Jonathan Galassi, Farrar, Straus & Giroux, and Frances Coady, Picador

德國——Arnulf Conradi, Berlin Verlag

義大利——Carlo & Inge Feltrinelli, Giangiacomo Feltrinelli Editore

法國——Ariane Fasquelle & Olivier Nora, Editions Grasset et Fasquelle

中華人民共和國——譯林出版社

俄羅斯——Sophia Publishing House
台灣——大塊文化出版社。
巴西——Companhia das Letras
希臘——Kastaniotis
匈牙利——Ulpius-Haz
荷蘭——De Geus
以色列——Miskal
及其他正要跟進的出版社。
以及下列人士：
根據 Karel Nel 的畫作免費爲本書設計書套圖案的 Karel Nel 和 Kevin Shenton。
負責安排所有版權事宜的 Linda Shaughnessy 和 Teresa Nicholls（倫敦的 A.P. Watt Ltd.公司）以及 Timothy Seldes 和 Kirsten Ringer（紐約的 Russell & Volkening Inc.公司）
協助協商事宜的 Michelle Lapautre（巴黎的 Agence Michelle Lapautre 公司）
負責處理所有打字稿以及其他各種形式文稿的 Dorothy Wheeler。
協助連絡並幫忙處理各項雜務的 Verna Hunt。
慷慨解囊以支應我們各項開銷的 Jean Stein（*Grand Street* 雜誌）

聯合國開發計畫署（UNDP）的傳訊總監 Djibril Diallo
聯合國通訊暨公共資訊司副秘書長 Shashi Tharoor
最後要特別感謝聯合國秘書長安南自動提議並慨然授權本書在紐約聯合國區域內販售。

目次

前言

娜丁・葛蒂瑪

大家一起來閱讀並欣賞本書所蒐羅的故事吧。這將是一個獨特的經驗，原因在於以下兩點：

首先，過去鮮少有一部選集像本書一般，不僅各國名家羅列，並且還囊括了悲劇、喜劇、奇幻故事，諷刺小說以及描繪人類的愛慾與戰爭的篇章。書中捕捉了不同地域及不同文化之中人類的各種情感與處境。讀者可透過文中所揭露的世界，了解他人也了解自身。這點唯有小說這門古老的說故事藝術可以做到。故事就像音樂一樣，乃是歷史最悠久的一種娛樂形式。

本書當中的二十一個故事乃是以各種不同的「聲音」撰寫，彼此之間風格殊異，呈現了當今作家各式各樣運用文字的巧妙手法。這些作家——其中包括五位諾貝爾文學獎得主在內——此次共襄盛舉，出版了這冊令人矚目的罕見選集，讓讀者們只要一卷在手，便能享受閱讀的樂趣。

其次，這二十一位作家全都無償的提供他們所親自挑選的代表作，既未收取稿酬，也不要求版稅。此外，刊印本書的各國出版社也未從中獲取任何利潤或版稅。

這些作家為何會同意無償捐獻他們的才華與汗水的結晶？

這是因為全球共有四千萬名男女與孩童罹患了愛滋病，其中三分之二都在非洲。為了幫助這些人，音樂家們已經貢獻了他們的才華，舉辦了多場爵士樂、流行樂及古典音樂的表演。身為文字創作者的我們也決定要盡一己之能，用我們自己的方式來參與這場對抗愛滋病的戰爭。因為，世上沒有任何一個國家或個人能夠免於這種疾病的威脅。

本書在全球各地銷售所得的版稅與利潤都將全部用來推廣愛滋病防治教育、醫治那些因罹患此疾而飽受痛苦的人。因此，當你解囊購買此書，無論是用來送人或自閱，你就等於是參與了這場對抗新世紀瘟疫的戰爭。

書中故事的主題雖然皆與愛滋病無關，但售書所得卻將用來幫助那些亟須奧援的愛滋病患。

牛頭犬

亞瑟・米勒

他在報上看到這則小廣告：「黑色的斑點牛頭幼犬，每隻三美元。」他口袋裡大概有十美元，是他幫人油漆房子賺來的，還沒存入銀行。問題是他家從沒養過狗。當他的腦海裡浮現養狗的念頭時，他那個已經午睡很久的父親還沒醒來，而他的母親則正在和人打橋牌。當他問她可不可以時，她只是心不在焉的聳了聳肩，丟了一張牌出去。他在屋子裡踱了一圈，試著做個決定，心裡有個愈來愈強烈的感覺：他的動作得快一點才行，否則可能會有人會先他一步，把小狗買走。在他心目中，那些小狗已經有一隻屬於他了——牠是他的狗，而且牠也明白這點。他不知道斑紋牛頭犬長得什麼樣子，但聽起來好像很棒、很強壯。更何況他手頭又有三塊錢。只不過，在他父親二度破產，家中財務極度困難之際，一想到要花掉那三塊錢，他的心裡還是不太自在。那則小廣告沒有提到有幾隻小狗要賣。也許只有兩三隻而已。

廣告上的地址在雪默虹街（Schermerhorn）。這條街他從來沒聽過。他打電話過去，一個聲音沙啞的婦人告訴他要如何前往，該坐哪一條線的車子。他住在米德伍（Midwood）區，位於高架的庫爾佛線上，因此得在教堂大道換車。他逐一抄下她的指示，並且又唸了一遍給她聽。那些小狗還沒賣掉，眞是謝天謝地。去哪裡的車程得花一個多小時，但由於是星期天的關係，火車車廂裡幾乎是空的，而且風從敞開的木框車窗裡吹來，使得車廂裡的溫度感覺起來比下頭的街道涼快。他看到下面的空地上有幾個包著紅色頭巾的義大利老婦人正彎著腰將採來的蒲公英放在圍裙的口袋裡。他的義大利同學曾經告訴過他，蒲公英的葉子可以用來釀酒和做沙拉。他記得有一次他在他家附近的空地打球（當時他擔任左外野手）時，曾經吃過一片蒲公英的葉子，感覺又苦又鹹，好像淚水一樣。現在，他所乘坐的這輛空蕩蕩的木頭老火車正搖搖晃晃並微微吱吱嘎嘎的行駛在這個炎熱的午後。他經過一個街區的上方，看到底下有些男人正站在自家的車道上用水噴灑著他們的車子，彷彿它們是一隻隻酷熱難耐的大象一般。空氣中煙塵瀰漫，形成一幕悅目的景象。

來到雪默虹街這一帶，他頗爲意外。這裡的外觀和他所住的米德伍區完全不同。這裡的房子都是以褐砂石建成的，一點也不像他家附近那些才建好沒幾年（最早也是在二零年代）的隔板屋。在這個地區，連路旁的人行道看起來都頗爲老舊，上面鋪著正方形的大石板，不是水泥砌的。石板間的縫舖長著一簇一簇的小草。他看得出來，這裡不是猶太人住的地方，也許是因爲這裡的氣氛太過安靜、慵懶，而且沒有人坐在外面晒太陽的緣故。他一路走著，看到許多人家的窗戶都敞開著（其中有些窗台上還躺著貓），屋裡的人面無表情的支著手肘往外看。爲了納涼，許多婦女上身只穿著胸罩，男人則只穿著內衣。汗水一滴滴沿著他的背脊往下淌，除了天氣燠熱之外，也是因爲他突然意識到家裡只有他一個人想要這條狗：他的爸媽對於這點其實並沒有什麼意見，他的哥哥則曾經對他說：「你就那麼一點錢，還拿來買狗，你發神經啦？養狗有什麼用？而且你拿什麼給牠吃呀？」他說可以給牠吃骨頭，他那向來懂事的哥哥一聽立刻大聲說道：「骨頭？拜託，小狗還沒有牙齒耶！」那就給牠喝湯好了，他囁囁嚅嚅的說道。「喝湯？你要餵小狗喝湯？」突然間他發現自己已經走到了廣告裡的那個地址。他站在那兒，感覺心一直往下沈。他明白這只是個錯誤，就像一場夢或一個愚蠢的謊言一樣。他感覺自己心跳加速，滿面通紅，就這樣繼續往下走了大約半個街區。街上空蕩蕩的，只有他一個人，有幾戶人家正從窗戶裡看著他。可是，他遠道而來，怎能就這樣回去呢？他感覺自己好像已經走了好幾個星期，甚至一年那麼久。難道要這樣兩手空空的坐地下鐵回去嗎？至少他總應該看那小狗一眼吧，如果那婦人肯的話。他曾經查過知識百科全書，裡面有整整兩頁的狗照片。其中有前腳彎彎，下顎還有獠牙的白色英國牛頭犬、黑白花的波士頓小牛頭犬和鼻子尖尖的比特犬，但就是沒有斑紋牛頭犬的照片。說穿了，關於斑紋牛頭犬，他只知道牠們一隻要賣三塊錢而已。不過他至少總得看看牠，看看他那隻小狗，於是他便沿街走回去，並且按照那婦人先前的吩咐，按了那地下室的門鈴。鈴聲很大，把他嚇了一跳，但他心想如果他就這樣跑走，而剛好又被開門出來的婦人看到的話，那就更尷尬了。於是，他便站在那兒，任由嘴唇上的汗水往下淌。

門階下的一扇內門打開了。一個婦人走了出來，從那滿是灰塵的鐵柵門裡看著他。她有一頭及肩的黑髮，身上穿著一件淡粉色的絲質長袍，用一隻手攏住袍子的前襟。由於他不敢直視她的臉，因此並未看清她的長相，但卻可以感覺到她站在緊閉的大門後那種緊張不安的心情。他心想她一定不明白他爲何要按她家的門鈴，於是便立刻詢問她是否就是在報上刊登廣告的那個人。「喔！」她的態度馬上轉變，接著便拉開門栓，把門打開。她的個子比他矮，身上有一種彷彿混合著牛奶與陳舊的空氣的奇特味道。他跟著她走進這間公寓房子，裡面光線昏暗，他幾乎什麼也看不清楚，只聽見小狗們高亢的叫聲。這聲音大得使她不得不拉開嗓門，問他住在哪裡，有多大年紀。當他回答他今年十三歲時，她掩口驚呼，說他才這般年紀，個子就已經這麼高了。她看起來好像有點難爲情的樣子，但究竟是爲了什麼，他也不明白。也許她本來以爲他有十五歲吧，過去也有些人這麼想。儘管如此，他還是跟著她走進了屋後的廚房。到了這裡，已經有幾分鐘不見天日的他總算可以看清周遭的事物了。他看見一個邊緣被裁得不太整齊的厚紙箱裡裝著三隻小狗和牠們的母親。狗媽媽坐在那兒，仰頭對著他看，尾巴緩緩的前後擺動著。他心裡覺得牠長得並不像牛頭犬，但嘴巴卻不敢說出來。牠的毛皮是棕色的，上面有一些黑點並夾雜著幾道斑紋。小狗們也是一樣。他喜歡牠們那小耳朵往下垂的模樣，但卻對那婦人說他只是想來看看小狗，還沒決定是否要買。接下來，他就不知道該怎麼做了。於是，爲了表示他並非不喜歡那些小狗，他便問她是否可以讓他抱抱其中一隻。她說可以，然後便把手伸進箱子裡，抓出兩隻小狗，放在藍色的地墊上。牠們長的樣子並不像他從前看過的那些牛頭犬，但他不好意思告訴她他其實一隻也不打算買。她抱起其中的一隻說：「哪！」然後便放在他的腿上。

他這輩子從來沒有抱過狗，擔心那小狗會從他腿上滑下去，於是便將牠抱了起來。他感到牠的身體熱熱的，非常柔軟，有點噁心，但又很刺激。牠的眼睛是灰色的，像小釦子一般。想到「知識百科全書」上並沒有這種狗的照片，他就有些不自在。眞正的牛頭犬應該是兇猛而危險的，但這幾隻卻不是這樣，只是普通的棕色狗而已。他坐在那張有著綠色椅套的椅子的扶手上，懷裡抱著那隻小狗，不知道接下來該怎麼做。此時，那婦人也走到了他身旁，感覺上她好像拍了拍他的頭，不過他並不確定，因爲他的頭髮非常濃密。時間一秒一秒過去，他愈來愈不知所措。後來她問他要不要喝點水，他說好，然後她便走到水龍頭那兒盛水，他也趁機站了起來，把小狗放回紙箱裡。她走回來時，手裡拿著一杯水。他接過杯子後，她便鬆開了她的袍子，露出了她那彷彿灌得半飽的氣球般的乳房，並說她簡直無法相信他才十三歲。他一口氣把水喝完後，便把杯子遞還給她。這時她突然伸手把他拉了過來，開始親吻他。之前，由於某種原因，他一直無法直視她的臉。現在，當他試圖看清她的長相時，卻看不清楚，只看到她的頭髮。她沿著他的身體往下摸，他的雙腿後面便開始戰慄起來，而且感覺愈來愈強烈，到後來幾乎像是有一次他要取下一個破掉的燈泡時，手卻碰到仍在通電的燈座外緣時的那種感覺。他怎麼也想不起來自己是如何倒在地毯上的——感覺上就像突然有一座瀑布奔流而下，沖擊著他的頭頂一般。他只記得自己進入了她那溫熱的身體，頭則不斷的撞到沙發腳。他快要走到「教堂大道」去換搭高架的「科爾佛」地鐵線時，才想到她並沒拿他的三塊錢。他也不記得自己曾經同意把小狗帶回家，但現在他的腿上卻放著一個小紙箱，裡面裝著一隻嗚嗚叫的小狗。看到紙箱上鐵釘刮過的痕跡，他的背脊竄起了一股涼意。現在他想起來了，那婦人曾在紙箱的上蓋挖了兩個洞，如今小狗正一再的把鼻子從洞裡伸出來。

他把繩子解開後，小狗便推開紙箱蓋，很快的爬了出來，一邊狺狺的叫著，嚇得他媽媽倒退了一步。「牠在幹嘛？」她大喊，雙手舉的高高的，一副即將受到攻擊的模樣。這時，他已經不再害怕這隻小狗了，於是便將牠抱了起來，讓牠舔他的臉。他媽媽見到這幕情景便平靜了一些，隨後便問他：「牠餓了嗎？」只見她站在那兒，嘴巴微微的張開著，準備應付各種情況。他把小狗放在地上，說牠可能餓了，雖然牠那口小牙齒尖利如針，但他認爲牠只能吃一些軟的東西。於是她便拿出了一些柔軟的奶油乳酪，掰了一小塊放在地上，但小狗只是對著它嗅了一下，隨後便撒了一泡尿。「天哪！」她大喊著，接著就火速拿了一張報紙過來，以便擦拭那尿液。他看著她彎腰的模樣，不禁想起了那婦人的私處，但隨即又因此而羞愧的搖了搖頭。這時他突然想起了她的名字：露西兒。這是他們躺在地板上時她告訴他的。就在他正要滑入時，她張開了眼睛說道：「我的名字叫露西兒。」他母親端出了一碗昨晚吃剩的麵條，放在地上。小狗抬起了牠的小腳掌，打翻了碗，使得碗底的一些雞湯灑了出來。於是牠便開始在地板上舔食雞湯，一副饑腸轆轆的模樣。「牠喜歡吃雞湯呢！」他母親高興的大喊，當下便認定牠很可能也喜歡吃雞蛋，於是便開始去盛水煮蛋。不知怎地，那小狗居然知道她才是牠該追隨的人，於是便跟著她穿梭於爐子與冰箱之間。「牠跟著我耶！」他母親高興的笑道。

第二天，在從學校回家的路上，他在那家五金店前停下腳步，花了七十五分錢買了一條狗項圈。史威克先生又附送他一條曬衣繩充當狗帶。每晚他入睡之際，總會把露西兒拿出來想一想，彷彿她是他放在某個祕密珠寶盒裡的東西。他不知道自己是否有勇氣打電話給她，是否有可能再和她一起。那隻被他取名爲「浪人」的小狗似乎一天比一天長大，只是到目前爲止牠看起來還是一點也不像牛頭犬。他父親認爲「浪人」應該住在地下室，但牠在那裡形單影隻的，很是寂寞，因此便叫個不停。「牠在想牠媽媽呢。」他母親說。於是每到了夜晚，他便把牠放在一個墊著碎布的舊洗衣藍裡，提到地下室去。等到牠叫夠了的時候，他爸媽就會允許他把牠拿上來，讓牠枕著碎布睡在廚房裡。這時才總算謝天謝地、天下太平。他母親試著牽牠去散步，但走在他們住的那條寂靜的街道上時，狗繩總是纏住她的腳踝。而且，牠走起路來忽東忽西的，爲了怕傷到牠，她只有跟著牠走，走得她累的半死。有許多次，當他看著「浪人」的時候，總會想到露西兒，而且幾乎能夠感覺到她那溫熱的私處。他就這樣坐在門廊的台階上，一邊撫摸著小狗，一邊想著她，想她大腿中間的那個地方。他到現在還是想不起她的長相，只記得她那黑色的長髮和強壯的脖子。

有一天，他母親烤了一個巧克力蛋糕，放在廚房的桌子上冷卻。這蛋糕至少有八吋厚，看起來就很可口。由於這些日子以來，他時常作畫，無論刀叉、煙盒或他母親那只龍紋的中國花瓶，只要是形狀有趣的東西都是他描繪的對象，因此他便把蛋糕放在餐桌旁的一張椅子上，對著它畫了一會兒。後來，他因故站起身來，走到屋外。看到去年秋天他種的鬱金香已經冒出了芽，他便在花前駐足流連了一會兒。之後，他決定去找去年夏天不知跑到哪裡去了的一個幾乎全新的棒球。他相信那球八成是被他不小心放在地下室的一個厚紙箱裡了。之前，他也曾經在那箱子裡找過，但總是因爲看到別的已經被他遺忘的東西而分了神，所以箱子下層的部份始終還沒找過。他從屋後門廊下的入口快步走到地下室時，突然發現他兩年前所種的梨樹上有一根細長的枝條似乎已經開出了花朵。他驚訝之餘，也很有成就感，並因此而自豪。這棵樹是他在「法院街」花了三十五分錢買的。當時他還花了三十分錢買了一棵蘋果樹，種在距梨樹七呎的地方，以便有一天可他以在兩棵樹中間架一張吊床。現在它們都還太細小，也許明年就可以了。他總愛盯著這兩棵樹看，因爲它們是他親手種的。他覺得它們不知怎地好像知道他在看著它們，甚至也在回看著他呢。他家後院盡頭有一道十呎高的木頭圍牆，牆內便是「伊拉斯穆斯」球場。那些半職業球隊和業餘球隊——例如「大衛之家」、「黑洋基」和名人薩區·裴基（Satchel Paige）

的球隊（他是國內最棒的投手之一，但顯然卻因爲是個黑人的緣故，無法參加大聯盟的比賽）等等——週末就在這裡打球。「大衛之家」的成員全都蓄著長鬍子。他不明白這是爲了什麼，也許因爲他們是正統的猶太人吧，雖然他們外表並不像。在這球場上，一個往右外野方向的高飛界外球很可能就會掉在他家的後院，而他要找的那個球就是這樣來的。現在春天來了，天氣也漸漸暖了，他才突然起意想把它找出來。到了地下室，找到那個紙箱子後，他驚訝的發現自己那雙溜冰鞋上的冰刀是多麼的鋒利，這才想起他從前曾經用一把老虎鉗把兩隻冰鞋夾在一起，再用一塊石頭來磨那刀刃。紙箱裡還有一個已經破掉的外野手手套、一個曲棍球守門員的手套（另外一隻已經不見了）、幾截鉛筆頭、一盒蠟筆和一個小木頭人。小木人身上有一根線，只要一拉那線，它的雙臂便會上下擺動。他正在翻尋時，突然聽到樓上傳來狗叫聲。那聲音和小狗平常的叫聲不同，不僅久久不歇，而且高亢響亮。他衝上樓梯，正好看見他母親從二樓飛奔進客廳，身上的家居服往後飄揚，一臉驚慌的模樣。他聽見小狗用腳爪搔抓地板的聲音，於是便立刻衝進廚房。只見那小狗正一邊兜圈子一邊尖聲的吠叫。他發現牠的肚子已經脹得鼓鼓的，那蛋糕也已經掉到了地板上，只剩下一點點了。「我的蛋糕！」他母親尖叫一聲，拿起裝蛋糕的盤子，舉得高高的，彷彿不想讓小狗吃一般（事實上已經所剩無幾了）。他試著抓住小狗，但卻被牠溜進了客廳。他母親跟在牠後面大喊：「我的地毯！」但「浪人」卻一直跑個不停。由於客廳的空間較爲寬敞，牠兜的圈子也更大了，嘴上還出現了泡沫。「叫警察來！」他母親大喊。

突然間，「浪人」倒了下去，躺在地上喘氣，一邊還發出微弱的尖叫聲。由於他們之前從未養過狗，對於獸醫一無所知，因此他只好翻電話簿，找到了ASPCA❶的電話號碼，接著便通知他們，要他們派人前來。現在他不敢再摸「浪人」了，因爲每次他的手一靠近牠，牠就作勢要咬他，而且牠的嘴巴上也有泡沫。當那輛箱型車停在他們屋子前面時，他便走了出去，看到一個年輕男子從車箱後面取出了一個小籠子。他告訴他小狗幾乎吃了一整塊蛋糕，但那人並沒有多大興趣，只是逕自進入屋內，站在那兒低頭俯視「浪人」。後者現在已經開始小聲汪汪的叫著，但仍舊躺在地上。過了一會兒之後，那人用一個網子罩住了「浪人」。當他要將牠拉進籠子裡時，「浪人」還一度企圖站起來跑走。「你看牠是怎麼回事？」他母親問那人。她撇著嘴，一副不忍卒睹的模樣，而他心裡也有同樣的感覺。「牠吃了一個蛋糕，就是這麼回事。」那人說著便將籠子抬了出去，從車子後門一古腦塞進那昏暗的車內。「你們會怎麼處置牠呢？」他問。「你還要牠嗎？」那人沒好氣的問。這時他母親正好站在門階上，聽到了他們的對話。「我們不能再留牠了。」她隔著一段距離對著他們大聲的說。她的聲音中透著恐懼，但語氣卻很堅決。說完她便走向那個年輕人：「我們不懂得怎麼養狗。也許還有會養狗的人想收留牠。」那人漠然的點了點頭後就坐上駕駛座，驅車離去。

❶此爲 American Society for the Prevention of Cruelty to Animals 的簡稱，即「美國防止虐待動物協會」

他和母親一同目送著那輛箱型車，直到它消失在路口爲止。進了屋內，氣氛又恢復往日的死寂。現在他再也不用擔心「浪人」弄髒地毯或咬壞傢具了，也不用掛念牠有沒有水喝或肚子餓不餓。這些日子以來，他每天放學回家以及早上起床之後第一件事就是去找「浪人」。他總是怕牠會做出什麼事情惹他爸媽生氣。現在他不用再擔心這些事情，但樂趣也沒了。屋裡又是一片死寂。

他走回廚房，試著找些東西來畫。看到一張椅子上放著一份報紙，他便將它打開。裡面有一則薩克思百貨公司（Saks）的長襪廣告，上面有一個女人敞開自己的長袍前襟，露出一條腿來。於是他便開始照著描摹，並且再次想到了露西兒。他心中暗忖：不知道自己是否可以打個電話給她，再和她做一次那檔子事。可是她一定會問起有關「浪人」的事，到時他就非對她撒謊不可了。他還記得她將「浪人」抱在懷裡，甚至親吻牠的鼻子的情景。她確實喜歡那隻小狗。他怎能告訴她牠已經走了呢？光是坐在那裡想她，他那裡就已經硬的像根掃帚柄一樣了。這時他突然想到他說不定可以打個電話給她，告訴她他的家人考慮要再養隻小狗，好讓「浪人」有個伴兒。可是如果這樣做了，他就得假裝「浪人」仍在他家。這樣一來，他就得撒兩個謊了。想到這裡，他不禁有些害怕起來。怕的不是撒謊，而是到時他就得不斷提醒自己：第一，「浪人」仍在他那兒，第二，他是認眞考慮要多養一隻小狗的，第三（這也是最糟糕的一件事），當他從露西兒身上爬起來之後，他得告訴她：很抱歉，事實上他並沒法再養一隻小狗，因爲……因爲什麼呢？想到要撒這麼多謊，他就覺得很累。然後他又開始想像自己再度進入她那溫熱的身體的樣子。這下，他感覺他的腦袋好像快要爆炸了。接著他又想到，當他們完事後，她也許會堅持要他帶走另外一隻小狗，把牠硬塞給他。畢竟，她之前就沒收他的三塊錢，因此，「浪人」應該算是一個禮物。他怎麼好意思不要另外一隻小狗呢？更何況他不是告訴她他就是爲了這個原因才大老遠的橫越布魯克林區回來找她的嗎？想到自己沒膽子面對這些情況，他便打消了這個念頭。可是，當他腦海中不知不覺又浮現她躺在地板上，兩腿張開的樣子時，他便又開始想找出一個可以讓他不把小狗帶走的理由。他不難想像如果他不肯收下小狗，她臉上會是什麼表情。她一定滿臉迷惑，或許還會生氣，這樣一來，事情可就更糟了。是的，她很可能會生氣，並且因此看穿他的心思，知道他這次來只是爲了要上她，其他的都只是胡扯。她可能會覺得自尊心受損，說不定還會打他一個耳光。到時他該怎麼辦呢？他怎麼能和一個成年的女人打架呢？不過，話說回來，到了這個時候，她很可能已經賣掉另外那兩隻小狗了，因爲每隻只賣三塊錢，這價錢是很便宜的。果眞如此的話，他該怎麼做呢？也許他在電話中就說他想再去看她一下，絕口不提小狗的事就好了。這樣一來，他只要撒一個謊就夠了。他只要告訴她「浪人」還在他那兒，而且家人也都喜歡牠……等等。這麼一點兒事情，他就記住就不會那麼費力了。想到這裡，爲了讓自己的心情平靜下來，他便走到鋼琴那兒彈了幾個和絃，其中多半是陰沈的低音部和絃。他其實並不會彈琴，但他喜歡自己發明和絃，也喜歡彈奏和絃時那種手臂從下到上震動的感覺。彈著彈著，他彷彿覺得心裡的某個東西已經鬆脫，甚至完全瓦解了。現在的他已經和過去不同。他不再是一個空虛而透明的人。現在他的心裡裝滿了祕密和謊言。有的謊言已經說了，有的還沒，但所有的祕密和謊言都醜陋的足以拉開他和家人之間的距離。他可以隔著這段距離看他們，也可以和他們一起看著自己。他試著用右手彈一段自創的旋律，再用左手奏出相應的和絃，結果運氣很好，彈出了幾個美妙的樂句。那些和絃緊緊跟隨著旋律，雖然聽起來並不完全和諧，卻仍能以某種方式與之對話。此時，他母親又驚又喜的走進了房間。「這是怎麼回事？」她高興的問他。她本身會彈鋼琴，也會識譜，曾經試著教他，卻沒成功。在她看來這是因爲他的耳朵太好，寧願根據自己所聽到的音來彈奏，而不願花力氣看譜的緣故。她走到鋼琴前，站在他身邊，注視著他的雙手，看著看著，心中暗自納罕，並一如從前般，希望他是個天才。想到這裡她便笑了起來。「這是你自己編的嗎？」她問，聲音大的像是在喊叫一般，彷彿他們倆正肩併肩坐在一列雲霄飛車上。

他只能點點頭，不敢說話，深怕自己一開口，這天外飛來的靈感便會突然消逝無蹤。另外一方面，想到自己已經有了神不知鬼不覺的改變，以後不知道能否再彈得這個樣子，他便滿腔的欣喜，於是便也跟著她一起笑了。

人頭馬

荷西・薩拉馬戈

馬兒停下了腳步。在這已跡近乾涸的河床上，它那沒有蹄鐵的腳緊緊的抓著地上滑溜溜的圓石，人則小心翼翼的用雙手推開那些帶刺的枝葉，以免擋住他的視線。在前方的平原上，天已經開始亮了。遠處的山坡上（這山起先坡度平緩，看起來很像是他在遙遠的北方所走過的一個隘口，但後來就突然隆起，成了一座陡直的玄武岩山脈）座落著幾戶從遠處看來甚為矮小的房舍，其間燈火閃爍，一如繁星。這整座山脈盤踞在地平線上，其剪影邊緣有一條亮度柔和的線，彷彿有人沿著山嶺的輪廓淡淡的畫了一筆，而且由於顏料未乾的緣故，那顏色已漸漸的暈染到山坡上了。這裡便是日出的方向。他推開樹叢的枝葉時，一不小心手就被劃破了。他對著自己咕噥了幾句之後，便舉起手指，用嘴巴吸吮傷口上的鮮血。馬兒後退了幾步，又是頓足又是甩尾的。河床上長著高高的青草，吸取著此地僅餘的水分，此外還有一叢叢的樹木，它們的枝葉在這天色昏暗的時刻形成了一種屏障。河裡的水只剩下涓滴細流，在河床底的岩石間流動，並在若干地方形成了幾個淺淺的水窪，窪裡的魚兒只能勉強存活。此刻，空氣頗爲潮溼，預料應該會有風雨來襲，也許不是今天，而是明天，也就是過了三個恆星之後，或是下一次月亮出現之際。現在，天空已經開始緩緩的亮了起來。他該找個藏身之處休息睡覺了。

馬兒已經渴了，於是便走到溪流旁。在夜空之下，那溪流似乎是靜止的。當牠的前蹄碰觸到那清涼的溪水時，牠便側身躺了下來。人則把一邊的肩膀靠在那粗礪的沙地上，好整以暇的汲飲著河水，儘管他並不覺得口渴。此時，天空中那一團黑影正緩緩的移動著，後面跟著極淡極淡的一抹光。這光目前看起來仍透著暈黃，但不久就將變爲一片深深淺淺的紅，在山頂爛漫開來，一如各地的山嶺及草原上所發生的的情景。馬和人站了起來。前面有一叢濃密的樹林，樹幹與樹幹之間滿佈戒備森嚴的荊棘。此時，鳥兒們已經開始在樹梢鳴叫了。馬兒步履踉蹌的走過河床，試圖穿越右邊那座枝葉糾結的樹林，但人卻寧可選一條比較好走的路。長久以來，他已經學會如何對付那馬的急躁脾氣。有時，他會突然使出蠻力，讓牠一時之間無法思考，或讓牠身體的某一部份（也就是他的腦子所下達的指令與牠那黑色的腹部所孕育的神祕本能相互撞擊的地方）受到影響。有時，他則放棄對抗，並轉移心思，去想那些屬於這個物質世界但卻不屬於這個年代的事物。由於疲倦的緣故，馬兒顯得緊張不安。牠渾身微微顫抖著（彷彿想要甩掉一隻瘋狂的吸血牛虻似的），並焦躁的頓足，結果卻更加疲倦。他知道，樹叢間荊棘糾結纏繞，要勉強穿越並非明智之舉。馬兒白色的皮毛上有許多疤痕。其中最長的一道斜斜的劃過臂部，非常的粗，是陳年舊傷。在亮晃晃的陽光下或寒天裡馬毛凍得豎起時，這裸露的傷痕看起來便好像被一把燃燒的劍劃過一般。每當此時，他總會轉身看著那疤，彷彿凝視著無限緲遠之處一般，儘管他深知那裡除了疤痕之外一無所有。

往下游不遠處，河岸變窄了。那裡很可能有一個同樣乾涸甚或更加乾涸的水潭或支流。堤岸底部非常泥濘，沒有幾塊石頭。在這塊曾是河流吞吐之口的凹形地四周，林木高聳，在漸漸泛白的夜色中顯得黑黝黝的。如果這座樹林裡的枝葉足夠濃密，他就可以躲在這裡，打發白天的時間，等到夜色降臨後再上路。想到這裡，他便用手拂開那沁涼的樹葉，腳蹄輪流使力，便在幽深的林蔭裡爬上了河堤。然而，上岸之後，他發現地勢幾乎又立刻往下傾斜，形成了一條深溝，可能一直延伸到郊野。這裡是他休息睡覺的好地方。

在這條河與遠處的山脈之間有一畦畦農田，但眼前這溝渠既深且窄，看來是無法穿越。他往前走了幾步。如今四周一片寂靜，那些受到驚嚇的鳥兒正在看著他。他抬頭仰望，看見樹梢的枝葉已經沐浴在陽光中。從山上照下來的柔光正掠過樹林頂端。鳥兒們又開始鳴叫，光線一點一點的往下移動，淡綠色的煙塵正逐漸轉變成似有若無、游移縹緲的粉色與白色晨霧。在這光線的映照之下，那漆黑的樹身顯得非常平面，彷彿是被人從殘餘的夜色中切割下來，黏貼在那一片朦朧而透明、即將消失在溝渠中的曙色之上。地上長滿了鳶尾花。這是一個美好而靜謐的棲身之所。他可以在這裡睡覺，打發白天的時間。

馬兒終於耐不住千百年來的疲倦，跪了下來。要找到一個適合他倆的姿勢向來很不容易。馬兒通常是側躺著，人也一樣。但馬兒能夠一整個晚上維持這種姿勢，一動也不動。如果人不希望肩膀和脅部抽筋，就得設法扳動那個正在睡眠中的龐大而笨重的軀體，讓牠翻過身來。只要一想到這件事，他就開始發愁。如果站著睡覺，馬可以，人卻不行。當藏身之處太過狹窄時，翻身也成了一件不可能的事。而愈是不能翻，他就愈想翻。說實在，有這樣的一個軀體並不舒服。人永遠無法四仰八叉的躺在地上，用雙臂枕著頭，好整以暇的觀看著地上的螞蟻或穀粒，或凝視著黝黑的泥土中長出的白色嫩莖。想看天空時，他得扭動脖子，把頭轉過去才行，除非馬用後腳人立起來，把他抬得高高的，他才能夠再稍微往後仰，也唯有此時他才能眞正看清夜空中那一顆顆有如巨大的風鈴花般的星斗、地平線上那騷動的、草原般的雲朵或那陽光普照的藍天，這些太初造物的遺跡。

馬兒立刻就睡著了。牠把腳蹄擱在鳶尾花叢間，蓬鬆的尾巴攤在地上，躺在那兒沈重而規律的呼著氣。人半躺著，右肩倚著溝壁，折下一些低垂的枝葉，用來遮蔽自己。在行進時，他耐寒耐熱的本事雖然比不上馬兒，但也不致有任何不適。不過，一旦躺下來睡著，靜止不動時，他很快就感受到那股寒氣了。只要陽光不過於熾熱，他在樹蔭下就可以安適的休憩。從他目前所在的位置，他可以從樹頂的間鋪看見上面的天空：那呈不規則長條狀的天空如今已是一片透明的藍，橫亙在上方，不時有鳥兒或單獨或成群的飛掠其間。人緩緩地閉上了雙眼。從樹枝折斷之處所飄來的樹液氣息令他有些頭昏。他將一根葉子較多的樹枝拿過來，蓋住了自己的臉，然後便睡著了。他的夢向來異於常人，也與馬兒不同。在他們醒著之際，鮮少有和平共處、互相容讓的時刻。但此刻，馬的夢，加上人的夢，合起了卻成了人頭馬的夢。

他是古代那偉大的人頭馬族最後一個倖存者。他曾經參與人頭馬族與賴比塞族（Lapithae）之間的那場戰役，但卻不幸慘敗。此後他便遁逃到山中避難（那些山的名字他已經遺忘）。然而有一天，赫丘力士（Heracles）還是憑藉著諸神的保護，殲滅了他的兄弟，唯有他一個人趁著赫丘力士與奈索斯（Nessos）鏖戰不休之際躲到森林中，因而逃過一劫。這次戰役後，根據歷史學家與神話學家的說法，人頭馬族便滅絕了，但事實並非如此。仍有一個人頭馬存活至今，那便是他。他曾經目睹赫丘力士雙臂狠狠一夾，便捏死了奈索斯，並像後來海克特（Hector）對阿契里斯（Achilles）的遺體所做的一般，將他的屍體放在地上拖著走，口中還不停讚頌諸神幫助他消滅了這個數量龐大的人頭馬族。也許是因爲愧疚的緣故，天神們自此即保佑著他，一直設法蒙蔽赫丘力士的眼睛與心思。至於個中緣由，則無人能知。

每一天，人頭馬都夢見自己打敗了赫丘力士。夢中他總是在諸神圍觀之下，與赫丘力士格鬥。他不停的移動著後臀，閃躲敵人毒辣的攻勢，並設法避開不斷咻咻掠過他的腳蹄間的那條繩索，迫使赫丘力士與他正面交鋒。他的臉龐、手臂和上身有如人類一般的冒著汗，馬也渾身汗水。幾千年來，這個夢境不斷上演，結局也都相同：他使盡人和馬渾身的力氣，爲奈索斯報了仇。他的四蹄有如地上的木樁一般牢牢的抓著地，然後他將赫丘力士高高舉起，用力一扳，後者的肋骨便一根根斷裂，接著連脊椎也折爲兩半，然後他的屍體就像一塊破布般滑落地上。此時，諸神紛紛鼓掌喝采，但勝利者並未得到任何的獎賞。事後，諸神便從他們那金碧輝煌的寶座上起身，各自朝著自己的方向離去，愈走愈遠，終至消失在地平線上。此時，只見愛神隱沒的那扇天門處，有一顆巨大的星子正不停的閃爍著。

千百年來，他四處漂泊。有很長的一段時間，當世界依舊神祕之時，他在日光之下也照常行走。那時，他所經之處，路旁不時會有人將花環丟擲在馬兒背上，或爲他戴上冠冕。有些母親會將孩子遞給他，讓他高舉在空中，以去除他們的懼高症。他每到一個地方，人們一定會舉行一場祕密儀式：讓不舉的男人和不孕的女人在一棵棵象徵諸神的樹木所圍起的圈子中央，一個個從人頭馬的腹部底下鑽過去。他們相信這樣可以強化女人的生育能力並使男人重振雄風。一年當中有若干時節，人們會帶一頭牝馬過來給他，然後眾人便退至屋舍內。然而有一天，有人看見人頭馬像馬一般與那牝馬交合，事後卻像人一般的哭泣，而那人也因爲褻瀆神聖，被弄瞎了眼睛。總之，這樣的結合並未開花結果。

後來，世界就變了。人頭馬開始遭到驅逐和迫害，因此不得不藏匿起來。和他遭遇同樣命運的還有獨角獸、吐火女怪、狼人、獸蹄人和那些體型比狐狸大、比狗小的螞蟻等等。這生物在無家可歸的情況下便一同生活在荒野之中，達人類的十個世代之久，但後來還是因爲日子過不下去而各自分飛。其中有些（如獨角獸）死了，吐火女怪則與尖鼠交配，生下了蝙蝠這個新的物種。狼人進入了村鎮，只有在若干夜晚才會現形。獸蹄人滅絕了，螞蟻也愈變愈小，到了今天體型已經與其他小蟲無異。於是，人頭馬便只有獨自漂泊了。幾千年來，他走遍天涯海角，四處流浪，但每當他的腳步走到家鄉附近時，他便會繞道而行。日子一天天過去，後來他甚至連一個安全的棲身之所也沒有了。於是他便開始晝伏夜出，白天睡覺，晚上走路。睡覺走路、走路睡覺。因爲有腿，所以走路，因爲需要休息，所以睡覺，除此之外，別無其他原因。他甚至不需要食物。他之所以睡覺，是因爲他想做夢。他之所以喝水，純粹只是因爲水在那兒罷了。

幾千年的歲月裡，他遭遇了少說幾千次的危難。然而所有的這些危難加起來卻比不上一次令他難忘的奇遇。那是發生在過去這一千年之內的事。當時他正置身於一處荒野，忽然看見一名男子身穿甲冑、手持長矛，騎著一匹骨瘦如柴的馬正與一批風車鏖戰。當那騎士被凌空拋起，摔下馬背之際，一個身形矮胖、騎著一頭驢子的男子便連忙叫喊著前去馳援。兩人以一種陌生的語言交談片刻後便相偕離去。只見那瘦子神色驚惶，胖子則一路哭嚎，那瘦馬走起路來一瘸一拐的，驢子則神色木然。他原本有意上前相助，但又看了那些風車一眼後，卻轉念決定爲那名男子復仇雪恥。於是他便衝了過去，停在爲首的那座風車面前，以他的母語大喊：「就算你們比巨人布萊埃里斯（Briareus）有更多隻手臂，我也要好好給你們一個教訓。」結果所有的風車都折了翼，但人頭馬也被迫逃到鄰國邊界。他越過一座座杳無人煙的曠野，來到了海邊，然後又再折返。

此刻人頭馬已經熟睡，整個身軀都處於靜止的狀態。夢來了又去，去了又來。夢中他們又回到了遠古的某一天。馬兒揚蹄疾馳之際，人看見一座座山脈經過身旁，彷彿與他同行一般。忽而他又沿著山徑爬到山頂，俯瞰那濤聲陣陣的海洋以及散布在海面上的一座座黑色島嶼。在飛濺的浪花環繞下，那些島嶼彷彿剛從海底深處奇蹟般的浮現。這不是夢。那帶著鹹味的海水氣息從遼闊的海面上飄了過來。人深吸了一口氣，高舉雙臂，馬兒則亢奮的在地面隆起的岩石上頓足。此時，覆蓋在人臉上的樹葉已經枯萎，並且掉落了。斑駁的日影照在他身上。在經過數千年歲月的洗禮後，他的面容看起來並不蒼老，當然也並不年輕，只像是一尊古老的雕像般，雖飽受光陰的摧殘以及風雨的侵蝕，但五官仍清晰可辨。此時，一小片明亮的光影照在他的肌膚上，並緩慢的朝著他的嘴部移動，帶來了一絲暖意。突然間，人有如雕像一般的睜開了眼睛。一條蛇蜿蜒著身子無聲無息的爬進了矮樹叢。人把手放在嘴邊，感覺到了陽光的溫暖，馬兒則用尾巴甩打著臀部，驅趕一隻正在牠那道長長的傷疤上叮咬著嫩肉的牛蠅。然後馬和人便一起站起身來。白日將盡，夜色就要降臨，已經不能再睡了。海的聲音仍在人的耳裡迴盪，這不是夢。當然，這聲音並非來自真正的大海，而是他眼中那浪濤滾滾的景象已經化成陣陣濤聲，沿著岩岸，直抵白日與碧海一般的藍天。

快到了。這條溝渠正好出現在他面前，不知將通往何處，想必是兩地的人互相來往的途徑。但最重要的是它通往南方。他會沿著這條溝渠一直走下去，能走多遠，就走多遠，即使是在光天化日之下，即使陽光把平原上的一切都照得清清楚楚，使所有的人與牲畜都無所遁形，他也將照常行走。在先前的夢裡，他再度當著眾神的面擊敗了赫丘力士，然而，在鏖戰方歇之際，宙斯就往南邊走了。此時，山脈乍然在他眼前開展。他在那白柱林立的峰頂上俯瞰那些鑲著浪花的島嶼。邊界將近，而宙斯走向南方。

沿著這既深且窄的溝渠走著，整座鄉間一覽無遺。此刻，大地上杳無人煙，破曉時分他所看到的那個村莊已經不復可見，那些岩石磊磊的高山看起來更加的高聳，距離也似乎更近了。人頭馬緩緩的沿著坡路往上走，馬蹄不時陷進腳下柔軟的泥土裡。走到樹木較爲稀少之處時，人的上身已經整個露出了溝渠。來到一片空曠的原野後，溝渠就陡然到了盡頭。再往前跨一步，人頭馬便現身在光天化日之下了。此時，太陽位於右邊。在陽光直接照射下，他身上那道傷疤開始又熱又痛。人習慣性的往後張望。雖然此地距海並不很近，空氣卻又溼又悶，還有一陣陣強風吹來，顯然快要下雨了。北方的天空已有烏雲聚集。

人躊躇了一下。多年來，如果沒有夜色的屏障，他便不敢在曠野上行走。然而今天，他的心情和馬一樣的亢奮。他越過一片長滿矮樹叢、花香襲人的空地，走到平原的盡頭。此處丘陵起伏，使得地平線受到了侷限，或者應該說使地平線延伸的更長，因爲這些丘陵已經算是小山，前方還有一群更高的峰嶺。此處地上開始有了一些灌木，使得人頭馬覺得安全了一些。他的口很渴，非常的渴，但附近看不到任何水源。人往後張望，看見一半的天空已經佈滿雲朵。其中一朵巨大的烏雲正逐漸飄了過來，在陽光照耀下，輪廓顯得清晰而光亮。

此時，從某處傳來了一陣狗吠聲。馬兒不安的戰慄了一下，開始在兩座丘陵間疾馳，但人並未失去方向感。他們必須前往南方。狗吠聲愈來愈近，接著又傳來一陣叮叮噹噹的鈴響，然後便是有人叱趕牛群的聲音。人頭馬停了下來，想知道自己身在何處，但回聲使他走錯了方向。不久，他突然來到一個出奇潮溼低窪的地方，看見一群山羊和一隻站在羊群前的大狗，便立刻停下腳步。他身上好幾處醜陋的傷疤都是狗的傑作。牧羊人一看到他，嚇得大叫一聲，然後就發了瘋似的拔腳狂奔，並且一邊大喊救命：附近一定有座村莊。人命令馬繼續前進。他從一株灌木上折下一根粗壯的樹枝，以便用來驅退那隻又怒又怕、沒命吠叫的狗。但此時那狗已然按耐不住，立刻繞過幾塊巨石，飛奔而來，意欲從側面攻擊人頭馬的腹部。人聞聲正待轉頭察看，馬兒已經先有了反應：牠前蹄一蹬，迅速轉身，朝著那凌空撲來的狗兒狠狠一踢，便將牠踢到了岩石上，立時斷了氣。過去人頭馬經常被迫以這種方式自衛，但是這回人卻以此爲恥。他可以感覺到體內肌肉顫動、緊繃的狀態以及那逐漸消失的力氣，也聽見自己的腳蹄所發出的重擊聲，但他卻背對著這場戰鬥，全不參與，純粹只當個旁觀者。

太陽已經下山了。燠熱的氣溫驟然變得涼爽了一些，但仍有一股溼氣。人頭馬在山丘之間緩緩的跑著，仍舊朝南方走去。他渡過一條小溪，看見了幾處耕地。當他試著辨認自己所在的方位時，突然看見前方有一道圍牆。牆的另一邊有好幾戶人家。不久，突然傳來一聲槍響。他感覺到馬兒的身體像是被蜜蜂叮咬了一般抽搐了一下。他聽見有人喊叫的聲音，接著又是一聲槍響，他左邊的樹枝應聲斷裂，但這次他並未中槍。他後退一步，站穩腳步，然後便使勁一躍，跳過那道牆。他們——人和馬——四腿忽而伸展，忽而收攏，雙臂高舉，飛過了圍牆。此時遠處的天空依舊湛藍。而後，又有更多的槍聲響起。接著便有一大群人大聲叫嚷著、帶著幾隻吠個不停的狗開始追趕他。

人頭馬渾身汗沫。他停了一會兒，以便認清方向。此時，整座鄉野也屏息以待，彷彿正傾聽著四下裡的動靜。不久，天空開始降下了沈重的雨點。然而這場追逐並未停歇。狗兒們仍舊跟蹤著一種陌生的氣味，一個致命敵人的氣味，來自於一個人與馬的綜合體。牠有著足以致命的腳蹄。人頭馬加快速度往前奔跑，但漸漸的他發現那些吶喊聲聽起來已經與先前不同，狗兒們的吠叫聲中也充滿了挫折。他回首張望，看見那群人站在遠處，不停的咒罵著，原本跑在隊伍最前面的狗兒們已經回到了主人身邊，大家都站在原地不動。根據他多年來的經驗，人頭馬知道這裡已是邊界。那群人各自牽著狗，不敢再對他開槍。只在極遠處有人射了一槍，但由於距離過遠，連爆炸聲都聽不見。現在他安全了。如注的大雨不斷落下，在岩石與岩石間形成了湍流。這是他出生的地方。他繼續往南走。雨水打溼了他白色的肌膚，沖走了他身上的血水、汗沫和積垢。此次返鄉，他已經老了許多、身上也疤痕累累，但卻一塵不染。

突然間，雨停了，天邊的烏雲也都已散盡。在陽光直接的照射下，潮溼的土壤顯得水氣蒸騰。人頭馬緩緩的走著，彷彿踩在柔軟的雪地裡。他不知道大海在何處，只看到巍然矗立的山峰。他覺得渾身充滿了力氣，口也不渴了。先前在雨中，他曾仰頭張口，以雨水解渴。他大口大口的喝著，傾盆的大雨沿著他的脖頸流下，一直流到他的軀幹，使得他的身體閃爍著微光。現在他緩步繞過一堆堆的巨石，走下山的南坡。沿途他用手扶著那些石堆的頂端，感覺手指下那些柔軟的苔蘚、蓬亂的地衣和粗糙的岩石表面。山底下有一座綿延的山谷，從遠處看來似乎狹窄的不太眞實。山谷裡有三座村莊遙遙相望，中間的那座最大。過了這座村莊之後，道路便開始折往南方。他若是從右邊穿越山谷，勢必會走到那座村子附近。他能安全通過嗎？他想起自己被追趕的情景：那些叫喊聲、槍聲以及邊境對面的那群人。他不懂他們何以如此仇視他。這塊土地是他的，而那些居民卻是不知道從何處而來。人頭馬繼續沿著山坡往下走。距離夜晚還有很長一段時間，但馬兒已經筋疲力盡，一步一步走得小心翼翼，於是他便決定先休息一會兒再越過山谷。想了許久之後，他決定等到黃昏再上路。不過，在此之前他必須找一個安全的地方睡個覺，恢復體力，才能踏上這段前往大海的漫長旅程。

他繼續往山下走，腳步愈來愈慢。走著走著，終於找到了一個位於兩塊岩石之間的地方。正當他正準備躺下來休息時，突然看見一個岩洞。洞口黑沈沈的，高度足以讓他和馬兒進入。

於是，他便用雙手扶著洞頂，邁著疼痛的腳蹄，小心翼翼的踩著那堅硬的石地，進入了岩洞。這岩洞並不深，但裡面卻有足夠的空間讓他自在的走動。他用手肘撐著岩壁，把頭靠在上面，大口大口的深呼吸，試著不要像馬兒那般喘氣。此時，汗水不斷流下他的面頰。不久，馬兒收起前蹄，一古腦跌坐在沙地上。人也像平常那樣躺著，只偶爾稍稍把身子抬起來。但無論用哪一種姿勢，他往洞口眺望時，都看不見山谷，只看見一片藍色的天空。這段期間，岩洞深處不斷傳來緩慢而規律的滴水聲，聽起來彷彿是來自井底深處的回音。整座岩洞充滿了一種深沈的靜謐。他伸手往後摸了摸那馬的皮毛（那是由他自己的皮膚所變成的，或者也可以說是這皮毛變成了他的模樣），馬兒愉悅的顫抖了一下，渾身的肌肉都鼓脹起來，牠龐大的身軀便這般漸漸沈入睡夢中。人的手也鬆開了，並慢慢滑落在乾燥的沙地上。

夕陽開始照亮岩洞。人頭馬並未夢見赫丘力士或眾神。夢裡看不見濱海的山脈、浪花飛濺的島嶼或浩瀚無垠、濤聲陣陣的海洋，只有一堵顏色灰暗、或者應該說沒有顏色、無法跨越的牆。此時，斜陽已經灑在岩洞深處，使得洞裡的岩石結晶都閃閃發亮，洞頂的水珠一顆顆都成了深紅色的珍珠，在膨大到一個不可思議的程度後便閃閃落下，掉入三公尺之下一個已經陷入一片黑暗的小水池中。人頭馬仍在沈睡中。藍天漸漸變暗，整座岩洞有如冶鐵的熔爐一般五彩斑斕。暮色緩緩降臨，夜晚尾隨在後，有如一具疲累得即將睡著的身軀。黑暗中的岩洞變得極其巨大，滴水的聲音聽起來像是小圓石落在一口鐘的邊緣一般。夜深時，月亮出來了。

人醒了。這一次他並沒有做夢，讓他頗爲苦惱。這是幾千年來他第一次沒有做夢。是否他一回到出生地，夢就棄他而去了呢？爲什麼？這是某種預兆嗎？有什麼神諭可以解釋這個現象？馬兒（牠現在離他更遠了）仍在睡覺，但卻不時焦躁的挪著身子，移動牠的後腳，彷彿正在睡夢中奔馳一般。但這夢並不是牠的，因爲牠沒有腦袋，即使有，也是暫借的。牠之所以移動是受到肌肉中一股意志力的驅使。人用手撐著一塊外凸的岩石，直起身來，馬兒也毫不費力的跟隨著他，彷彿在夢遊一般，動作流暢而輕巧。就這樣，人頭馬走進了夜色。

月光照在整座山谷上。那光芒是如此豐沛，似乎不可能單單來自大地之上那個寧靜、如幽靈般的小月亮，而是來自亙古的夜空中與眾多無名星球一起轉動發光的所有衛星。人頭馬透過人的鼻子深深吸了一口氣：這空氣柔和的彷彿經過人體皮膚的過濾一般，有著潮溼的土壤在糾結交錯、緊抓大地的樹根與草根間慢慢乾燥的氣息。他邁著四蹄，擺動雙臂，踏著和諧的步伐，沿著一座寧靜的緩坡走下山谷，途中不曾踢到一塊石頭，也未再被山脊上尖銳的岩石劃傷。走著走著，他終於到達山谷，感覺好像完成了一部份他先前沒有做成的夢。此時，他看見前面有一條寬闊的河流。在河流彼岸稍微偏左的地方座落著這條路上最大的一座村莊。人頭馬拖著他那世上獨一無二的奇特影子，走到一塊空地上，然後便沿著田間小徑跑過農地，途中盡量避免踩到作物。在這狹長的田野與河流間的空地上散布著稀疏的樹木與牛群。馬兒嗅到牛隻的氣味後開始變得焦躁不安，但人頭馬仍繼續往河岸走去。他小心翼翼的走進河裡，用腳蹄摸索著前進。河水愈來愈深，終至深及人的胸膛。此時如果有人在場，便會看見河的中央，在那流淌如水的月光下，有一名男子高舉著雙手過河。他的手臂、肩膀和頭部都與凡人無異，頭上長的也是頭髮而非馬鬃。然而，此時水裡卻有一匹看不見的馬在行走著。被月光驚起的魚兒成群地繞著它游，並不時啄著它的腳蹄。

人的整個身軀露出了水面，接著馬兒也出來了。然後人頭馬便爬上河岸。他經過幾棵樹下，快要抵達平原時，便停了下來，辨認方向。他還記得山那邊的人是如何地追趕他。一想到那些狗、那些槍聲、那些男人和他們的叫喊聲，他便感到害怕。現在他多麼希望夜色更深一些，或者能像前一天般刮起一陣大風大雨，讓那些狗不得不覓地避雨，讓那些人飛奔返家。他心想：關於人頭馬現身的消息必然已經傳過邊界，村子裡的人必然都已經聽說。他明白他不能再在光天化日之下抄近路，於是便慢慢沿著河岸行走，利用樹蔭來掩蔽自己。也許再走下去，山谷會愈來愈窄。等到抵達兩座高山夾峙的谷口時，地形就開始對他比較有利了。他一邊走，一邊仍想著大海以及那白色的柱子。一閉上眼睛，他就可以看見宙斯前往南方時所留下的足跡。

突然間，他聽到有人潑水的聲音。他站定仔細聆聽。那聲音再次響起，沈寂片刻後便又出現。由於地上長滿了草，馬蹄踩在上面聲音很小，在這蟲鳥爭鳴的溫暖月夜裡根本聽不見。人推開樹枝，往河面上看去，只見岸邊放著幾件衣服。想必有人正在河裡沐浴。他把枝葉推得更開一些，便看見了一個女人。她正一絲不掛的從河裡走了出來，白色的胴體在月光下閃閃生輝。

人頭馬曾多次見過女人，但卻從來沒有一次是像這樣，在河邊的月光下。有些女人扭腰擺臀，坦露她們身體中央那個黑色的部位，有些女人喜歡用手將她們那垂肩的長髮撩到後面（多麼熟悉的姿勢呀！）這便是人頭馬與這世界的女子僅有的接觸。但這樣的接觸只可能讓馬兒、乃至人頭馬歡喜，卻不可能讓人愉悅。於是，看見那女子正拿起自己的衣服，他便跑了過去，在她尖叫之際，一把將她抱起。

這個動作他從前也曾做過，但幾千年來次數屈指可算，況且結果也只是白費力氣，徒然嚇到別人甚至干犯眾怒而已。然而，這裡是他的地盤，而她又是他在此處所見到的第一個女人。他沿著河邊的樹林奔跑。他知道，在前方不遠處，他就會把她放在地上，但結果必定是他很挫折，她很驚恐，而最後她也仍將保持完璧之身，因爲他只是半個人而已。此刻，他看到樹林邊有一條寬敞的小路，前面便是一個河彎。這時，女人已經不再尖叫，只是不停的啜泣顫抖著。就在這時，他們聽見了其他人的叫喊聲。繞過河彎後，人頭馬看到樹林間有一排低矮的房舍，一群人正聚集在屋外，於是他便停下腳步。他緊緊抱住那女子，感覺到她那堅挺的乳房以及她那貼近他人馬相連部位的私處。那群人看到他，有的一溜煙落荒而逃，有的朝他衝了過來，有的則奔回屋內去拿步槍。馬兒抬起前腿，人立在半空中。女人嚇得又開始尖叫。聽到有人朝著空中射了一槍。他才想到那女子已經成了他的護身符。於是他便避開那些礙事的樹林，朝著無人的荒野走去。他雙手緊緊抱著那女子，繞過沿途的房舍，越過廣闊的原野，奔向那兩座高山。

他聽見背後傳來一陣陣喊聲，心知他們可能已經騎馬追了過來。但根據他數千年屢次爭戰的經驗，世上沒有任何一匹馬是他的對手。他回頭一看，發現那群人仍距他甚遠，於是他便用雙手抓住女子的脅下，將她高高舉起，就著月光端詳她那赤裸的身子，並用他昔日的語言對她說話。那是屬於森林、屬於蜂巢、屬於白色的浪花、屬於山間迴盪的笑聲的一種語言。

他說：「不要恨我。」

然後他便輕輕將她放在地上。但那女子並未逃跑，只是輕啓雙唇，說了一句他聽得懂的話語：「你是人頭馬。你眞的存在。」

說完她便將雙手放在他的胸膛上，使得馬腳因之而顫抖，然後她便躺了下來，對他說道：「佔有我吧。」

人從上方俯瞰著躺在地上、身形有如十字的她。其後片刻，馬兒的身影蓋住了那女子。但僅此而已。不久人頭馬便移至旁邊，疾馳而去。人一邊跑一邊喊叫，並對著天空和月亮揮舞拳頭。那女子則始終未曾移動。眾人趕來後便先用毛毯將她裹住，再將她抬走。此時她仍不斷哭泣。

當天晚上，鄉人全都聽說了有關人頭馬的事。原本他們以爲那只是從邊界對面傳來的謠言，是個玩笑，但現在卻有了可靠的人證，其中之一便是那名不停哭泣顫抖的女子。當人頭馬越過另一座山時，附近村鎮的人都帶著網子和繩索前來追捕他，有人甚至帶著火器，但爲的只是把他嚇走罷了，因爲他們決定要活捉他，就連軍隊也進入了待命狀態，只待天一亮便要派遣直升機搜索這整個地區。人頭馬繼續走在隱蔽之處，但仍頻頻聽見狗吠聲。在那漸漸淡去的月光下，他甚至看見一群人在搜山。他往南走了一整夜。當太陽升起時，他已經站在山頂上俯瞰著大海，只見海面一望無際，看不到一座島嶼。他聽見陣陣風聲，帶來了松樹的氣息，卻聽不見濤聲，也聞不到海水的強烈氣味。整個世界看起來像是一座了無人煙的荒野。

然而，這並不是荒野。忽然間，槍聲響起，有一群人圍成了一個大圈子，從岩石後面走了出來。他們手拿網子、繩索、圈套與棍棒，鼓譟著向他走來，但卻隱藏不住他們心中的恐懼。馬兒人立而起，搖晃著前蹄，瘋狂的轉著圈子面對敵人，但人卻試圖後退。兩者一前一後的拉鋸著。在陡坡邊，馬兒一不小心滑了一跤，馬蹄急切的掙扎著，想要攀附什麼，人的雙手亦然，但由於身軀太過笨重，仍然無法站穩，於是便掉進了深淵。在往下二十公尺處，有一塊向外凸出的岩石，在歷經數千寒暑的霜雪與日曬雨淋之後已經變得稜角分明、光滑無比。人頭馬掉落時，身軀正好被這塊岩石一切爲二，而切割的部位正好是人馬合體之處。此刻，在這深淵底部，人終於能夠伸開雙臂，平躺在地上，仰視天空了。此刻，天空是一座愈來愈深的大海，那一朵朵靜止不動的雲便是島嶼。那裡有永恆的生命。人轉頭仰望，只看見浩瀚無垠的海洋、一望無際的天空，然後他又看著自己的身軀。那身軀正流著血。是半個人。是一個人。然後他便看見眾神向他走來。該是死去的時候了。

沿著安靜的街道

埃斯奇亞．恩法雷利

納迪亞街據說是紐克雷鎮❶最安靜的一條街。但這可不代表它和其他街道有任何不同。這條街上一樣有著髒水、蒼蠅、馬糞以及腹脹如鼓、腿上有著尿漬的孩童。你一樣可以見到小販們吃力的推著推車在街上叫賣，可以聽到那些被餵得過胖的馬兒「的達的達」的蹄聲。

這條街上的房子也和其他街道一樣，屋頂全都往前傾斜，彷彿正等待下一陣強風來搖晃它們，吹醒它們的太平大夢，並完成之前的強風未竟的志業。石板鋪的人行道上一樣放了一排火盆，盆裡的煙柱裊裊上升，而後塵埃便緩緩落在四周所有的東西上。街上一樣可以看到四處遊走的雞隻一聲不響、津津有味的啄食著孩童的糞便。此外，這條街上也有幾隻很會叫的瘦狗，警察也偶爾會來這裡突擊檢查，看看住戶有沒有私藏啤酒。

❶ Newclare，南非約翰尼斯堡的一個城鎮

然而，納迪亞街仍然號稱「最安靜的一條街」。事情總是發生在「隔壁那條」街上。

可是後來卻發生了一件事。事後，有些住戶悲哀的搖搖頭，面面相覷，彷彿意識到百年瘟疫即將降臨一般。

黎波納老頭在街上邊走邊笑，笑到大家擔心他會因慢性支氣管炎發作窒息而死。「你往街的這頭看，再往那頭看。看來看去都一樣。」他說。「人做出來的事總是難以預料。也難怪上帝的詛咒總是應在黑人身上。」說著他又笑了起來。

「你等著瞧吧。」凱樂迪邊說邊用手肘摩擦著她那因著乳汁而發癢的乳房。爲了引起聽眾的好奇心，她總是這麼說，但卻幾乎不曾讓他們眞正瞧見什麼。

寡婦曼尤對旁邊的人說道：「這讓我想起有一次在自由州那個波爾人❷住的溫柏格小鎭上發生的事。」她神情惆悵的注視著前方。其他女人則看著她和她那條乾淨的印花圍裙下新近隆起的肚子。

「我還記得很清楚，因爲當時我正懷孕，懷著——誰呢？喔，對了，是老四露絲，就是寇圖你昨天派去屠夫家的那個。」

有些人說，事情發生在戴福警官開始在每星期天下午來納迪亞街巡邏的時候。有些人則說

❷有荷蘭血統的南非人

是那些「俄羅斯人」（就是那群喜歡鬧事的貝索索人❸）揚言要開幹。當然，事情發生後，納迪亞街又恢復了街坊們堅稱是很「安靜」的生活。

假如戴福警官曾經以爲他可以置身於納迪亞街的流言蜚語之外的話，他可就大錯特錯了。當初他之所以必須下點決心不就顯示他事實上也擔心自己可能被捲入街坊們的私生活。

他個子很高，長得也挺好看的，而且身上沒有一點盛氣凌人的樣子，除了那身制服之外，看起來一點也不像個警察。從許多方面來說，他都是警察總部那玻璃籠子裡一個極其罕見的藏品。連他的頂頭上司都懷疑他。在他們眼裡，他太有人味了，很難做一個好的執法人員。畢竟在人們眼裡，他就只是一個執法人員，而他的工作就是維護法治。

人們傳言戴福警官戀愛了。「我看見那女人每個月月尾都到這兒來。他每次都親她。那天還親了好久，我覺得他親太久了。」這是曼尤的看法。

沒人想到那名和戴福親吻的女子或許是他的太太。這樣也好，因爲戴福碰巧也沒有太太。現年四十歲的他仍然是個單身漢。

當戴福警官進入曼尤的屋子去買「麻休」（一種酸酸的玉米粉飲料）時，她看他看得幾乎人都傻了。

❸ Basotho，南非的人種之一。

「你們等著瞧吧。」凱樂迪邊說邊上上下下的搓著她的乳房，以減輕那因乳汁而造成的奇癢。

但戴福仍然守在他的崗位上，幾乎像一座山一樣，無視於世俗的眼光，旣讓人安心，也讓人畏懼。縱使他聽見那些有意無意的暗示，看見人們臉上那種別有意味的表情，感覺到人們在他徒步巡邏時投射在他背後的炙人目光，他也仍是一派泰然自若的模樣。

有一天，凱樂迪拿著一罐啤酒，用圍裙遮掩著，經過他的身旁時，和他聊了一會兒。兩人都笑了。事情往往就像這樣：老鼠在獅子的鬃毛裡躲迷藏。

一個星期天，戴福經過李松的店前。

「生意如何？」他站在店前的門階上對著李松的太太問。

「很差。」

「爲什麼？」

「時機很壞。」

「嗯。」

「很忙吧，你？」

「是啊。沒得休息，要等到我們到了克羅埃索斯公墓那兒爲止。」

李松太太聞言大笑，心想一個警察居然會想到死亡，這可眞有意思。她把這想法告訴了他。

「中國現在怎樣？」

「我不是從中國來的，嘿嘿嘿。我是在本地出生的，嘿嘿嘿。眞有意思！」她笑的時候露出了她那口黑黑黃黃的爛牙，上面那排門牙往外突，下面那排門牙往內縮，雙方都絲毫無意爲了呈現一個好看的門面而互相合作。

戴福大聲笑了起來，心想他從前還一直以爲李松夫婦是從中國來的。根據他童年時所聽說的種種，他只要想到「中國」這個字眼，腦海裡便浮現人吃人的詭異畫面。

聽見丈夫從屋裡叫她，李松太太便轉身離去。戴福看她拖著一雙小腳往前走，腳上的便鞋因爲不堪拖曳之苦而跡近尖叫起來。從後面看過去，她那襲洋裝的裙擺不時貼在她腿上的黑色羊毛長襪上。她那堅毅的個性彷彿全都攏在後腦勺上的那個髮髻裡，一旦髮髻鬆開，她整個人可能就支離破碎了。她的身軀像風中的一棵樹般往前傾，但戴福告訴自己現在並沒有風。

一個星期天的下午，戴福走進李松的店鋪去買一瓶檸檬汁。天氣很熱，家家戶戶的屋頂在太陽無情的重擊下，似乎都繃的緊緊的，所有的門窗也都敞開著。由於這一帶人家普遍沒有陽台，附近更是連一棵樹木也看不見，因此住戶們都熱得喘氣、嘆息、呻吟，只好脫下身上的部份衣物。

李松太太倚著櫃台坐在那兒，兩隻手肘撐在檯面上，雙臂交疊。要不是有一隻慵懶的蒼蠅想停在她的臉上，使她不得不搖頭晃腦的把那隻討厭的蟲子趕走的話，她那姿勢看起來簡直就像一尊東方的神像。

戴福警官站在那兒，一邊灌著檸檬汁，一邊喘氣，並從面向納迪亞街的店鋪窗口看出去。

這幾個星期以來，他已經看過不知道多少支送葬的隊伍，對這種場面已經習以爲常。那些隊伍在前往墳場的路上都得經過紐克雷鎮，其中有的長，有的短，有的僱有雙層巴士，有的有汽車、有的有卡車，有的寒酸卑微，有的財大氣粗。但所有死者一律都是黑人。

這些送葬隊伍通常都走納迪亞旁邊的那條街。但由於死的人太多了，因此有些隊伍就開始滲進了納迪亞街。

戴福走到店外的門階上去找點樂子，以消解這暑熱。他看著一支短短的送葬隊伍拐進了納迪亞街，突然腦海中浮現了一個念頭，就像雲影掠過晴空一樣。

這時，賽樂奇的堂弟搖搖晃晃的走了過來。從他的衣服看起來，他好像渡過了許多條河，而且還吸乾了其中至少一條河的水。人們總是叫他「賽樂奇的堂弟」，大家都懶得問他的名字。賽樂奇住在隔壁那條街上。她性情剽悍，但就連她的一張利嘴也沒法把她這個常年昏聵的堂弟罵醒。

凱樂迪對他的評語是：「你們等著瞧吧。總有一天連老鼠他都會抓來吃的。到時貓可不會高興。」說著她又搓了一下她的乳房。但賽樂奇的堂弟聽了絲毫不以爲意。

「嗨，警官！」賽樂奇的堂弟和戴福打著招呼。他搖搖晃晃的走來走去，好像舞台上的一尊木偶。「你在看那些棺材嗎？太多人死掉了，是不是呀？真的，太多了。可憐的傢伙們。」

戴福點點頭。一輛卡車沿街開了過來，停在路邊，李松店舖的斜對面。

「死人是不會喊叫的。」賽樂奇的堂弟說。

「你喝醉了。回家去睡覺吧。」

「我喝醉了？沒錯，我喝醉了。但你可別用這種口氣跟我說話，就像咱們這兒那些豬頭豬腦的傢伙一樣。那些人的嘴巴一刻也不得閒。他們爲什麼老要說我的是非呢？在這個鬼地方可沒有人像我這麼懂英文哪。」

「是沒錯。」戴福很有耐心的笑了一笑。

「我喜歡你，警官。總有一天你會變成一個了不起的人。現在你看著這些人去埋葬家裡的死人。總有一天那些棺材會說話的。我實在不明白他們爲什麼老要招惹我。那些差勁的傢伙！他們爲什麼就不肯放過我呢？」

一小群送葬的人乘著一輛馬拉的貨車來到了納迪亞街。除了馬車夫之外，上面還坐著三個女人和四個男人。其中一名看起來像是他們的宗教領袖的男子中氣十足的唱著歌，嗓門大的把其他人的聲音都蓋過去了。

這男子穿著一件已經磨損、褪色的紫色法衣和一件灰白色的法袍。戴福心想，這人看起來太年輕了，似乎不足以擔當指引逝者的靈魂上天堂這般的重責大任。接著他又想，這年頭有多少年輕人懷有熱烈的宗教情操呀……馬車停在李松店舖斜對面的一棟房屋前。戴福繼續盯著他們看。那群人下了馬車後，那四名男子便把棺材抬了下來。

戴福發現為首的那名男子渾身發抖。他的手抖成那樣還能拿得住聖歌本真是個奇蹟。看到他不停的擦拭額頭上的汗水，戴福心想他大概是發燒了，恐怕抬不動棺材了。看來他們顯然是想進入那棟房屋的庭院裡。於是他便走了過去，想助他們一臂之力。

看到戴福過來，為首的那名男子眼睛睜得大大的，流露出一種令戴福難以理解的神情，接著便出其不意的擋住戴福，不讓他觸碰那棺材。但下一秒鐘他又連連點頭，口中並喃喃說了一些話。戴福明白他的意思是希望他能幫忙。於是戴福便提起那棺材的握把放在腰間，然後四人便將棺材抬進了那屋子。不久戴福便走回李松店舖的門階上。

大約十五分鐘後，他聽見一陣歌聲響起。方才的那群人抬著棺材從屋裡走了出來。戴福注意到為首的那名男子再度冒著汗、發著抖。他們把棺材放在大門外的地上。其餘的人繼續嘹亮的唱著歌。那些女高音雖然勇敢，但那幾個男人嗓門更大。

戴福看出他們想把棺材抬上馬車，但他心裡有個聲音教他不要過去幫忙。他心想，他們應該是屬於某個規矩奇特的教派吧。

為首的那人站在大門前彎下腰猛然一提，就握住了把手，把棺材斜斜的抬了起來，同時並對著其他三人大喊，要他們將棺材的握把頂在腰間。戴福聞聲連忙轉頭觀看。

這時，那棺材發出了一種奇怪的聲響。那三人雖然已經將傾斜的棺身抬了起來，但棺材底部卻傳來了一種木頭裂開的聲音。正當他們要把棺材抬得更高一些時，事情就發生了。一大堆瓶子嘩啦嘩啦掉在地上，宛如小規模的山崩一般。一名男子見狀立刻跳上馬車，駕車略微倒退後，便沿著彎彎曲曲的納迪亞街疾馳而去。這一幕，戴福全都看見了。他有點恍惚的下了門階，慢慢的走了過去。只見滿地的酒瓶滾來滾去，並互相碰撞，發出了「叮！叮！叮！」的聲音。其中有些酒瓶已經破碎，有些則淘氣的沿街滾動，好像剛下課的學童一般。那群送葬的人發出了一陣噓聲和吶喊。

「你這個膽小的山羊！」

「你把事情給搞砸了！」

「我就知道會這樣！」

「你要爲這件事情付出代價！」

「你這個笨手笨腳的傢伙，應該留在家裡才對！」

「這次我們完了！」

當戴福想到他應該逮捕那些人時，他們都已經消失無蹤了。更糟的是，有一群人瘋狂的湧上前來搶奪那些酒瓶，而且很快的就帶著那些瓶子（它們可是這次犯罪的證據哪！）一溜煙跑走了。到最後，只剩下幾個圍觀的人而已。

這些差勁的傢伙！戴福心想。看到警察沒逮人，他們可高興了。他們用手肘你頂我來我頂你的，有些人則裝出一副同情的樣子。這時，曼尤走上前來：「警官先生，我想拿這棺材來生火。」戴福不耐煩的揮揮手表示應允。這事凱樂迪也看在眼裡。她搓了搓她那滿是奶水的乳房，對她的鄰居說道：「你等著瞧吧。」

「嗨，警官！這兒有麻煩啦？」賽樂奇的堂弟推擠到人群中央。他已經聽說了剛才所發生的事。

「葬禮，葬禮，葬禮個屁啦！眞可惜我沒趕上這場好戲！警官，這回算你倒楣。你聽我說，那些屍體對我來說就像我衣服上的跳蚤一樣。不過總有一天你會成爲一個了不起的人的。這點你要相信我，我敢用我身上的跳蚤來打賭。」

事後，戴福警官坐在曼尤的房裡喝著「麻休」。凱樂迪和其他兩個女人坐在地上，一邊摩擦著她的乳房，曼尤則坐在一張矮凳上。在她身上那條印花圍裙底下，她的肚腹隆起的像個正在長大的瓜。

戴福心不在焉的聽著這幾個女人絮絮不休，腦海裡卻想著那些葬禮、屍體和酒瓶。他開始對所有的送葬隊伍都起了疑心。他還記得那天在李松夫婦的門階上賽樂奇的堂弟所說的話。那會是無心之言嗎？就在這時，另外一個送葬隊伍也經過了納迪亞街。戴福陡然站了起來，走到門口觀看。他心想，眞希望神明能告訴他那具光滑的棕色棺木裡頭裝著什麼東西，但過一會兒，他便垂頭喪氣的回到凳子上坐下。

後來，在曼尤的第六個孩子出生後，戴福娶了她。至此，凱樂迪那句「你等著瞧吧！」的預言聽起來似乎並非隨便說說而已。戴福的舉動令整條納迪亞街上的人都吃了一驚，但他們很快就恢復了平靜，畢竟這條街號稱是紐克雷鎮最安靜的一條街。

事後，凱樂迪的聲望大增。她一邊用力的搓著她那因爲乳汁而發癢的乳房，一邊說道：「你看吧！」

火鳥之巢

薩爾曼・魯西迪

現在我已經作好準備，要訴說身體如何蛻變的故事。

——奧維德（Ovid），變形記（*Metamorphoses*）

Ted Hughes 譯

這是個炎熱的地方，平坦而乾旱，經常都不下雨，因此現在人們都說旱災是接二連三。他們都是在平地上畜養牲口的農民，但他們的牛群卻正棄他們而去。這些牛隻步履蹣跚前往南邊和東邊尋覓水源，一邊走一邊發出嘎嘎的聲響。牠們的頭骨有如長了角的里程標，沿途可見。西邊有水，但卻是鹹的，不久後就連這些沼澤也將消逝。風滾草隨風掠過這片貧瘠的灰色平原。地上的裂縫大得足以將人吞沒。

一個農夫被他的土地吞吃，倒也是死得其所。

婦女們就不是這種死法了。她們是身上著了火，被燒死的。

在他的記憶中，這裡曾經有過一座濃密的森林。禮車駛向他的華廈途中，馬哈拉吉先生如此告訴他的美國新娘。當時有一種稀有的老虎住在這座森林裡。牠們白的像鹽，體型矮小，瘦削而強壯。還有會唱歌的鳥兒！有十幾種，牠們的巢是由音樂做成的。半個世紀之前，他父親騎馬經過這座森林時，往往會哼著歌，與牠們一起唱和，老虎們也會加入他們的和聲。但現在他的父親已經亡故，老虎們已經絕跡，鳥兒們也已經飛走，只剩下一隻。這隻鳥從不曾唱過一個音符，而且由於附近沒有樹木，只好把巢築在一個迄今無人知曉的祕密所在。這隻火鳥，他低語著。而他那位來自大城、已非處子的外國新娘卻拂弄著她那火焰般金黃色的長髮，訕笑他這帶有異國風味的誇張情感。

現在已經沒有王子了。政府在數十年前就已經予以廢止。在我們這個現代化的國家，王子已經成爲虛構的人物，是封建王朝與神話故事的產物。他們被剝奪了頭銜，也沒有了特權，無法宰制我們。在這個地方，王子已經成了平凡的馬哈拉吉先生。他是個複雜的人。他在城裡的宮殿已經成了一座賭場，但他卻是某個杜絕貪污（這個國家的禍根）委員會的主委。他年輕時曾是一個身強力壯的運動員，但自從退休以後已經沒有時間打球了。他領導一個生態學會，負責研究並解決水荒問題，但在他的鄉間寓所（也就是禮車正要載他前往的那座宏偉堅固的宅邸）裡，珍貴的水資源就像瀑布一般流個不停，純粹只是爲了展示之用。他的藏書室裡古籍浩瀚，是省內的奇觀，但他同時也掌控了本地的衛星事業，只要有人裝設新的碟型天線，他都可以從中獲利。他的財務細目就像他傳說中的許多羅曼史一般，外人都無從知曉。

來到一個採石場，禮車停了下來。這裡的男人手裡拿著十字鎬，女人們的頭上頂著裝滿泥土的金屬缽。看到馬哈拉吉先生，他們便屈膝叩首致敬。他的美國新娘看在眼裡，直覺的明白她已經進入了另一個世界。在這個世界裡，那些已被廢止的東西確確實實存在著，而遠在首都的政府則成了無人相信的虛構事物。在這裡，馬哈拉吉先生仍是王子，而她則是他的新王妃。她彷彿進入了一個神話世界，成了匍匐在扉頁上的字句，甚至成了那個扉頁本身。扉頁上將會寫著她的故事，頁面上吹過一陣無情的熱風，將她的身體化為紙莎草，將她的肌膚化為羊皮，將她的靈魂化為白紙。

天氣如此炎熱。她不禁戰慄起來。

這裡不是採石場，是個貯水池。馬哈拉吉先生雇用那些被旱災逼得不得不離開自己田地的農夫開鑿這個貯水池，預備未來雨水再度降臨時之用。他告訴他的新娘，這樣他可以讓那些農夫有活可幹，除此之外，也給了他們希望。她搖搖頭。在她眼裡，這個大大的坑洞已經滿了。它裝滿了難堪的諷刺，裝滿了鹽分，對人、對牛毫無益處。

在這個裝滿諷刺的貯水池中，婦女們都穿著火色的衣裳。只有那些被僵固的語言所蒙蔽的傻子才會認爲火焰是紅色或金色的。火焰那憂鬱的邊緣是藍色的，那忌妒的火心是綠色的，有時可能燒成白色，在火勢最爲兇猛時，甚至是黑色的。

昨天，那些手持十字鎬的男子告訴馬哈拉吉先生，一個身穿金紅兩色紗麗的傻女人在那圓形競技場般的乾貯水池裡著火了。男人們站在池邊，俯視她焚燒的情景，一邊把雙手放在肩上，算是向她致敬。憑著男人的智慧，他們知道這是女人無可避免的宿命。但其他那些女人——他們的女人——則大聲尖叫。

那女子燒完後，沒剩下什麼。沒有一片血肉或一根骨頭。她燒得就像紙灰一樣，飛上了天空，被風吹得了無痕跡。

對這一帶的男人而言，女人如此易燃是一件令他們既無奈又納罕的事。她們太容易燃燒了。這該怎麼辦呢？你只要一轉身，她們就著火了。也許這是兩性之間的差異吧，男人們說。男人是土，堅固耐久，女人們則反覆多變、不夠穩定，在這世上無法持久，往往像一陣煙般消失不見，連張字條都不留。更何況，在這樣炎熱的天氣裡，她們如果在太陽底下待得太久……我們叫她們留在室內，不要冒險，但你也知道女人是怎麼回事。這是她們的命運，她們的本性。

即使是那些端莊文靜的女子也有火熱的心腸。說不定她們更是其中之最。在禮車裡，馬哈拉吉先生如此對他的妻子說道。她是個思想現代的女子。她告訴他，她不喜歡他這樣說話，把女性做這樣粗糙的分類以及過份簡單的歸納。她不喜歡，即便是玩笑也不成。他帶笑俯首賠罪。原來妳是個革命份子，他說。看來我得改一改了。

你當然要囉，她嗔道，然後便舒適的依偎在他的脅下。他那花白的鬍子拂著她的額頭。

流言蜚語灼灼如火。說她家財萬貫，如同那又老又胖的「尼札姆❶」般富有。是的，就是那個在生日時以珠寶來秤計自己的體重，愈胖稅就收得愈多的君主。他的臣民看到他的筵席，看到那些大塊的蜂蜜芝麻糖、堆得高高的果凍以及喜馬拉雅冰淇淋時都會顫抖，因爲他們知道當「尼札姆」嚥下這無盡的美食時，他們自己的餐桌上就只有少得可憐的粗茶淡飯。當他吃得很累、飽的難受時，他們的子女會因飢餓而哭泣。他的貪饜就意味著他們的飢饉。是的。她就像那「尼札姆」一般齷齪的富有，流言這般盛傳。說她父親是美國人，自稱是東歐某國被罷黜的王室的後裔，擁有自己的商業帝國，每年都以私人飛機將他的傑出員工載到他的故國，並在那裡的「時間之河」河畔舉辦一場爲期四天的高爾夫球比賽，等到冠軍產生後，便輕蔑的笑著，如天神一般，將那人開除，毀掉他的生活，以懲罰他妄自尊大、追求榮耀之舉，並將他丟棄在「時間之河」的河畔。最後，那冠軍終於縱身投入那洶湧致命的河水，從此消失不見，有如希

❶ Nizam，舊時印度海德拉巴邦君主的稱號。

望，有如一顆球。

他們說，她很有錢，是塊沃土，會帶來子嗣和雨水。

也有流言說，不，她很窮。她出生時，父親自縊而死，母親是個妓女。她也是荒野和岩地的產物。乾旱就在她的體內，像個詛咒。她無法生育，來到這裡爲的是要偷走他們的嬰兒——那些棕色肌膚的寶寶——然後再用奶瓶來哺育他們，因爲她的乳房無法分泌奶水。

有人說，馬哈拉吉先生走遍全世界尋寶，結果帶回來一顆神奇的寶石，它的光芒將改變他們的生命。有人說，馬哈拉吉先生犯了不公不義之罪，將「絕望」帶進他的宅邸，註定要被這黃髮女子所毀滅。

如此這般，她成了人們述說、爭論的一個故事。前往那宅邸途中，她也察覺到自己進入了一個故事，或者應該說是許多關於她這類白膚金髮的女子以及她們的黑膚愛人的故事。在她住的那座高高的城市裡，家鄉的朋友警告她：不要跟他走。一旦妳跟他睡覺，他就不會尊敬妳了。他不會把妳這類女人當成妻子。吸引他的是妳的不同，妳的自由。他會讓妳心碎。

儘管他稱她爲他的新娘，但她卻不是他的妻子。到目前爲止，她並不感到害怕。

荒野中矗立著一個已經傾頽的入口，一個不通往任何地方的入口。旁邊倒著一棵孤零零、已經開始腐朽的樹。這是本地最後一棵倒下的樹木。它那裸露在外的根攫取著空氣，有如一個死去的巨人的手。看到一個迎親的隊伍經過，禮車便減慢了速度。她發現那包著頭巾、正要前去迎娶新娘的新郎既不年輕，也不急切，而是一個頭髮稀少的乾瘦老人。她猜想這一定是一對相愛不渝，但因環境阻撓，無法結合，如今終於克服困難，如願以償的愛人。那位已經垂垂老矣的新娘此刻一定在某個地方等著她那形體消瘦、滿面皺紋的愛人。她心想，他們一直彼此相愛，現在終於到了故事的結局，有了圓滿的收場。她無意中把這個想法說了出來，馬哈拉吉先生卻笑著搖了搖頭。新娘很年輕，住在遙遠的一個村落，還是個處女。

一個年輕漂亮的女孩爲何要嫁給一個呆老頭？

馬哈拉吉先生聳聳肩。這老頭不嫌她嫁妝少，他答道。如果一個父親生了太多女兒，這類因素可是大有干係。至於這老頭，他又說，只要活得久，他可以得到不只一次嫁妝。加起來也還不壞。

橫笛與管樂迎著她吹奏出喧囂的樂聲。鼓聲隆隆有如砲火。幾名男扮女裝的舞者隔著車窗對她嚷嚷。喔嘿，亞美利加，他們尖叫。阿咧，妳好，ㄈㄡˇ伴！妳說什麼？好，妳保重，我是美國花花公子！喔，寶貝，哇哇，酷斃了，美國小姐，扭一扭呀！她突然驚慌起來。開快一點，她大叫，於是那駕駛便加快速度。灰塵揚起，掩蓋了那個迎親的隊伍。馬哈拉吉先生極盡關懷體貼，但她卻生自己的氣。對不起，她喃喃說道。沒什麼，是天氣太熱。

「美國」。曾有一次，在「美國」，他們一起在三百英尺高的一家印度餐廳共進午餐。從他們的餐桌望出去，可以欣賞春日的公園內鬱鬱蔥蔥的美景。對置身在這乾旱大地上的她而言，當時那一大片盎然的綠意，如今想起來，竟然有些過分。當時他撩撥她。他說，我的國家就像妳的國家一樣，很大，很亂，到處都有神。我們說我們的破英語，你們也說你們的。在你們還沒獨立，還只是殖民地的居民時，我們有同一個主子。你們在我們之前打敗了他們。因此，你們現在比我們有錢。除此之外，我們沒有什麼不同。你們的街角跟我們的一樣繁忙，一樣的髒亂，一樣同時發生各種事情。她立刻猜到了他想說的話：他來自一個與她過去的經驗截然不同的地方，她要費很大的力氣才能學會那裡的語言，那裡的符碼她可能一輩子也無法解讀。那裡的浩瀚與神祕將激發她心中最強烈的感情，滿足她內心最深刻的需求。

因爲她是個美國人，於是他便和她談及金錢。他說昔日的保護主義法規（那長久以來箝制美國經濟的過時的社會主義條款）已經被廢止了。現在只要你有創意，就有賺錢的機會。即便是王公貴族也得眼光精準、反應靈敏，比別人搶先一步才行。他有的是構想，而她在金融界素以能將資本與創意兩者結合在一起而著稱。只要有她中意的企劃案，她就有本事籌措出必要的資金。

她是個能夠「呼風喚雨」的人。

她帶他去看歌劇。台上的表演者歌頌著偉大的事物，用的是一種她無法理解的語言。她只能從表演者的動作去推斷其中的含意，但那種力量一如往常一般使她興奮莫名。後來她帶他回家，並勾引他。當時她置身於自己的城市、自己的舞台，年輕又有自信。當他們開始做愛時，她暗忖自己就要將已知的一切、將她那根深蒂固的自我拋諸腦後。於是，她的動作開始變得猛烈起來，彷彿他的身體是一道深鎖的大門，通往一個未知的世界，她必須將它敲毀才行。

那裡的一切並非全然美好，他告訴她。那裡正鬧著嚴重的旱災。）

很不幸的，他的宅邸情況很糟，不僅年久失修，還發出一股異味。她房間裡的窗簾破破爛爛，床搖搖晃晃，牆上掛的是幾幅春宮圖，畫的是男男女女在某個小王侯的宮廷裡肢體纏繞的交歡情景，不知道是她丈夫的祖先的肖像，還是購自某個能言善道的小販的一批作品。燈光昏暗的走廊裡播放著響亮的音樂，但她不知道聲音從何而來。人影在她眼前飄忽而過。他將她安頓好後就消失了，沒告訴她要去哪裡。她只能自己設法安排自己。

那天晚上，她一個人睡。天花板上的吊扇攪動著炎熱而濃稠的空氣，感覺像一碗即將滾沸的湯。她腦海裡不住浮現「家鄉」的情景：夜裡警報器的聲響和冷氣機。那是一個眞實的世界。在那多得驚人的建築與設施中，魑魅魍魎不易佔得上風。我們的娛樂節目充斥著怪物、精靈與神仙，是因爲在那黑暗的戲院之外，在那些怪力亂神書籍的扉頁之外，在那令人毛骨悚然的音樂之外，日常生活無所不在，令人無所遁逃。我們夢見其他世界、夢見隱藏在我們潛意識裡的可怕事物、夢見地獄與冥府，是因爲當我們醒來時，現實世界緊緊的將我們攫住，使我們看不見物質、事件之外的天地。然而，在這裡，被困在這徒然潺潺作響的乾燥空氣裡，又擔心蟑螂出現，你與那詭誕世界之間的界線便有可能瓦解，事實上已經開始瓦解了。你開始認爲，那恐怖的世界確實可能存在。

過去她很少哭，但現在她的身體抽搐，開始哭泣，只是沒有眼淚，然後她便睡著了。醒來時，她聽見鼓聲，看見了一群舞者。

一群婦人與少女聚集在中庭裡，老少都有。鼓手擊出某種節奏，那群女人便開始一齊舞動。她們的膝蓋往外彎，張開的五指在那專斷的手臂末端比劃著。她們的脖子做著不可思議的水平式移動，眼神發亮，有如一支踩著切分音節拍的軍隊一般在那涼爽的石地上前進。(天色尚早，中庭仍顯得陰暗，太陽尚未將石地照得發燙。）站在這些舞者前面做著示範動作的是馬哈拉吉先生的姊姊。她的個子最高，身子挺直，雖已年逾六十，但仍是本州最偉大的舞者。馬哈拉吉小姐也看到了新來的訪客，但卻並未向她致意。她是這支舞的指揮。動作乃是一切。

舞蹈結束後，馬哈拉吉先生的兩個女人終於面對彼此：一個是他的姊姊，一個是他的美國新娘。

妳在做什麼？

跳一支取悅火鳥的舞，消解它的怒氣，讓它不要再來。

火鳥。（她想到史特拉文斯基，想到林肯中心。）

馬哈拉吉小姐低下頭。就是那隻從不唱歌的鳥，她說。它有一個祕密巢穴。我們女人的身體只要被它那邪惡的翅膀拂過，就會著火。

這種鳥是不可能存在的。那只不過是老太太的無稽之談罷了。

我們這裡沒有無稽之談，也沒有老「太太」。

這時，馬哈拉吉先生走了進來。他包著頭巾，寬闊的肩膀上披著一條繡花的布巾，模樣是多麼英俊、多麼有男子氣概。他向她賠罪的樣子令她傾倒。她意識到自己開始對他使性子，像是另一個時代的女人。他甜言蜜語的哄她，說他先前是去準備歡迎她的儀式，希望她會喜歡。

什麼樣的儀式？

等著瞧囉。

馬哈拉吉先生在他的宅邸外那片荒涼的空地上爲她舉辦了一場盛筵。在月光和熾熱的星子之下，在那來自伊斯法罕（Isfahan）和色拉子（Shiraz）的名貴地毯上，一群貴族名流歡迎著她。旁邊有一流的樂手吹著淒美哀傷、迴腸盪氣的橫笛、撥動欣快的琴弦，唱著古老而清新的情歌。本地最美味多汁的珍饈都擺在她的面前，供她品賞。她在這一帶已經成了大名人。一位鄰州的總督呵呵的笑著說，我邀請妳的丈夫來拜訪我們，但我告訴他，如果你不帶你那位美麗的夫人前來，那你就不必來了。附近的一位昔日王侯表示願意將鎖在宮中寶庫內的珍貴藝術品拿出來給她欣賞。通常我是不拿出來給人家看的，他說，當然啦，除了歐納西斯夫人以外。爲了妳，我願意把它們陳列在我的花園裡，就像當初我對賈姬那樣。

趁著還有月光之際，他們又舉行了賽駱駝和賽馬活動，還有歌唱和舞蹈表演。煙火在他們的頭頂上爆裂。她依偎在馬哈拉吉先生身上，早已原諒他先前不曾陪她之事。她輕聲細語的對他說道，你爲我創造了一個奇幻王國，還是（她語帶戲弄）你每天晚上都用這種方式來放鬆心情呢？

她察覺他的身體霎時變得僵硬，話語中也流露出憤懣。這些都是妳造成的，他答道。妳在這個已經荒廢的地方營造了這個幻象。那些駱駝、那些馬，乃至那些食物，都是從遠方運來的。爲了讓妳快樂，我們勒緊了褲帶。妳怎麼會以爲我們過得起這樣的生活呢？我們小心翼翼的守著最後一點家產，現在，爲了取悅妳，我們背負了更多債務。我們只希望日子能夠過下去而已。這個阿拉伯之夜是一個美國夢。

我並沒要求你做什麼，她說。你弄這麼大的一個排場並不是我的錯。你的指控，你的苛責讓我很不舒服。

他喝太多了，酒後吐了眞言。這排場是我們對有權有勢的人所表現的敬意。妳不是能夠呼風喚雨嗎?給我們雨水吧。

你指的是錢?

否則還有什麼?除此之外，難道還有別的?

我還以爲我們之間有愛情，她說。

這一晚，月色美的無以復加，樂聲也動聽至極，但卻是最殘酷的一個夜晚。她說:我有話要告訴你。

她懷孕了。她夢見燃燒的橋、燃燒的船。她夢見一部她向來喜愛的電影。片中，一名男子回到祖先的村落，不知怎地穿梭在時光中，來到了他父親年輕的時代。當他企圖逃離那個村落，回到火車站去時，卻發現鐵軌已經消失。已經沒有路可以回家了。影片就在此處結束。

當她在那個酷熱的房間裡醒來，發現床單已經溼透了。有一個女人正坐在她的床邊。她抓起一條溼溼的床單裹住她赤裸的身子。馬哈拉吉小姐微笑著，聳聳肩。妳的身體很強壯，她說。比我的年輕，但除此之外，和我的並沒有太大的不同。

要是從前，我一定會離開他的。但現在，我卻不知道該怎麼做。

馬哈拉吉小姐搖搖頭。村裡的人說妳會生個男孩，到時旱災就解除了。但那只不過是迷信罷了。可是他現在不能讓妳走。等妳生了以後，如果妳要走，他會把孩子留下來。

到時再看吧！她粗聲說道。她激動時，說話便帶著鼻音，連她自己也覺得難聽。在她心裡，她已經看到故事就要結束。她被困在這個故事裡，只要能夠的話，她必須採取行動，找一條出路。如果能採取正確的行動當然最好，如果不能，哪怕是錯誤的行動也行。最要不得的就是什麼都不做。她才不會逆來順受，或一蹶不振。愛情已經把她害得夠慘了。現在她要用她的腦袋。

接下來的幾個星期，她開始慢慢了解到一些事情。他在城中宅邸裡的那座賭場並不屬於他。因爲他已經簽了一份不智的契約，把它租給了一個集團。集團的成員都是一些令人懼怕的角色。他們付給他的租金少得可憐，同時契約上還用小字言明：在每年生意最好的若干時日，他必須在賭桌旁招呼那些客人，做做樣子。雖然碟型天線的生意的利潤較高，但由於他在鄉間的破敗古宅開銷太大，他非得賺更多的錢不可。

這所宅邸不知有多少年的歷史，也許已有六百年之久。其中大多數房間都沒有電、沒有窗戶，也沒有傢具，冬天時很冷，夏天時很熱。一旦下雨，許多客廳勢必會淹水。這裡唯一有的只是水，一股源源不絕的泉水。黎明前，她走到宅邸的後院，越過蝙蝠盤踞的一處廢墟，小心翼翼的繞過地上到處堆積的鳥糞石，看到一群人排成了一列。是那些因著旱災已經家徒四壁的村民趁著黑夜來到這裡，以夜色遮掩他們的恥辱，用他們那渴切的水壺來汲取此地的泉水。在這一排饑渴的村民後面矗立著一個黑色的龐然大物，是一座有城垛的高牆。一名勉強能說幾句英文的村婦告訴她，這座焦黑的堡壘當年面積比現在的宅邸還大。當它被燒毀後，裡面的眾多財寶也付之一炬。隨之而逝的，還有許多條人命。

這是什麼時候發生的事情？

很久很久以前。

她開始明白他爲何如此憤懣不平。馬哈拉吉小姐告訴她，一位比我們還要窮的王妃最近引火自焚，結束了生命。她死前還將祖傳的鑽石壓碎在杯子裡，將它一飲而盡。

於是馬哈拉吉先生才前往美國，裝成一個見多識廣、富有創意的人，拼命博取她的好感。他已經學會用現代人的方式說話，但實際上對現實毫無辦法。這旱災，加上他的不諳世故以及命運之神的離棄，令他走上了窮途末路。那名在希臘贏得奧林匹克比賽的運動員返鄉後成了備受尊崇的人物，但馬哈拉吉先生卻如同他的宅子一般逐漸走下坡。現在看來，她的房間簡直已經豪華至極：有玻璃窗，有慢慢轉動的電扇，有偶爾能撥通的電話，還有可供她的手提電腦使用的插座。這電腦雖然只是偶爾能用，但卻是她唯一能與另外一個世界、與她從前的生活聯繫的管道。

他從未帶她去他自己的房間，因爲那房間讓他引以爲恥。

她意識到腹內的胎兒不斷長大，也因此想要原諒孩子的父親，幫助他脫離過去，進入那不斷變化流動的現在。這現在的世界，才是她眞正該過的生活。她要盡自己的能力。畢竟，她代表了「美國」。畢竟她是個能夠「呼風喚雨」的人。

不知多少次，她一絲不掛、滿身大汗的醒來時，總是發現馬哈拉吉小姐在她身邊喃喃自語。多美的身子呀。這是一個可以成爲舞者的身子。燒起來會很快。

別碰我！（她感到驚慌。）

這一帶所有的新娘都從遠地而來。一旦男人們花完了他們的嫁妝，火鳥就來了。

別恐嚇我！（她有些迷惑。）

你知道他娶過幾個新娘嗎？

她害怕、憤怒、不解，立刻前去質問他。是眞的嗎？是不是因爲這樣你的姊姊才終身未嫁，並收容村內所有害怕得不敢結婚的女子，以教她們跳舞爲名，藉以保護她們？是不是這樣，她們的舞蹈課才這般永無止盡？

你眞的燒死了你從前那些新娘嗎？

啊，我那個瘋癲的姊姊又在對你說悄悄話啦，他大笑。她夜裡去到你的房間，撫摸你的身體，訴說關於水與火的故事，訴說女人的美麗與祕密以及男性猙獰的本質。我猜她也告訴你有關那隻神鳥的故事了。就是那隻死亡之鳥。

不，她仔細回想，第一個向我提到那隻火鳥的人是你。

馬哈拉吉先生怒氣沖天的帶著她前往他姊姊教舞的地方。那些舞者看到他，步履爲之踉蹌，她們那帶著鈴鐺飾環的雙腳踏錯了拍子，叮叮噹噹的停了下來。妳們爲什麼來到這裡？他氣沖沖的問她們。告訴我的新娘妳們爲何而來。是爲了避禍，還是爲了學舞？先生，是爲了學舞。你們是因爲害怕才來到這裡嗎？喔，不是的，先生，我們並不害怕。他不停的大聲詰問，視線從未離開過他姊姊的眼睛。馬哈拉吉小姐兀自挺立不語。

他問了她最後一個問題。我娶過多少個新娘？你說，有多少個？這對姐弟，他們互相隸屬，互相臣服，成了彼此永永遠遠的囚犯，超乎歷史，超乎時間。最後，馬哈拉吉小姐垂下了眼簾。她是你的第一個新娘，她說。

事情結束了。他轉身面對他的新娘，並張開了雙臂。妳親耳聽到的。不要再聽信這些神話了。

天氣熱的讓人發狂。瘦骨嶙峋的公牛死在枯黃的草地上。有幾天，西邊煙氣蒸騰的沼澤上空出現了黃如芥末的雲。只要能下雨，就連這般醜陋的黃雨也好。但它就是不下。

每個人都有了口臭。所有人的呼吸裡都有死貓、昆蟲、蛇與枯草的氣味。每個人的汗水都又濃又臭。

儘管已經下了決心，這炎熱的天氣還是讓她昏昏欲睡，欲振乏力。腹內的胎兒不斷長大。馬哈拉吉小姐手下的舞者不再緊閉門窗。她偶爾會瞥見她們彼此在對方的身體上塗抹鮮豔的顏色和狂野的圖案，或做愛，或四肢交纏的共眠。這一陣子，馬哈拉吉先生並未來找她。他不想來，因爲她「有孕在身」。然而，每天晚上，馬哈拉吉小姐卻都會過來。自從她弟弟出現在她的舞蹈課後，馬哈拉吉小姐就不太說話了。夜裡，她只要求坐在床邊，偶爾才會跡近拘謹的要求撫摸她。而這個要求，馬哈拉吉先生的美國新娘答應了。

她的身體每況愈下。她開始發燒、流汗、顫抖，糞便像稀泥一樣，唯有靠著府邸內的泉水才免於脫水而死。馬哈拉吉小姐照顧她，揹鹽給她。附近唯一的醫生是個老頭，連絡不上，一點用處也沒有。她們兩人都知道她腹裡的胎兒已經岌岌可危。

在她生病的那些漫長的夜晚中，這位已經年逾六旬的的舞者會遙望著遠方對她低語。

這裡發生了一件可怕的事情。那是一個不可逆轉的變化。我們沒有注意到它是怎麼開始的，因此到後來想要抗拒已經太遲了。因爲那時新的局面已經形成了。我們的男人和女人之間出現了一個可怕的、無可救藥的裂痕。男人開始說他們擔心沒有雨，女人則說我們擔心會有火。我們內心的某種東西就像脫韁野馬一般被釋放出來了，現在要馴服它爲時已晚。

從前這裡住著一位偉大的王爺。可以說他是末代王爺。他所有的一切都雄偉而巨大，且有如神話一般。他是世上最英俊的王爺，娶了世上最美麗的新娘。她是一個傳奇般的舞者，很善於賣弄風情。他們生了兩個小孩，一女一男。後來他老了，變得體力衰退，兩眼無神。但她卻不肯老去。當她五十歲時，看起來仍像個二十一歲的年輕女孩。漸漸的，當王子體力日衰，風華漸褪，魅力不再時，他便變得日益善妒……

（馬哈拉吉小姐聳聳肩，很快跳到了故事的結尾。）

那座堡壘燒了起來。他們倆人都死了。他生前一直懷疑妻子出軌，但事實上並沒有。那兩個由僕人所照顧的孩子並沒有死。女的成了一名舞者，男的成了一個運動員。如此這般。村裡的人都說，那妒火中燒的老王爺變成了一隻全身是火的巨鳥，將王妃燒死，並且如今還時常回到村裡。只要有哪個丈夫一聲令下，他就會將他的妻子燒成灰燼。

那妳呢？病榻上的女子問道。妳怎麼說？

不要自以爲妳比我們優越，馬哈拉吉小姐答道。不要錯把反常的事物當成不眞實的事物。我們都被困在隱喻裡。它們會改變我們的形貌，揭示我們生命的意義。

她的病逐漸痊癒，胎兒似乎也無恙。就像慢慢被掀起的窗簾一般，她漸漸的重拾健康，並恢復了往日的思考模式。她要把孩子留在身邊，但不會再和一個她發現自己並不了解的男人一起被困在這個奇幻之地。她要到城市去，飛回美國。等孩子出生後便順其自然。當然她會很快跟他離婚。她並無意阻止他們父子相見。她會讓孩子隨心所欲的與父親見面，甚至讓他前往東方去探望他。這是她所想要的。她希望孩子能夠認識兩種文化。她應該表現得成熟一點，也許將來可能還會繼續爲馬哈拉吉先生提供理財方面的建議。有何不可呢？這是她的工作呀。她把這項決定了告訴馬哈拉吉小姐。這位年邁的舞者神色大變，彷彿挨了一拳。

夜半時分，她被走廊上和中庭裡的喧譁聲吵醒，於是便穿上衣服，走了出去。她發現外面已經聚集了一個臨時組成的車隊，包括一輛生銹的巴士、好幾輛摩托車、一輛八成新的日本大客車、一輛敞篷貨車以及一輛迷彩吉普車。馬哈拉吉小姐手下的女人正一邊憤怒的唱著歌，一邊蜂擁坐上這些車輛。她們都帶著從家中隨手取來的武器：棍子、園藝用具和菜刀。馬哈拉吉小姐則站在她們前面，一邊發動著吉普的引擎，一邊不耐煩的對她的手下大喊。

這是怎麼回事？

沒妳的事。反正妳也不相信神話，而且就要回國了。

我和妳一道去。

馬哈拉吉小姐把車開得很猛，連大燈也沒開就以極快的速度在那崎嶇的地面飛馳。其他的車輛也跟在後面顛簸前進。此時一輪滿月正高掛天上，發出了皎潔的光芒。

前方矗立著一座已經荒廢的石拱，旁邊有一棵已經倒下的樹木。車隊到了此處便停了下來，將車燈打開。然後那些舞者便成群穿越那座拱門，彷彿唯有如此才能進入彼端遼闊的荒地，彷彿它是通往另一個世界的一扇門。當她這位美國新娘也跟著這樣做時，她心中再度浮現那種感覺。她覺得自己好像穿過一層看不見的薄膜或一面鏡子，進入了另外一種眞相，進入了虛構的世界。

車隊的燈光照亮了前面的人影。還記得那個正要去遠方迎娶年輕新娘的老新郎嗎？現在，他又到了這裡，臉上帶著心虛的表情，雙眼露出兇光。而他那位年輕的妻子則跟在他的身邊，一副不明究理的模樣。

在他們後面可以看到幾名村中男子的身影。而面向這對夫婦的則是馬哈拉吉先生。

看到這幕猙獰的情景，女舞者們開始尖叫，但懾於馬哈拉吉先生的威勢，她們相繼停下了腳步。現在，姐弟倆再次面對面。不知怎地，車燈一閃一閃的。在燈光的照射下，姐弟倆的臉一會兒泛白，一會兒泛黃，一會兒泛紅。他們用美國人所不懂的一種語言交談著，彷彿是一齣沒有字幕的歌劇。她必須根據他們的動作來推測他們所說的話。而這些動作乃是由他們的思想轉化而成。於是，就像她了解他們所說的每一個音節一般，她清清楚楚的聽見馬哈拉吉小姐命令她的弟弟立刻住手，不要再重蹈當年我們父母親的覆轍。當他回答時（這個回答在那荒廢的石拱彼端的世界並沒有意義），整個人都化為一團火焰，身上長出了翅膀，兩眼也射出了火光。當這隻火鳥噴出一股氣息將馬哈拉吉小姐燒成一堆灰燼，並轉向那位正驚聲尖叫的妻子時，他的話語仍在空中迴盪：

我就是那火鳥之巢。

她眼看馬哈拉吉小姐被焚，心中的某個桎梏頓時解開，某個禁制也被跨越了。乍然解放的她就像一股浪濤一般撲到馬哈拉吉先生身上。那些憤怒的舞者也跟在後面，群起而攻之，其勢洶洶，銳不可當。她們覺得自己的軀殼正在爆裂，水從其中洶湧而出，形成一股力量強大的雨水將那火鳥與它的巢穴淹沒。這雨水在地上湧動，但那土地卻因為連年旱災已經太過乾硬，無法吸收這突如其來的大水，於是便形成了一股洪流，將老頭和他的幫兇，將此地的種種可怖之物、古老的悲劇以及這裡的男人全都帶走了。

洪水有如怒氣一般，漸漸消退。女人們又恢復了原形，宇宙也重現昔日熟悉的輪廓。她們耐心的聚集在那古老的石拱下，等待著直升機前來救她們脫離這片由她們自己所造成的洪水。現在，她們已經無所畏懼。

至於那美國新娘，她的形體將繼續改變。馬哈拉吉先生的孩子將會誕生，但不是在這裡，而是在她即將返回的那個國家。現在她頻頻撫摸著她隆起的肚腹。在她體內成長的這個新生命將會是火和雨的綜合體。

手機

殷格・舒茲

他們是七月二十號到二十一號的那個晚上來的，時間是午夜十二點到十二點半之間。他們的人數不會太多，大約五、六個左右。我只聽見有人講話和一些嘈雜的聲音。他們甚至可能都沒有注意到我們這棟平房裡燈還亮著，因爲我們的睡房是在屋後，而且窗簾又拉了下來。那天晚上天氣頗爲溼熱（好一陣子沒有這種天氣了），也是我們最後一個禮拜假期的第一天。當時我還在看書，看的是史帝夫特（Stifter）的《曾祖父的揹袋》（Great Grandfather's Satchel）。

先前，康思坦莎接到了她任職的報社從柏林打來的電報，要她在星期二早上七點半回報社報到。顯然她的秘書把我們的地址洩漏了出去。電報上說有關馮塔納❶（Fontane）最喜歡去的幾個地方那一系列的報導出了一點狀況，因爲他們請人寫的稿子沒有交過來（或可能會遲交）。

❶Fontane, Theodor。德國作家，被認爲是德國現代寫實主義小說的第一位大師。

你瞧，如果你渡假的地方離家太近就可能會有這個問題。我們兩個一年到頭都在外面跑——我在報社的體育組工作，康思坦莎在藝文組——因此到了渡假時，我們兩人都不想住旅館，也不想把時間耗在機場裡。於是去年夏天時，我們首次在柏林東南邊的普萊耶羅（Prieros）租了一棟面積二十平方英尺的平房式渡假別墅，租金是二十馬克一天。房子距離我們家的大門正好四十六公里，位於一個街角，兩旁種有松樹，很適合天氣熱的時候住。

一個人獨處挺奇怪的。倒不是說我會害怕，而是只要有樹枝掉下來，或有鳥兒在屋頂上跳躍，或哪裡發出什麼細小的沙沙聲，我都聽得見。那些人踹圍籬的聲音好像槍響，然後又是一陣呼嘯。我關掉燈，穿上長褲，走到前面。夜裡，我們客廳的百葉窗向來是開著的，但我還是看不見什麼。突然，我聽見「咚！」的一聲，有什麼重物被推倒了。接著，又是一陣嚎叫。我想或許該把外頭的燈打開，好讓他們知道屋裡有人，否則那些笨蛋還以爲沒人看見他們呢。後來，我又聽見兩三下重擊聲，接著他們就走了。我渾身汗珠子直冒，連腿上都是汗水。於是我便再洗了一次澡。我想，我可以打開臥房的窗戶。外面的天氣已經變涼了一些。現在那些傢伙所發出的聲音已經快要聽不見了。最後，一切終於恢復了平靜。

早晨七點左右，我的手機響了。那聲音與其說是「鈴！鈴！鈴！」，倒不如說更像是「嘟！嘟！嘟！」，而且愈來愈大聲，不過我倒還蠻喜歡這個熟悉的聲音的，因爲這表示是康思坦莎打來的電話。只有她知道這個號碼。當她在電話裡抱怨柏林的天氣是多麼的熱，多麼讓人難以忍受，簡直不是人住的，並責問我當初爲何不阻止她開車回去那裡時，我拿著手機走到了外面。只見天氣晴朗，四下裡靜悄悄的。我勘查了一下昨晚的損失。院子裡的小徑上躺著三段籬笆。每段籬笆之間的水泥柱已經從底部斷裂，倒了下來，露出了兩根扭曲的鋼筋。大門外的報筒已經被那夥暴徒給弄得倒豎起來。我在底下發現了鳥屋的屋頂和後牆。我數了一下，發現有七塊籬板被踢得往裡頭傾斜，另外還有四塊完全鬆脫了。

康思坦莎說她到現在才發現那封電報根本就是有人在惡搞。我心想我還是不要叫她開車回來，免得她擔心。因爲每次發生了什麼事，她總是會把它看成是個壞兆頭。所以我就沒提昨晚發生的事情。更何況當時要打斷她的話也不容易。因爲她正滔滔不絕的抱怨之前的房客留下半個冰箱的食物，卻把電源給切斷了，而且屋裡的床單、被單也不夠。正說著，她突然大叫一聲，說她得走了，說她愛我，然後就把電話給掛了。

我慢慢走回床上。昨晚的事當然不是衝著我來的。而且，原因也並不複雜。這棟平房所在的半畝地只是租來的。租約到二〇〇一年就期滿了，最晚到二〇〇四年時過渡時期就會結束。到時我們的房東就得離開了。也因此，這些年來他們並不曾在這裡投資任何一點錢。籬笆板爛掉，打不上釘子的時候，就用鐵絲綁住。去年秋天時，康思坦莎曾經寫過一篇文章，講的是紐約的警察和他們的新理論。我還記得文章裡舉了一個例子，說有一輛廢棄的車子在街上停了好幾個星期。起先，旁邊堆積了一些垃圾，車子的雨刷下還夾著發黃的廣告傳單。有一天早上，一個輪胎突然不見了，兩天後，車牌和剩下的輪子也沒了。接下來，車窗也破了，然後事情就一發不可收拾。最後那輛車子被燒了。結論是：你一開始就不能讓車子旁邊有垃圾堆積。如果圍籬沒壞的話，昨晚的事就不會發生了。接下來，他們可能就會用石頭來砸我們的窗子。幸好康思坦莎當時不在，否則我們兩個可能會幹下一些不該幹的事情。要不然就是她會沮喪個好幾天。

將近十點時，我起床去清理前院小徑上的籬笆片。我撿起的第一塊籬板斷成了兩截，鐵釘外露，看起來像是閔采爾❷庫藏的武器。我先把這些板子丟在一堆，然後便開始把它們拖到棚子裡。因爲如果任由它們躺在別人拿得到的地方似乎有點危險。也許我是太誇張了，但事實是：現在這棟平房連一點象徵性的屏障也沒有。在這種情況下，有一支手機還挺讓人安心的。這些天來，我已經逐漸熟悉它的用法，因爲我這次已經把裝著所有說明書（康思坦莎總是很小心的保存著這份說明書）的那個信封帶到普萊耶羅來了，而且終於學會了如何儲存電話號碼及啓動我的答錄機。到時我要讓康思坦莎嚇一跳。

「哈囉！」一個男人的聲音把我嚇了一跳。此人中等個子，穿著夾腳拖鞋和一件套頭上衣。

❷ Thomas Müntzer，德國宗教改革家。曾學習神學，並和馬丁·路德共事。閔氏在受到馬丁·路德宗教改革的吸引之下，把宗教改革轉化爲農民革命（1524-1525），最後失敗被捕，遭處死刑。

他正站在大門口，問我那幫人在我們家弄壞了什麼。他說他的籬笆掉了兩塊板子。「是狩獵用的圍籬耶！」他說。「你知道那得用多大的力氣嗎？」最糟糕的是，他那輛飛雅特 Punto 的引擎蓋還被撞凹了一塊。他找遍了附近的地方，想知道他們到底是用什麼東西砸的，但卻一無所獲。他的小平頭髮型頂在他的額頭上，看起來像頂毛皮帽。「這種事總是發生在暑假的時候。」他說。「全都是小孩子幹的。總是在放假的時候。」

我帶著他到處看了一下。他很認眞的察看著，有兩三次還蹲了下來，彷彿是在找尋線索。後來他又找到了幾塊鳥屋的板子，並把報筒放平。然後他就開始幫我把壞掉的籬板搬到棚子裡。

他昨晚已經報警，而且顯然一直纏著那些警察，直到他們答應派人來爲止。「有一點你得明白。」他說。「這種事對他們來說根本不算什麼。因爲他們人手不足，徹底的不足。」他對我所提到的有關紐約警察的事情很有興趣。我答應要把康思坦莎的那篇文章寄給他。

「你可以給我你的手機號碼嗎？」他突然問道。「我的手機號碼？連我自己都不知道呢。」

他眉頭一皺，頭上那又短又直的毛髮立刻前傾，使得最前面的那一排頭髮簡直是直接向著我。

「我得去查一下。」我說。然後我便問他如果那些傢伙回來的話，他打算怎麼做。

「我會先走人，然後再和別人連絡。」他只簡短的回我一句，彷彿不敢再多浪費我的時間。

我回到屋裡，坐在床上，手裡拿著那個信封。過去我一直不想要買手機，直到康思坦莎想到了一個主意。她說我的手機只要用來單方通話就行了，也就是說，只要打，不要接，當然啦，除了她打來的電話之外。就算我想把手機號碼給人，我也得問康思坦莎才行，因爲連我自己也不知道那個號碼。可是現在那個裝著說明書的信封並不在她的書桌抽屜裡，而是在我的腿上。我把號碼抄下來時，注意到末三碼是００７。

「喔，忘了告訴你，我的名字叫紐曼。」說著他便遞出了一張購物的收據給我，上面潦草的寫著他自己的號碼。此時，電話響了。他匆匆說了一聲再見就走了。

在電話裡，康思坦莎說辦公室裡的情況簡直一場糊塗。她得待在柏林，至少要待到後天爲止。她說最近這幾次驅逐出境的事件搞得連他們文藝組的同仁之間也開始吵架。但我甚至不知道她所謂的驅逐出境事件指的是什麼。這段期間，由於收音機上的ＦＭ鈕掉了，因此我們都沒聽新聞。康思坦莎還是很生氣。她說現在世界足球冠軍錦標賽結束了，男人們都不知道該做些什麼好，才會做出那些事情來。

我把昨晚發生的事情告訴了她。

她只說：「那你就回家來吧。」

「好啊。」我答道。「可是要等到明天才行。」

我可不想表現的像個膽小鬼一樣。再說，這裡的天氣沒那麼熱。我把院子清理了一下，因爲萬一警察眞的來了，我可不希望他們認爲院子這麼亂，有沒有被破壞反正也差不了多少。而且我一定會記得告訴他們這塊地是從一個西德人那裡租來的。清理完後，我還把露台掃了一掃。

那天下午，我和其他一些鄰居也交換了意見。我們大家說好要在夜裡時盡量把所有的燈都開著，並且在停車時把車燈對著籬笆的方向，這樣我們就可以出其不意的把車燈打開，把那些傢伙照得眼睛都睜不開，說不定還可以用相機把他們的樣子拍下來。我們的應變準則是：喊人、製造聲音、開燈。就這樣，我們這幾戶同樣住在平房的人家建立了一種當年美國大西部的人共同打擊犯罪的默契。警察局根本沒派人來，不過我們也沒在這件事上多費脣舌。

爲了表示我的感激之意，我打了電話給紐曼。有時，想到自己能透過衛星和全世界任何一個地方的人聯繫，我就會有一股飄飄然的感覺。現在，那人並不在三百碼之外，而是住在附近，那感覺就更美妙了。可是，接電話的並非紐曼本人，而是一個女人的聲音。她告訴我我的電話將被轉到一個自動語音信箱。她說：「這個語音信箱是屬於……」然後就頓了一下。接著我就聽見一個彷彿從銀河黑洞裡傳來的聲音說著：「哈洛．紐曼」。剎那間，我覺得我的整條手臂一直到肩膀都長滿了雞皮疙瘩。這輩子我從來沒有聽過任何人說自己的名字說得像他這麼消沈沮喪。當然啦，朋友們在他們的答錄機裡的語氣聽起來往往也是心不在焉或孤獨寂寞，但紐曼的聲音聽起來卻不僅僅是迷惘或孤單。他那樣子好像是他根本覺得有名字是件很丟臉的事情似的。

過了不久，天空刮起了一場暴風雨，但很快就停了。我看見紐曼提了一個裝滿蕈菇的籃子從樹林裡走出來，大老遠就對我喊道：「好像紅蘿蔔一樣呢！」他的意思是：在這種天氣，採蕈菇就像挖紅蘿蔔一樣容易。他請我幫他吃一些。

和我們那棟小房子比起來，紐曼住的地方簡直像一座小型的皇宮，有電視、音響、皮椅和兩張吧台椅。他請我喝紅酒，吃法國麵包配蕈菇。之後，我們就開始下棋，還合抽了一整包菸。我眼前的這個紐曼和在語音信箱裡說出自己名字的那個紐曼似乎毫無關連。不過，我還是不好意思問他有沒有家人或從事什麼職業，而他也沒提。

將近傍晚時，湖上的雲成了粉紅色。我把我的大手電筒和紐曼的電話號碼放在隨手可得的地方。到了十點時，天空中的閃電已經規律的有如燈塔一般，接著便下起了傾盆大雨。此時，我已經可以肯定今晚不會有人上門來了。

第二天早上我收拾了行李，撣了灰塵，就去和我的鄰居道別了。可是紐曼並不在家。也許他又跑到樹林裡去了。我想這裡的人並沒有把我當成一個膽小鬼。他們知道康思坦莎已經不在這裡了，因此我告訴他們的理由可能是眞的。但是當我打電話給我們的房東（他們是我們的熟人）時，事情就沒有那麼容易搞定了。他們要我設法把圍籬修好，說棚子裡還有幾根柱子。也不想想當初光是清理那個冰箱就花了我們一整個上午的時間。所以，我們是屋漏偏逢連夜雨。

九月底的一個深夜，我的手機響了。最初我還以為那是手機電池快要沒電時所發出的嗶嗶聲，但那嘟嘟聲愈來愈大。我把手伸到康思坦莎的梳妝台上，把它拿了起來，然後再用食指的指尖沿著那些按鍵一個一個摸過去——從上面數來第二排中間的那個按鍵才是我要的。這時，那鈴聲已經吵的令人無法忍受了。

「那些傢伙又回來了，而且搞得聲音大得不得了！」他大叫。停頓了一會兒之後，他又說：「哈囉！我是紐曼！你聽那聲音！聽見沒？」

「可是我已經不住那裡了。」半晌我才答道。

「他們看到什麼就砸什麼！」

康思坦莎那一側的燈亮了。她正坐在床沿搔頭。

我用閒著的那隻手遮住話筒。「是我們普萊耶羅的一個鄰居。」我感覺到自己已經滿身大汗，因爲我從來沒跟她提過我和別人交換電話號碼這件事——反正我們又不會再去普萊耶羅，起碼不會再住那棟平房了。

「你一個人在家嗎？」

「總得有人留守基地吧。」紐曼說。「不是嗎？」

「你一個人在家嗎？」

「你是問我有沒有發生什麼事嗎？當然啦，要不然我幹嘛打電話給你……他們弄壞了我的籬笆。這些混帳！」他大吼。

「你有沒有叫警察？」

紐曼笑了一聲，然後喝了一口酒，差點噎著了。「你還眞會開玩笑呢……」

我一直沒把康思坦莎那篇有關紐約的文章寄給他。「你要我做什麼？」我問。

「你聽那聲音！」

我把電話緊緊的湊住耳朵，但聽起來跟剛才並沒有什麼不同。

「現在他們要破壞信箱了。」他大喊。「這他們可得費一番力氣了。我看就算兩個人加起來也沒辦法。這些笨蛋。我要給他們一點顏色瞧瞧。他們太過分了……」

「你不要過去！」我大喊。

康思坦莎站在門口，用一根手指敲敲額頭，到了隔壁房間後，又說了一些我聽不懂的話。

「哈囉！」紐曼叫我。

「我在。」但我心想他會不會是在叫籬笆旁的那些傢伙。「你不要出去。別逞英雄。」

「他們走了耶！」他驚訝的表示。「全都走了……」聽起來他好像又喝了一口酒。「嘿，你還好嗎？」他問。

「不要出去。」我說。「連湖那邊也不要去，你聽到了嗎？週末還可以，平時千萬不要。」

「你什麼時候回來？我們還有一個遊戲還沒玩完呢。還是你要用通信的方式玩？你要不要把你的地址給我？我有一些蕈乾，有一整袋呢。」

「呃，紐曼……」我說。接著就不知道該說些什麼了。

「垃圾桶！」他突然大叫。「我的垃圾桶！」

「你冷靜一下。」我對著話筒說：「哈囉！」並叫「紐曼」叫了幾次。但後來就只聽見撥號音了。顯示器上面出現了「通話結束。」的字樣。

康思坦莎回到了臥房，躺在她那邊的床上，面對著牆壁，並且把毯子拉高，蓋住她的肩膀。我試著向她解釋這整件事情。我說我起先是很猶豫的，但後來其實還蠻高興自己在發生緊急狀況的時候可以打電話向鄰居求助。可是康思坦莎一動也不動。我又說我蠻擔心紐曼的，可是我又沒有他的電話號碼，因爲我把它留在那棟房子裡了，就放在裝鑰匙的那個碗裡。

「也許他還會再打來。」她答道。「以後他一定會常打來的。可是你說這個號碼你誰都不會給的。」

我想在這種時候，我們兩個都對自己很失望，也因而彼此憎恨。後來我便去書房拿手機的充電器。

我回到房間時，她說：「你何不打查號台去問呢？」

「我連他的名字都不知道。」我可沒撒謊。不過接下來那一剎那我可以清楚的聽見他的語音信箱裡那個可怕的聲音報著他的名字：「哈洛・紐曼」。

「如果他把你的電話號碼告訴別人，那該怎麼辦？」康思坦莎翻了一個身，坐了起來。

「他幹嘛要那樣做？」

「萬一他做了怎麼辦？」

「康思坦莎，妳想太多了。」我說。

「你得想想這個可能性呀！」她的睡衣肩帶從她的肩膀上滑了下來。她把它拉回原位，可是馬上又掉了。「你要想想現在有多少人可以打電話找你。」她說。「包括所有的鄰居。」

「我們的電話號碼就刊登在電話簿上。和一般的電話沒有兩樣。誰都可以打給我們。」

「我說的不是這個。我說的是，如果一棟房子著火了，或被炸了，裡面的人什麼都沒帶，只帶了他的手機，因為它剛好就在他的夾克或褲袋裡。現在你可以跟那樣的人講話了。」

我把充電器的插頭插進床邊牆壁上的插座裡。

「這種事是很可能會發生的。」康思坦莎說。現在她的口氣很像個老師。「可能會有人從科索夫、阿富汗或那個發生海嘯的地方打電話給你。那幾個在聖母峰上面被凍僵的人，說不定也會有哪個打來找你。到時你就可以跟他說呀說的，一直說到他斷氣為止。沒人能幫他，但你卻可以聽到他的遺言。」她用手肘撐著身體，一邊注視著她那略微豎起的枕頭邊緣，一邊說話。

「你自己想想看吧，以後你都會跟些什麼人打交道。以後就沒有人會孤單了。」

現在打電話給查號台也沒有什麼意義，因為我覺得沒有必要打電話給紐曼。更何況，我擔心接聽的會是個女人的聲音，然後紐曼又會再說一次他的名字。現在，手機的螢幕上出現了代表正在充電的符號：一個小小的電池圖案，再加上一根在三個位置上跑來跑去的斜線。

在黑暗中，康思坦莎說道：「我想我們還是離婚好了。」

我聽著她的呼吸和動作，等待那嘟！嘟！嘟！的聲音。

當我們兩人的手偶然相互碰觸時，街上賣報亭的百葉窗已經開始「嘎嘎」的響了。過了很久很久以後，我們才敢再彼此靠近一點。接著我們便開始饑渴的撲向對方（我們已經很久沒這樣了），彷彿因爲失眠而變得瘋狂似的。我不知道那嘟嘟聲是什麼時候開始的。它從遠處的某個地方傳來，好像是一架飛機或一艘船所發出的訊號，起先柔和而模糊，逐漸的愈來愈響亮，愈來愈近，最後聲音大的淹沒了一切。有一陣子，我們兩人的動作似乎完全無聲。只聽見那嘟嘟嘟的聲音，直到它突然停了下來，不再打攪我們，並且和我們一樣沈默爲止。

愛在死神逼近時

加柏瑞・賈西亞・馬奎斯

參議員歐內西莫・桑卻斯還有六個月十一天可活時，卻遇見了他此生至愛的女子。他是在「總督的玫瑰」村與她邂逅的。這個表裡不一的村子夜晚時是走私的船偷偷登岸的碼頭，但大白天裡看起來卻像是沙漠裡最無用的海口，面對著一座乾燥、沒有方向的海洋，遠離一切，以致於根本沒人認爲有誰能夠改變此地任何一個人的命運。就連這座村子的名字都是個笑話，因爲事實上「總督的玫瑰」村裡只有一朵玫瑰，那就是桑卻斯參議員遇見蘿拉・法瑞納的那天下午他身上所佩戴的那朵。

桑卻斯議員每四年都要競選一次。而「總督的玫瑰」村是競選活動中必不可少的一站。一輛輛花車上午就到了，繼之而來的是幾輛卡車，上面載著一批批僱來充場面的印第安人。將近十一點時，在音樂、高空煙火聲中，以及幾輛吉普車的隨從簇擁下，那輛顏色像草莓汽水的參議員座車終於抵達了。桑卻斯參議員神色從容的坐在開著冷氣的車子裡，感覺不出天氣的冷熱。

但是一打開車門後，他立刻感到一陣火熱的風朝他撲了過來。他身上那件純絲襯衫很快就溼透了，變成淺淺的濃湯一般的色澤，使他覺得自己一下子老了許多，同時也感到格外的孤單。在現實生活中，他剛滿四十二歲，上的是名校「古亭根」，唸的是冶金工程，並以優異的成績畢業。平日裡他嗜讀拉丁經典，雖然沒有太大收穫，但畢竟也讀了許多拙劣的譯作。他娶了一個美貌的德國女子，生了五個小孩，家庭生活非常美滿，他自己更是快樂無比，直到三個月前他們告訴他他將活不過下一個聖誕節爲止。

當大夥兒正忙著準備集會的事宜時，桑卻斯議員找了個空檔，一個人在他們爲他準備的休息室裡休息。在躺下來之前，他先把身上佩戴的新鮮玫瑰放在一杯開水裡，吃了一些隨身攜帶的健康穀片權充午餐(因爲他不想吃當天接下來那幾頓飯一定少不了的炸羊肉)。雖然醫生規定的時間還沒到，他還是吃了好幾顆止痛藥，以預防痛楚發作。然後他便把電扇拉近吊床，在玫瑰花的影子底下，光著身子躺了十五分鐘。睡覺時，他很努力的轉移自己的心思，避免去想有關死亡的事情。除了他的醫生們之外，沒有人知道他已經來日不多，因爲他已經決意獨自忍受這個痛苦，不改變他現有的生活。他這樣做並不是因爲他自尊心太強，而是因爲他感到羞恥。

下午三點，當他出現在眾人眼前時，已經又是好漢一條了。在休息過後，此刻的他精神飽滿、乾淨體面，穿著一條寬鬆的粗麻長褲、一件印花襯衫。吃了止痛藥後，他的感覺雖然不錯，但死亡的陰影對他的侵蝕卻遠比他所想像的更加厲害。因爲，當他走到講台上時，對那些爭相與他握手的民眾竟然有一種莫名的鄙視。此外，就像從前一樣，他也不同情那些印第安人，雖然這座荒旱的小廣場上遍地都是炙熱的硝石炭，令他們那赤裸的雙腳幾乎難以消受。他揮了揮手，幾乎帶點怒氣似的，止住了人群的歡呼，然後便開始講話。他演講時並不比手畫腳，眼睛也定定的看著那因熱氣而嘆息的大海。他那低沈適中的嗓音有如平靜的水面，但那篇已經被他背誦下來且發表多次的講稿卻並非出自他的眞心話。事實上，它的內容與馬可・奧利里亞斯❶(Marcus Aurelius)在《沈思錄》(*Meditations*)一書的第四章中所提出的充滿宿命論的宣言正好相反。

「我們今天在這裡的目的就是要擊敗大自然。」他言不由衷的表示。「在這個氣候乾旱惡劣的國家裡，我們將不再是上帝的棄兒，也不再是不見容於自己土地的難民。我們將成爲一個不一樣的民族。各位先生，各位女士，我們將會是一個偉大而快樂的民族。」

他的場子都有固定的模式。當他致詞時，他的助理便會將一捧捧紙鳥拋向空中，而那些假鳥便像有了生命一般在那木板搭成的台子四周翱翔並飛向大海。此時，其他幾名助理便從花車裡拿出幾棵以毛氈布做成葉子的道具樹，插在人群後方的硝石土壤裡，最後再豎起一塊紙板做的大牌子，上面畫著裝有玻璃窗的紅磚房，藉此遮蓋眞實的世界裡那些簡陋的木屋。

❶羅馬皇帝（161～180年在位），其所著斯多噶哲學的《沉思錄》尤爲馳名。

爲了使工作人員有更多的時間搬演這齣鬧劇，桑卻斯議員又引述了兩段拉丁文。他承諾要給人民造雨的機器、可攜式的家禽孵育器以及會讓硝石土裡長出蔬菜、窗台上長出三色紫蘿蘭的「幸福油」。等到他那個虛構的世界搭建好後，他便指著它大聲的說道：「各位先生，各位女士，我們的未來就是這樣。你們看，我們的未來就是這樣。」

此時，群眾紛紛轉身觀看，只見一艘由彩紙製成的郵輪正駛過畫中那些房舍，而且比其中的任何一座房舍都高。只有桑卻斯議員本人注意到：那座人造的紙板鎮由於不斷的被拆卸、安裝及運送，已經被惡劣的氣候腐蝕了。現在它看起來幾乎就像「總督的玫瑰」村一樣的貧窮老舊。

十二年來，這是尼爾森．法瑞納第一次沒有前往迎接桑卻斯參議員。他躺在屋外涼亭下的吊床上小憩，一邊聽著後者的演講。這房子是他親手用原木蓋成的。擔任藥劑師的他之前也是用這雙手將他的第一任妻子五馬分屍。後來他逃出了惡魔島，乘著一艘滿載無辜的金剛鸚鵡的船來到了「總督的玫瑰」村。當時船上還有一名他在巴拉馬利波❷(Paramaribo)發現的女黑人。這個貌美但粗俗的女黑人爲他生了一個女兒，但不久之後就病死了，因此得以倖免於那第一任妻子的命運(她的屍塊被放在她所種的花椰菜園裡，當作肥料)，屍身完整的葬在本地的公墓裡，

❷南美洲國家蘇利南共和國的首府。

墓碑上還刻著她的荷蘭名字。他們的女兒遺傳了母親的膚色和身材，以及她父親那雙驚訝的黃褐色眼睛。在尼爾森・法瑞納的眼中，他女兒是全世界最美的女人。這種看法並非沒有道理。

自從在桑卻斯議員的第一次競選活動中遇見他後，尼爾森・法瑞納就不斷懇求他幫忙，請桑卻斯幫他弄一張假的身分證，好讓他逃脫法律的制裁，但卻碰了一個軟釘子。不過他從不曾放棄。這麼多年來，只要一有機會，他就會透過不同的管道提出同樣的請求。然而，這次他卻待在他的吊床上，覺得自己已經註定要在這炎熱的海盜窩裡老死了。他聽見人群最後一次掌聲，便抬起頭，往籬笆外面瞧，看見了那些舞台佈景的後面，看見支撐那些道具房屋的架子、那些假樹的骨架以及躲在後面推著郵輪前進的那個人，便忿忿的吐了一口口水。

「媽的！」他用法文說道。「C'est le Blacamén de la politique。」❸

演講結束後，桑卻斯議員按照往例，在音樂和煙火聲中遊街一趟。鎮裡的人都蜂擁前來，將他團團圍住，向他陳情。桑卻斯議員親切的聽著每個人的問題。無論是誰，他總是有本事讓他們覺得好過一些，但又不致給他自己帶來太大麻煩。儘管人聲嘈雜、煙火喧鬧，但一名帶著六個年幼的小孩站在屋頂上的婦人還是設法讓桑卻斯聽到了她的聲音。

「參議員，我要得不多。」她說。「我只要一頭驢子，好幫我從吊人井那兒運水回來。」

❸ Blacamén 可能爲錯字，整句的意思爲：「該死的政治。」

桑卻斯注意到那六個孩子都身形瘦弱。「妳丈夫呢？他怎麼啦？」他問。

「他到阿盧巴島（Aruba）去碰碰運氣，結果卻碰到了一個外國女人。你知道，就是在牙齒上鑲鑽石的那種女人。」那婦人語氣平和的答道。

眾人聽了一陣哄笑。

「好吧。」桑卻斯下了決心。「就給妳一頭驢子。」

不久後，他的一名助理便牽著一頭健壯的驢子到了這婦人家裡。驢子的屁股上還用耐久塗料寫了一句競選口號，好讓眾人永遠記得這是參議員所送的禮物。

除此之外，桑卻斯也在這條短短的街道上，施了一些小恩小惠。當他知道有個病患爲了看他，特地叫人幫忙把床搬到家門口時，他甚至還親自餵他吃了一口藥呢。

他走到最後一個街角時，隔著籬笆看見尼爾森．法瑞納正躺在吊床上，臉色蒼白而消沈。於是他便禮貌性的和他打了一個招呼。

「哈囉，你好嗎？」

尼爾森．法瑞納在吊床上轉過身來，用他那悲傷的黃褐色眼睛看著他。

「我呀，唉，你知道的嘛。」他說。

他的女兒聽見招呼聲，便走到院子裡來。她穿著一件已經褪色的廉價的印第安農夫袍，頭上綁著彩色的蝴蝶結，臉上塗著防曬的顏料。但即使蓬頭垢面，她仍堪稱是人間絕色。桑卻斯看得差點忘了呼吸。「天哪！」他驚嘆一聲。「老天爺眞是喜歡捉弄人呀！」

那天晚上，尼爾森・法瑞納要他的女兒穿上最好的一套衣服，然後便將她送到參議員那兒。天氣很熱，兩名佩著步槍的士兵正在那棟借來的房子裡打盹，見到她來，便叫她坐在門廳裡僅有的一張椅子上等候。

此時桑卻斯正在隔壁的房間裡會見村裡的重要人士。他召集他們前來是爲了向他們宣揚他在演講中所遺漏的一些理念。然而，這些人看起來和其他城鎭裡的人並沒有什麼兩樣，因此連他自己都開始對這沒完沒了的夜間集會感到厭煩。在這悶熱的房間裡，他的襯衫已經被汗水溼透，於是他便試著用那台像馬蠅一般嗡嗡嗡吹著熱風的電扇來吹乾。

「當然啦，紙鳥是不能吃的。」他對著眾人說道。「但我們都知道到了那一天，這個鳥不拉屎的地方就會長出樹木和花朵來。到了那一天，我們的池塘裡游的就不再是蟲子，而是魚，到了那一天，無論你們還是我都不需要再做任何事情。你們懂了嗎？」

沒有人回答。在此之前，他已經從日曆上撕了一頁下來，將它折成了一隻紙蝴蝶。此時，他隨手將那隻蝴蝶一扔，恰巧丟到了電扇前。於是那蝴蝶便隨著電扇所吹出來的氣流滿室飛舞，然後便從那扇半掩的房門飛了出去。桑卻斯議員仍繼續說著。死亡的陰影使得他的語氣格外有力。

「因此，」他說。「有件事情你們應該都已經很淸楚，我也就不再重複了。也就是說，如果我能夠連任，對你們的好處比對我的好處更多，因爲我已經受夠了死水和印第安人的汗，而你們各位卻是靠這個過活的。」

蘿拉・法瑞納看見那紙蝴蝶飛了出來。在門廳裡的人當中也只有她看見了，因爲那兩個警衛都抱著步槍在台階上睡著了。這隻印著石版畫的大紙蝶翻轉了幾次之後，就徹底瓦解，並平貼在牆壁上不動了。蘿拉見了便試著用指甲去摳，但一直摳不下來。此時，一名警衛剛好被隔壁房間傳來的掌聲吵醒，看見了蘿拉的舉動。

「摳不下來的。」他睡意惺忪的說道。「那是畫在牆壁上的。」

蘿拉坐了下來。此時那群人剛好陸陸續續從會場走了出來。桑卻斯議員站在門口，一隻手握著門閂。直到門廳裡都沒人後，他才注意到蘿拉。

「妳在這兒幹嘛？」

「是我爸叫我來的。」她用法語說道。

這下桑卻斯明白了。他打量著那兩名已經睡著的警衛，又細看了一下蘿拉。她那不凡的美貌甚至比他身上的疼痛還要更令人難以招架。他心想，死亡已經替他做了決定。

「進來吧。」他對她說。

蘿拉走到房門口時突然停下腳步，驚訝的說不出話來。因爲她看見成千上萬張鈔票正在空中飄浮，就像方才那隻紙蝴蝶一般的翱翔著。就在此時，桑卻斯參議員卻「啪！」的一下把電扇關掉。沒有了風，那些鈔票便紛紛掉了下來，落在房間裡的陳設之上。

「妳瞧，」他微笑著說。「連狗屎也能飛呢。」

蘿拉在一張矮凳上坐了下來。她的皮膚光滑而有彈性，像原油一般又濃又黑。她的頭髮有如小馬的鬃毛，她那雙大的出奇的眼睛比房裡的燈光還明亮。桑卻斯議員順著她的目光看過去，看到了那朵玫瑰。因爲天氣的緣故，那花已經失去了光澤。

「那是一朵玫瑰。」他說。

「嗯。」她的聲音裡有一絲絲迷惑。「我在里奧阿查❹(Riohacha)看到過。」

桑卻斯在一張行軍床上坐下來，一邊說著有關玫瑰的事，一邊把襯衫的釦子解開。他靠心臟那一側的胸膛上，有一個「一箭穿心」形狀的海盜刺青。他將這件已經溼透的襯衫丟到地板上，然後便請蘿拉幫他脫靴子。

她面向行軍床跪了下來。桑卻斯繼續若有所思的打量著她。看著她解開鞋帶，他心想他們倆人不知道哪一個會是這次見面的受害者。

「妳的年紀還小。」他說。

「才不呢。」她說。「今年四月我就十九歲了。」

❹哥倫比亞的一個城市。

這話勾起了桑卻斯的興趣。

「喔？四月的哪一天？」

「四月十一」她說。

這下，桑卻斯覺得好過了一些。「我們兩個都是牡羊座的。」他說完又微笑著補充道：

「這是個孤獨的星座。」

然而蘿拉並沒有注意聽，因爲她正不知道該拿這雙靴子怎麼辦。而桑卻斯這方面則是不知道該拿蘿拉怎麼辦，因爲他並不習慣突如其來的愛情，更何況他知道眼前這個女子出身卑微。爲了有一點時間可以思考，他便用雙膝緊緊的將蘿拉夾住，抱了一下她的腰，然後便在那行軍床上躺了下來。後來他發現她的衣服底下什麼也沒穿，因爲她的身體散發出林中動物的神祕氣息。然而她的心是害怕的，她的皮膚也冒著冷汗。

「沒有人愛我們。」他嘆了一口氣。

蘿拉想要說些什麼，但卻呼吸急促，開不了口。爲了幫助她，他讓她躺在他的身邊，並把燈關掉。這樣一來，整個房間便在那玫瑰的陰影之下了。蘿拉躺在那兒，任憑命運擺佈。桑卻斯緩緩的愛撫著她，並將手伸到她的私密之處，卻在那裡摸到了某種鐵製的器物。

「這是什麼玩意兒呀？」

「一個掛鎖。」

「搞什麼！」桑卻斯憤怒的說道。接著他又問了一個問題，雖然答案他已經很清楚了。「鑰匙在哪兒？」

蘿拉吁了一口氣。

「在我爸爸那兒。」她回答。「他叫我告訴你，要你派人過去拿，但你得同時寫一張同意書給他，保證你會幫他解決問題。」

桑卻斯渾身肌肉緊繃。「這個混帳東西！」他忿忿的自言自語，然後便閉上眼睛想要讓自己放鬆。在黑暗中，他的心思開始變得清明起來。你要記得，他告訴自己，無論得到她的是你還是別人，不久以後你就要死了，不久以後別人連你的名字都不會記得。

他打了一個寒噤。

然後他便問她：「有一件事請妳告訴我。你聽過別人怎麼說我嗎？」

「你要聽眞話？」

「對，我要聽眞話。」

「這個嘛，」蘿拉硬著頭皮開口了。「他們說你比其他那些人還糟，因為你和他們不一樣。」

桑卻斯聽了並不生氣，只是閉著眼睛沈默了許久。當他再度睜開眼睛時，似乎已經擺脫了他內心最深處的某些本能。

「好吧，管他的。」他做了決定。「請妳告訴妳那個混帳爸爸我會幫他解決問題。」

「如果你要的話，我可以自己去拿鑰匙。」蘿拉說道。

桑卻斯把她拉住。

「算了，別管那鑰匙了。」他說。「妳陪我睡一會兒吧。孤獨時有個人陪總是好的。」

然後她便幫他把頭靠在她一邊的肩膀上，她的一雙眼睛則定定的看著那朵玫瑰。桑卻斯抱住她的腰，把臉埋進她那有著林中動物氣息的腋下，整個人徹徹底底的陷入了恐懼的深淵。六個月又十一天之後，因爲與蘿拉之間的醜聞爆發而名譽掃地的他以同樣一個姿勢死去，死時並因再也見不到她而忿忿的哭泣著。

鉛的年代

瑪格麗特・愛特伍

這男子已經被埋了一百五十年。當初他們在這已經冰封的礫石地上挖了一個深及永凍層的洞，把他放進洞裡，免得他被野狼吃掉。當然，這只是個猜測而已。

當初他們挖洞時，永凍層的土壤暴露在較爲溫暖的空氣中，便逐漸融化了。但是在這男子被埋起來之後，它又凍結了。因此當他出土時，整個人都被包在冰裡。他們把棺材蓋拿掉時，那屍體看起來就像是你經常放在製冰盒裡凍著，用來調製花俏的熱帶飲料的那種櫻桃：形狀模糊，外面還裹著一層固態的雲。

他們把冰融化後，他就現形了。現在的他看起來幾乎和他當年下葬時沒有什麼兩樣。由於水結冰的緣故，他的嘴唇已經整個被往外推拉，離牙齒有了一段距離，形成一個又驚又怒的表情。他的皮膚並非粉紅色，而是像肉汁滴在麻布上那般淡淡的棕色。但除此之外，他整個人完好無缺，甚至連眼球都還在。只不過，那眼球不是白色的，而是像奶茶一般的淺咖啡色。他就用這雙茶色的眼睛看著珍恩。那眼神令人捉摸不透，既天眞又兇暴，有些驚訝，又彷彿若有所思，像是一個正在變身的狼人突然看到一記閃電朝他劈了過來一般。

珍恩平常不太看電視。從前她比較常看。比方說，有一陣子她常看晚間的喜劇影集。唸大學時，她也常看午間那些有關醫院和豪門的連續劇，但純粹只是爲了拖延時間罷了。不久前有一段時間，她還常看晚間新聞。那段期間，爲了讓自己能在上床前放鬆一下，她會把腳縮在沙發上，用毛毯蓋著腿，一邊喝著加了蘭姆酒的熱牛奶，一邊看電視上的災難報導。這都只是她逃避現實的一種方式。

然而，現在，無論白天或夜晚，電視上所播出的情節都和她的現實生活太過雷同，只不過，在她的生活裡，那些戲碼並非一個時段一個時段分得清清楚楚的：喜劇在這裡，不倫的浪漫愛情和催淚劇在那裡，而意外與慘死的情節則在那些被剪成三十秒長的新聞片段裡。在她的現實生活裡，所有的情節都攪和在一塊兒了。「笑吧，我還以爲自己快死了呢。」許久之前，文森經常如此模仿那些媽媽們慣有的口氣。現在對她而言，情況是愈來愈像這個樣子了。因此，這些日子以來，她每次打開電視，一定過不久就會把它關掉。現在，就連那些家常的有些超現實意味的廣告都開始給人一種邪惡的感覺，彷彿在它們那乾淨、亮麗、健康、有力、迅速的表面之下還蘊含了某些不同的意義。

今晚，她讓電視開著，因爲眼前這個節目和她平常所看到的很不相同。這個冰人的樣子看起來一點也不邪惡，而且非常的與眾不同，是「表裡如一，內外一致」的。這是文森從前常說的話。他在說這話時往往擠著一雙鬥雞眼，露出一邊的牙齒，並把他的鼻子弄成像恐怖片裡的那樣。然而，他卻從來不是個「表裡如一」的人。

被他們挖掘出來並解凍的這名男子曾是個年輕人。或者也可以說，他到現在還是。到底什麼時態適用在他身上，讓人實在很難判定，因爲他看起來是如此的栩栩如生。儘管因爲被冰凍的緣故，他的面容有些扭曲，身體也因生病的關係顯得極爲瘦弱，但他的模樣還是很年輕的，並沒有風霜與歲月的痕跡。根據他的名牌上那字體工整的日期，他才二十歲，名叫約翰・托靈頓，是個海員，但不是體格強健的那一種，只是個有點權力的小軍官。掌不掌權和體格強健與否是毫無關連的。

他屬於最早喪命的那批人，所以才有棺木和金屬名牌，並且還被埋在深及永凍層的洞穴裡。這是因爲當時事情才剛開始，他們還有體力，還有那種心思。當時他們想必還爲他舉行了葬禮，做了禱告。但隨著日子一天天過去，時間變得模糊，情況並未好轉，他們想必就把所有的精力和禱告都留給了自己。那些禱告想必也從原本的例行公事逐漸變成急切的懇求，終至變成絕望的告白。後來死掉的那些人墳上只有一堆石頭。過了許久之後，連石堆也沒有了。他們的骨骸、靴子底和零零星星的幾個鈕扣散落在那條通往南方的小徑上，散落在那連一棵樹木也看不見的無情的冰封的岩地上，就像童話裡被灑在路上的麵包屑、種子或小白石一般。只是，在他們那個時候，沒有任何東西突然在月光下發芽或閃閃發光，奇蹟般的為他們指引一條生路。沒有人前來援救他們。過了十年之後，人們才約略知道他們當初的遭遇。

他們都是法蘭克林探險隊的成員。其實，珍恩很少注意歷史事件，除非那些事件與她所知道的古董傢具或古屋（諸如「十九世紀松木豐年桌」或「位於精華地段、翻修的無懈可擊的喬治亞主邸」）有關。但她知道法蘭克林探險隊是什麼。因爲他們那兩艘名字很不吉利的船（「恐怖號」和「黑暗之神號」）已經被印在郵票上。此外，她在課堂上也曾讀過有關他們的事，並知道除了他們之外，還有其他許多支探險隊，而且下場就跟他們一樣淒慘。看起來，那些探險家能夠成功的並不多。他們最後不是得了壞血病，就是下落不明。

當年，法蘭克福探險隊的目的是要尋找那條「西北走廊」，也就是橫越北極的一條海上通路，以便一般旅人和商賈可以從英格蘭直達印度，而無須大老遠的繞道南非。而他們本身之所以選擇這條路，爲的是節省成本並增加利潤。這趟旅程雖然不像馬可波羅之旅或尼羅河上游歷險記那般具有異國風情，但對珍恩而言，光是探險這件事本身就充滿了吸引力。能跳上一艘船前往某個地方，某個沒有地圖的地方，進入那未知的世界，面對可怕的環境，發現某些事物，這是多麼令人嚮往的事呀。雖然在過程中不免會有挫敗或損失，但卻是勇敢而高尚的舉動（或許正因爲這些挫敗或損失才凸顯出它的勇敢與高尚），就像在高中時發生性行爲一樣（當時還沒有避孕藥這玩意兒），即便你事先已經採取了預防措施。當然啦，這是就女生而言。如果你是男生，這就算不上什麼冒險了，因此你得從事其他的活動才行，例如攜帶武器、酗酒或飆車等等。在六〇年代初期她所就讀的那所位於多倫多市郊的高中裡，這意味著在星期六的夜晚帶著彈簧刀和啤酒到大街上進行短程的飆車比賽。

此刻，珍恩看著電視上那橢圓形的冰塊逐漸融化，那年輕水手的身體輪廓也逐漸顯現，不禁想起了十六歲時、頭髮依然茂密的文森。他挑起一邊的眉毛，揚起上唇，擺出一副不屑的姿態說道：「親愛的法蘭克林，告訴你，這事我可一點都不在乎。」他故意說得很大聲，但那歷史老師卻裝作沒聽見，因爲他實在不知道該拿這學生怎麼辦。學校的老師們也都拿文森沒法子，因爲他總是一副天不怕地不怕的模樣。

即使在當時那個年紀，他就已經眼窩深陷，看起來經常是徹夜未眠的模樣，很像個小老頭，但有時又像個放蕩的小孩。說他老，是因爲他有黑眼圈，但他笑起來的時候就會露出他那又小又白的可愛牙齒，就像雜誌上的嬰兒食品廣告一樣。他對所有的東西都持著嘲弄的態度，但他身邊也有一群仰慕者。只不過他們並不崇拜他，像他們崇拜那些成天撅著嘴、頭髮油膩膩、故意裝得很陰沈的男孩一樣。在他們心目中，他就像一隻討人喜歡的寵物，並且不是狗，而是貓。

因爲他來去自如，並不隸屬於誰。也沒人叫他「阿森」。

奇怪的是，珍恩的媽媽倒並不討厭他，儘管她通常都不喜歡那些和珍恩約會的男孩們。也許她不反對的原因是她認爲珍恩和他交往不致有什麼不良的後果：不會心痛，不會有什麼不愉快、不會有負擔，沒有她所謂的「後果」。「後果」指的是日益變胖的身材、肚裡那不斷長大、必須像個包袱一樣到處帶著走的一團肉以及推車裡那個戴著滾邊帽子、像個小醜八怪似的小頭，也就是說：嬰兒與婚姻（按著這樣的順序）。對她而言，男人和他們那偷偷摸摸、動作笨拙且帶著脅迫意味的慾望就代表著這些東西，這些「後果」。因爲珍恩本身就是這種「後果」的產物。她是一個失誤，是一個出生在戰爭時期的嬰兒，是一個讓人必須時時付出代價的過錯。

珍恩長到十六歲時已經聽了太多這類的話，多得足夠讓她記得好幾輩子。按照她母親的說法，女人只有年輕一下下而已，然後就開始墜落：像一顆熟透的蘋果般迅速往下墜落，然後「咚！」一聲掉到地上。當妳墜落後，妳所有的一切也跟著下垂。妳的足弓下垂，子宮下垂，頭髮和牙齒也開始脫落。一旦生了小孩，妳就會變成這樣。生了小孩，妳就開始受到地心引力的影響。

至今，珍恩印象中的母親還是這樣：走起路來搖搖晃晃、彎腰駝背、無精打采、乳房下垂、嘴角下彎。至今，她腦海裡仍有這樣一幅畫面：她母親如同平常那般坐在廚房的桌子旁邊，前面放著一杯已經逐漸冷卻的茶，看起來一副精疲力竭的樣子。她已經在伊東百貨公司上了一整天的班，穿著一件緊身的束腹，踩著公司規定的中高跟鞋，在珠寶櫃台後面站得雙腳腫脹，對著那些被寵壞的顧客擠出一臉既羨慕又不以爲然的笑容：那些人看不上眼的貨色卻是她這輩子永遠也買不起的。她嘆了一口氣，吃了幾口珍恩爲她熱好的罐頭義大利麵，身上飄散出陳年爽身粉一般無聲的字句：「我們還能有什麼指望呢？」而且這話永遠都是敍述句，從來不是問句。此刻，隔著遙遠的時空，珍恩試著同情她，卻沒法做到。

至於父親，在珍恩五歲時，他就拋棄她母親，離家出走了。「離家出走」是她母親對這件事情的描述，彷彿他是個任性的孩子似的。他走後，曾不時寄錢回來，但他爲這個家所做的也就僅此而已了。爲此，珍恩恨他，但並不怪他，因爲幾乎每個人碰到她母親都會惡意的產生一股想要逃走的念頭。

那時，珍恩和文森經常坐在她家狹小的後院裡。珍恩家的房子是戰時那種灰泥斜窗小平房，座落於山腳下。當時山頂上的房子都比較豪華，是有錢人住的。那裡的女孩都擁有至少一件開司米爾毛衣，不像珍恩老是穿奧綸❶(Orlon)織品毛衣裳。文森則住在半山腰，還有一個父親，

❶由丙烯晴聚合而成的一種合成纖維，用途是衣料，因其外表和性質都很像羊毛，所以又稱爲合成羊毛，其強度及保暖性質均不遜於天然羊毛。

至少名義上如此。

他們時常坐在離房子最遠之處，也就是那叢細瘦的大波斯菊（這就算是她家的「花園」了）附近，背靠著後院的圍籬，喝著琴酒。那酒是文森從他父親的酒窖裡倒出來並用他不知在哪兒撿來的軍用水壺裝著、偷偷帶到她家的。他們時常一邊喝著，一邊模仿自己的母親。

「我這也省，那也省，幹活幹到手指皮都磨破了，可是你給我什麼回報呀？」文森裝出一臉悻悻然的模樣。「你一點忙都不幫。就像你爸一樣，自由的像隻鳥，一個晚上都不回家，愛幹什麼就幹什麼，一點都不在乎別人的感覺。去，去倒垃圾。」

珍恩則學著她母親那無奈而沈重的語氣說道：「愛情會毀了妳。妳等著瞧吧，女兒。總有一天妳會學乖的。」珍恩口裡雖然取笑著，腦海中仍想像著愛情隨著 Love 這個字從天而降，像一隻巨大的腳朝她走來的景象。雖然她母親的日子確實過得很糟，但在她看來，這卻是無可避免的事，就像歌詞與電影裡所描述的那樣。這是愛情的錯。碰到了愛情，你又能怎樣呢？愛就像一台蒸汽壓路機，來勢洶洶，令人無法抵擋。一旦被它壓過，你就扁了。

珍恩的母親擔心這樣的事會發生在女兒身上。她不斷的警告她，但這些警告裡多少也含有一些看好戲的成份。在她眼裡，每個約珍恩出去的男孩，都有可能是那個最終會讓她墜落的傢伙，必須仔細的加以審查。在她看來，這些男孩大多不值得信任。他們總是撅著厚唇、半閉著眼睛吞雲吐霧、走起路來慢吞吞的搖來晃去、衣服太緊、身材太胖。即使他們不撅嘴、走路不搖晃的時候，看起來也是這個德性。即使他們在她面前努力裝出一副眼神明亮、勤勉有禮的模樣，走到大門口時記得向她說再見，穿著襯衫和燙過的西裝，打著領帶，她對他們的觀感還是不變。他們就是這個樣子，這是沒法改變的。他們自己也管不住自己。只要在某個黑暗的角落裡親個嘴，他們就講不出話來了。這些男孩就像是一群形體不斷變化的夢遊者。相對的，珍恩則是全然的清醒。

嚴格說起來，珍恩和文森並不曾約會過。他們只是藉著這件事來找樂子。當珍恩的母親不在家、別人也不注意的時候，文森會把臉塗成鮮黃色，出現在她家門口，珍恩則故意將浴袍反穿，然後兩人便打電話叫外賣，等到那中國餐廳的小弟送菜來時再故意嚇他，而後兩人便盤腿坐在地板上，笨拙的拿著筷子用餐。有一次，文森穿著一套料子已經快要磨破的三十年前的舊衣服，戴著圓頂禮帽，拄著一根拐杖前來，珍恩則在貯藏室裡找出她母親已經不要的一頂帽子，是她從前上教堂時戴的，上面有幾朵已經被壓扁的紫蘿蘭布花以及一襲面紗。穿戴好後，他們倆就到市區四處閒逛，一邊走一邊大聲的對路過的人品頭論足，假裝他們自己是老人家、窮人或瘋子。這類舉動既莽撞又沒品味，但也正因如此才受到他們兩人的喜愛。

還有一回，爲了帶她參加畢業舞會，文森陪珍恩去他常去的一家二手衣店選購禮服。他們一邊挑選，一邊想著別人看到他們的禮服時那種驚羨的眼光，就不禁咯咯笑了起來。有一陣子，他們拿不定主意，不知道該買那件亮片已經有些脫落的火紅色禮服，還是那件露背低胸的黑色緊身禮服。最後，爲了搭配珍恩頭髮的顏色，他們選了黑色的那件。後來，文森又送她一朵看起來彷彿有毒的萊姆綠蘭花。他說那是她眼珠子的顏色，於是珍恩便用了同色的眼影與指甲油來搭配。當晚，文森穿著白色的燕尾服，打著白領帶，戴著一頂高高的禮帽，都是「莎莉安」(Sally-Ann) 牌的，不但已經磨損，而且還大的可笑。他們兩人在體育館上空所懸掛的皺紙花之下，踩著不是探戈舞曲的音樂，大跳其探戈舞，在一片粉色薄紗的海洋裡拖曳出一條黑色的水痕。他們的臉上都沒有笑容，文森甚至還把珍恩那條長長的珍珠項鍊咬在嘴裡，擺出那種老套的威猛而挑逗的姿態。

因爲他向來受人仰慕，因此那晚群眾的掌聲大多是衝著他來的。雖然仰慕他的人以女生居多，但他在男生堆裡似乎也還頗受歡迎，也許是因爲他常在男生的更衣室裡講黃色笑話的緣故吧。他對那些人是頗爲了解的。

舞曲末了，他把珍恩往後扳倒時，牙齒一鬆，讓嘴裡的珍珠項鍊掉落下來，然後便在她耳邊悄聲的說道：「沒帶子、沒別針、沒護墊、不摩擦。」這原本是衛生棉條的廣告詞，後來也成了他們的中心思想。那是他們兩人都想要的：遠離那屬於母親們的世界，遠離那凡事都要防範、有太多負擔和所謂宿命、對女性的肉體有諸多束縛的世界，過一種沒有後果的生活。而他們也確實辦到了，直到最近。

現在科學家們已經將這年輕水手的整個身軀（至少是外層）都解凍了。先前他們一直很有耐性的在他身上輕輕的澆著溫水，彷彿眼前這個年輕人已經睡著了，他們不想驚擾他似的。

現在他的腳已經露出來了。這雙腳上並沒有穿著鞋襪，而且是白色的，並非淺棕色，看起來就像是冬天時走在冰冷的地板上的一雙腳。那白色乃是清晨冬陽的顏色。看見他光著一雙腳，珍恩的心裡極其難受。他們當初應該讓他穿上襪子的。不過也許其他人需要那些襪子吧。他的兩隻大腳趾被人用一塊布條綁在一起。負責解說的人表示這是爲了要把屍體包得整整齊齊的以便下葬。但珍恩並不相信這種說法。因爲他的雙臂也和身體綁在一起，連兩隻腳踝都相連。你只有在不希望某個人四處走動的時候才會這麼做。

這個片段幾乎令珍恩難以忍受，因爲它讓她想起了太多往事。她伸手要拿遙控器換台，所幸這時節目（這只是個節目，只是眾多節目之一而已）已經進行到由兩個歷史學家分析他的服裝的部份。此刻電視畫面上是那件襯衫的特寫。那是一件樣式簡單的藍白色高領細紋的棉布襯衫。鈕子是珠母做的，那細紋則是印染上去，而非織成的。當時用織的一定比較貴。至於褲子則是灰色的麻布做的。「啊。」珍恩心想。「關於穿著打扮的部份。」這讓她覺得好過一些。這些東西她懂。她喜歡這兩個專家在討論條紋和鈕子時那種莊嚴而愼重的口氣。對現在的衣服感興趣叫做膚淺，對過去的衣服感興趣則叫考古學，這點是文森可以領會的。

高中時，文森雖然看起來不常讀書，但功課卻向來比珍恩好。畢業後，兩人都獲得了大學獎學金。那年夏天，他們無論做什麼事都在一塊兒：一起在一家漢堡店打工，下班後一起去看電影，只不過文森從不曾替她付帳。那段期間，他們偶爾還是會穿著老舊的衣服，裝成一對古怪的老夫婦，只不過已經少了那種胡攪瞎搞的快活。他們開始覺得自己以後很可能就會變成這副模樣。

大學一年級時，珍恩不再和其他男孩交往，因爲她需要打工賺錢。於是工作、課業和文森就佔去了她所有的時間。她心想也許她已經愛上了文森，爲了明白這點，也許她應該和他做愛看看。到目前爲止，她完全沒有這類經驗，因爲她覺得男人並不值得信任，因爲她害怕愛情的威力，害怕那些「後果」。不過，她想，也許她可以相信文森。

然而事情的發展並不是這樣。他們光是牽手，並不擁抱；即使擁抱也並不愛撫；親吻時也並不激情。文森喜歡看她，但正因如此他從不閉上眼睛。每次她閉上眼睛，再張開時，總會看到文森把眼睛睜得大大的，正好奇的盯著她看，他的眸子在街燈或月光下熠熠生輝，彷彿正等著看她下一步會做出什麼小女人的事情來，彷彿這是一件好玩的事。於是，和文森做愛這件事似乎並不一定有可能成眞。

（後來，當她擁抱了六○年代末期蔚爲洪流的思潮後，就不再使用「做愛」這種字眼，而改稱「發生性行爲」了。不過歸根究底這兩者還是同一碼子事。你和某人發生性行爲之後，無論你想不想要，「愛」還是被「做」出來了。你醒過來時發現自己在一張床上（更可能的情況是在一張床墊上），有一隻手抱著你，於是你便開始好奇如果繼續這樣做下去的話，情況不知道會變得怎樣。往往在這個時候，珍恩就會開始看自己的手錶。她可不想被人拋棄。因此，她要當那個一走了之的人。於是她就這麼做了。）

後來，珍恩和文森分別到了不同的城市，彼此偶爾會互寄賀年卡。珍恩做過許多不同的工作。她曾經在溫哥華開過一家屬於合作社性質的食品店，爲蒙特婁一家小戲院管過財務，也曾擔任一家小出版社的行政編輯以及某個舞團的公關。這是因爲唸大學時半工半讀的經驗讓她對打理瑣碎的事務十分在行，也很擅於撙節開支，積少成多。況且，只要你要求的待遇不高，這類的工作機會往往很多。這時的珍恩不認爲自己有任何理由作繭自縛，對任何事情或任何人做出會有礙自我成長的許諾。當時正是七〇年代初期。那個女人得穿束腹、得小心翼翼，得承受各種「後果」的沈重的舊世界已經被推翻了。對女人而言，有很多門窗已經開啓。你可以往裡頭看看，走進去，然後再走出來。

她曾經和好幾個男人同居過，但她住過的那些公寓裡，總是有幾個放著她的私人物品而她卻從來沒空拆封的紙箱子。不過這樣也好，因爲這樣她要搬出去的時候就更省事了。年過三十後，她一度考慮要生個小孩，但又不想當個母親，實在不知道該如何兩者兼顧。當時她的母親已經搬到佛羅里達州，不時會寫一些不著邊際的信給她，抱怨這，抱怨那的，但珍恩並未經常回信。

後來，珍恩搬回了多倫多，發現那裡已經比她當初離開時要有趣多了，而且文森也在那兒。他在歐洲修畢電影課程後就回到多倫多，成立了一家設計工作室。兩人又開始一起吃午飯，但情況依然沒變：感覺上他們還是當年一起胡搞的夥伴，並且各自都意識到彼此之間可能會有的摩擦。雖然已經過了這麼些年，但他們在一起的感覺依舊像是當年兩人坐在珍恩家院子裡，偷喝琴酒，玩耍作樂的光景。

這段期間，珍恩意識到自己已經置身在文森的圈子裡（或者應該說是軌道上）。文森認識很多人，各色各樣的人都有。其中有些是藝術家，有些想成爲藝術家，有些則想要認識藝術家。有些人原本就有錢，有些人則靠著藝術賺了錢，但他們的共通之處就是很會花錢。這年頭人們對於金錢的興趣遠比過去濃厚，至少這些藝術圈內的人士是如此，但他們卻沒有幾個懂得理財。於是珍恩便開始提供他們這方面的協助。她成立一家小公司，專門替他們管錢。做法是將他們的錢集中起來，加以妥善的保管，並訂定一個可供他們自由支出的額度，再發給他們一些「零用金」。然後她會逐一記錄他們所購買的物品，並將這些物品（諸如傢具、衣服和其他品項等等）的貨款收據加以建檔。他們對這樣的做法非常滿意。在拿到錢時，他們那高興的模樣簡直就像孩童們在放學後分到牛奶與餅乾一般。懷著一份責任感，帶著幾分寵溺的目光，珍恩看著他們隨性的運用自己的金錢，覺得自己很像是個老女人。至於她自己的錢，她則小心翼翼的存起來，最後用來買了一棟樓房。

這些日子以來，她一直與文森在一起，時而親密，時而疏遠。有一陣子，他們曾經試著當情侶，但並不成功。爲了配合珍恩，文森願意嘗試，但他卻總是若即若離，不肯有任何表示。對其他男人有效的招數，諸如假裝柔弱，假裝吃醋、請他幫忙開罐頭蓋等，用在文森身上卻全然無效。和他做愛像是跳韻律操一般。他一直抱著玩世不恭的態度，還指責她太過嚴肅。她懷疑他是同性戀，卻不敢問他，她害怕那種與他並不相干、被他排拒在外的感覺。過了好幾個月之後，兩人的關係才恢復正常。

他和她一樣，已經不再年輕。他的鬢角日漸稀疏，額上出現了抬頭紋，一雙明亮而好奇的眼睛也更加凹陷。他們兩人之間的關係仍舊很像愛人，但卻不是。他總是在不同的場合帶不同的東西來給她，諸如新奇的食物、怪異的產品、最近的八卦等等，像是送花一樣，而她也總是能欣賞他的優點。事實上，文森就像瑜珈，鯷魚或石頭一樣，不是每個人都會喜歡，都能欣賞的。

電視上播出了一幅接著一幅的黑白畫像。那是十九世紀的蝕刻版畫。畫像上的約翰・法蘭克林爵士比珍恩想像的更老、更胖。畫像上的「恐怖號」與「黑暗之神號」正停泊在一片冰天雪地之中。那是一百五十年前的北極。當時正值隆冬，沒有陽光，也沒有月亮，只有那如同電子音樂般颯颯作響的極光與渺遠冷冽的星辰。

在這樣的時刻，在這樣的一艘船上，他們如何滿足自己對愛的渴望？想必是私下裡偷偷的自我撫摸，夜半裡做著紛亂而哀傷的夢或藉著小說而昇華，這些孤獨的人常做的事。

在木頭船身吱嘎吱嘎的聲響中，在那些長久受困於船內的男人所發出的體味中，約翰．托靈頓躺在貨艙內，已經瀕臨死亡。他想必知道自己已經不久人世。你從他的神情就可以看得出來。他轉動著他那雙茶色的眼睛，以一種既困惑，又略譴責的目光看著珍恩。

這時，有誰握著他的手？有誰唸書給他聽？有誰爲他倒水？有誰愛他？他們如何向他說明他爲何即將死去？結核病、腦膜炎、原罪，這些維多利亞時期的名詞雖然了無意義，也不正確，但必然有些許撫慰的作用。因爲，如果你要死了，你至少得知道原因才行。

八〇年代，情況開始惡化。多倫多這個城市已經不再像從前那般好玩。因爲人太多了，或者應該說窮人太多了。他們在車輛壅塞、廢氣瀰漫的街道上乞討。那些廉價的藝術家工作坊有的被拆除，有的被改建成故做神祕的高級辦公室。藝術家們遷徙到別的地方。有些街道整條都被開挖或拆除。空氣裡滿是飛揚的砂石。

有許多人死去，而且都是英年早逝。珍恩有一名開設古董店的客戶幾乎是在一夜之間就被骨癌奪走了性命。一名演藝圈的律師在精品店試裝時突然心臟病發作，倒地不起，等到救護車來時已經氣絕。一個舞台劇的製作人死於愛滋病，另一名攝影師也是。後者的愛人（也是一名攝影師）則因悲傷過度或自知不久人世而舉槍自盡。珍恩一個朋友的朋友死於肺氣腫，一個死於由病毒所引起的肺炎，一個因爲在熱帶地區渡假時不愼染患肝炎而去世，另一個則死於脊髓腦膜炎。這些人彷彿都被某種神祕的媒介——一種像是無色、無臭而且看不見的氣體之類的東西——削弱了體力，以致於任何細菌都可以入侵並佔領他們的身體。

這段期間，珍恩開始注意一些她過去經常忽略的新聞報導：楓樹林因酸雨而枯萎，牛肉裡含荷爾蒙，魚肉裡含汞，蔬菜裡含殺蟲劑，水果上噴農藥。天知道飲用水裡有什麼。於是她開始訂購瓶裝的礦泉水，但在她安心了幾個禮拜之後，卻又在報上看到消息，說即使喝礦泉水也沒有什麼用處，因爲毒素已經滲進所有的東西，就連呼吸時也不免會吸入一些。珍恩一度考慮搬到郊外去住，但在看到一些報導後，才發現原來鄉下那樹木搖曳、綠意盎然的美景之下可能隱藏著具有毒性或輻射性的廢棄物。

不到一年前，文森死了。他沒有被放進永凍層，也沒有被冷凍，而是進了尼夸波里斯（Necropolis）公墓。這是多倫多的公墓之中，文森唯一看得上眼的一處。珍恩和其他朋友們在他的墳上種了花，不過其中大部分都是珍恩手植的。如今，文森的模樣說不定還不如最近才剛解凍的約翰・托靈頓。

在他四十三歲生日之前的一個星期，珍恩前往醫院探視文森。當時他因爲罹患了某種怪病必須住院檢查，結果發現他受到了一種突變病毒的感染。這種尚未被命名的病毒已經侵犯了他的脊椎，一旦蔓延至腦部，就會致命。這種病正如他們所言是「藥石罔效」，於是他只有在醫院裡住了下來。

他的病房是白色的，感覺寒意逼人。爲了止痛，他躺在冰袋上，身上蓋了一條白色的床單。他那雙又瘦又白的腳從床單底下伸了出來，看起來冰冷而沒有血色。珍恩看他像一條鮭魚一般躺在冰塊上，忍不住哭了起來。

「喔，文森！」她說。「沒有你我該怎麼辦？」哎，這話說得眞糟糕，聽起來像是從前她與文森模仿那些過時的書本與電影以及他們那落伍的母親時所用的口氣。而且，這話也很自私：文森病了，她卻只擔心自己的將來。然而，這卻是她的眞心話。沒有了文森，她可以做的事情就少多了。

文森抬眼看著她。此時的他已經眼窩深陷。「別擔心。」他說。他的聲音不大，因爲他已經無法大聲說話了。她坐了下來，將身體前傾，握住他那隻像鳥爪一般細瘦的手。「誰說我會死啦？」他說，但想了一會兒之後又隨即更正：「妳說得對。他們抓到我了。就是那些從外太空來的豆莢人。他們跟我說：『我只不過是要你裡面的豆子罷了。』」

珍恩哭得更厲害了。看到他強顏歡笑，讓她更加難受。「倒底你得了什麼病？」她問。「他們查出來了嗎？」

文森笑了一下，他那蒼老的面容露出一副事不關己、覺得好笑的表情，但他那好看的牙齒卻依然像孩童一般稚氣。「誰知道呢！」」他答道。「一定和我吃的食物有關。」

珍恩淚流滿面，內心淒涼孤獨而無助。到頭來，終究還是被他們的母親們說中了。無論如何，「後果」還是有的。只是這「後果」來自於珍恩不曾意識到自己做了的事情。

那些科學家又再度出現在螢幕上，嘴巴急切的開闔著，一副頗爲激動——甚至幾乎可以說是高興——的模樣。他們已經查出了約翰．托靈頓的死因，也終於明白爲何法蘭克林探險隊會遭遇如此悲慘的下場。先前他們將約翰．托靈頓的指甲、頭髮等物取下，以儀器測試，終於找出了答案。

一個老舊的罐頭出現在電視畫面上。罐蓋已經打開，露出了開口的接縫，看起來像是炸彈的外殼。一根手指指著它說：就是這些錫罐惹的禍。在當時，這是個新發明，新科技，是對抗飢餓和壞血病的終極武器。法蘭克林探險隊一行帶了大量的罐頭，罐裡裝滿了肉和湯，再用錫焊封起來。結果整個探險隊都出現鉛中毒的現象。只是沒人知道，沒人嚐得出來。那些鉛侵入他們的骨骼、肺臟和腦部，使他們變得身體虛弱、神智不清，以致於船上那些還沒死的人最後居然拖著一艘裝滿牙刷、肥皀、手帕和拖鞋等廢物的救生艇棄船而去，在那冰冷的岩地上漫無目標的前進。十年後，當他們被人發現時，已成了衣衫襤褸的枯骨，躺在他們當初倒下的地方。顯然他們當時正要返回船隻所在之處。而讓他們喪命的正是他們先前所吃的食物。

珍恩把電視關掉，走進廚房，想爲自己沖一杯加蘭姆酒的熱牛奶，但隨後又改變了主意。反正她是睡不著了，還是別喝算了。她看著這廚房。裡面的一切都是白色的，那些七十年代留下來的過時的槭木厚板流理台都已經被拆掉運走了。現在這裡的東西看起來都是一副無主的樣子。那台很適合單身者烹飪的小烤箱、她用來煮蔬菜的微波爐以及那台 espresso 咖啡機全都在那兒等著她離開（無論今晚或永久），以便恢復它們的原形。它們只不過是在這物質世界裡漂泊的物件，與那些在環繞月球運行時爆炸的太空船碎片並無二致。這是它們的本來面目，也是它們的終極的面目。

她想起了文森的公寓。裡面總是乾淨整齊，放滿了他生前喜愛的那些美麗或蓄意醜陋的事物。她也想起了他的衣櫥以及裡面那些怪異獨特的服裝。現在那些沒人穿的衣服已經賣的賣，送的送，分散各方了。

漸漸的，她屋前的人行道上開始散落著塑膠杯、壓扁的飲料罐以及用過的餐盤。她將它們一一撿拾起來，把路面清理乾淨，但過了一個晚上這些東西又出現了，像是一支正在行軍的隊伍或在空襲時逃難的市民所遺留下來的物品。對他們而言，這些東西曾是如此不可或缺，但現在卻成了帶不走的沈重包袱。

時代的見證

鈞特．葛拉斯

一九一四

六〇年代中期，在我所裡的兩位同事嘗試了好幾次仍然宣告失敗之後，我終於成功的讓那兩位老先生碰面了。我想，我的運氣之所以比較好也許是因爲我是個年輕女性，又是瑞士人，立場中立所致。之前，我寫了幾封信投石問路，雖然信裡用了很冷靜的口氣描述我的研究目標，但措詞則力求溫婉體恤。果然，不到幾天，他們兩人就幾乎同時回信表示接受了。

我對我的同事們形容，這兩個人雖然有點老頑固，但卻很令人印象深刻。我爲他們在 Zum Storchen 飯店❶訂了兩個很安靜的房間。大部分時間，我們都待在那裡的燒烤餐廳。此處可以俯瞰利馬河、正對面的市政廳以及 Zum Rüden 旅館。六十七歲的雷馬克（Remarque）先生來自盧

❶蘇黎世一家歷史悠久的飯店。

卡諾市喜愛美食、美酒，也喜歡上館子，參加宴會，但身體似乎要比楊格（Jünger）先生差。後者雖然年已七十，但給人的感覺卻是健康而有活力，像個運動員。他住在符騰堡，從佛日徒步旅行至 Hartmannsweiler Kopf（一九一五年那次激戰的戰場）後，經由巴塞爾來到了蘇黎世。

我們的第一次會談並不讓人看好。我的這兩位「時代見證人」談的都是瑞士的酒。雷馬克喜歡提契諾州的酒，楊格則偏愛沃州 La Dôle 酒廠的產品。兩人都蓄意對我施展他們那並未隨著年紀而褪色的男性魅力，而且他們都試著以瑞士德文交談，這點讓我一方面覺得有點好玩，一方面也有些不耐煩。直到我引述了「法蘭德斯死亡之舞」（第一次世界大戰期間很受歡迎的一首歌，創作者不詳）這首歌的開頭「死神騎著一匹烏黑的駿馬／頭上戴著一頂絨線帽」之後，情況才有了改變。雷馬克和楊格相繼哼起那憂傷淒美、盪氣迴腸的旋律，而且兩人都會唱副歌結尾那兩句歌詞：「法蘭德斯已經陷入險境／死神在此並不陌生」。他們一邊唱著，一邊若有所思的遙望著那座尖塔高聳、巍然矗立在河畔屋宇之間的大教堂。

之後，雷馬克清清喉嚨，開始說道，一九一四年的秋天，當比克斯科特（Bikschote）和伊伯爾(Ieper)兩地的志願軍已經躺在血泊中時，他還是個學生。當時「蘭傑馬克傳奇」(the Langemark legend)（即德國士兵們在英軍機關槍的砲火掃射下仍大唱「日耳曼之歌」一事）令他印象極爲深刻。在這個事件的影響之下，再加上師長們的大力鼓吹，有許多班級的學生不禁紛紛投筆從戎，加入了戰事。其中有一半的人沒有回來。另外一半縱使得以生還，也都身心受創，而且傷痕至今仍難以平復。雷馬克就是其中之一。戰後，他的求學生涯被迫結束，同時一直到今天他都以「活死人」自居。

楊格帶著一抹淺笑聽著雷馬克訴說他當年在學校的經驗。他認爲所謂的「蘭傑馬克傳奇」只是「愛國人士胡謅的故事」。不過他承認早在戰事爆發之前許久，他就已經懷有一種渴望冒險的心情，希望能有一些不尋常的經歷，「哪怕只是在法國的外籍兵團待一段時間也好」。「當戰事終於爆發時，我們覺得自己的內心好像被某種巨大的東西所佔據。然而，即使在戰爭露出了它的猙獰面目之後，我率領士兵打突襲戰時，仍然沈迷於『戰爭是人的內在經驗』這種概念。雷馬克，這點你可得承認，你在你那本絕妙的處女作『西線無戰事』當中不是也用了非常動人的辭句描述同袍之間那種生死與共的情誼嗎？」

對此，雷馬克答稱，那篇小說所記錄的並非他個人的經歷，而是被送到戰場上遭受屠殺的一整個世代在前線所共有的經驗。「當時我在戰地救護隊服役，裡面有的是可供我寫作的材料。」

我不能說他們兩人自此開始有了爭執，不過他們確實刻意要顯示兩人之間除了在軍事問題上觀點歧異，個人作風也大相逕庭之外，在其他方面也分屬於不同的派系。一個仍然自認是「無可救藥的反戰人士」，另一個則希望被視爲「無政府主義者」。

「你別說傻話了。」雷馬克後來說道。「在《鋼鐵風暴》(The Storm of Steel) 這本書裡，你就像個一心一意要冒險的小魔王，一直到魯登道夫❷（Ludendorff）發動他的最後一次攻勢爲止。當時的你哪怕只是爲了擄獲一兩名敵兵，以滿足自己嗜血的樂趣，並順便帶走一瓶干邑白蘭地，你都會不惜帶兵發動突襲……」不過他隨後也承認楊格在他這本私人日記裡所描述的壕溝戰、陣地戰以及裝備戰的特質有一部份的確頗爲寫實。

我們第一回合的談話快要結束時，兩位老先生已經喝完了兩瓶紅酒。此時，楊格又重提有關法蘭德斯的話題。「蘭傑馬克事件過了兩年半之後，我們沿著蘭傑馬克戰線挖掘壕溝時，發現了一九一四年時留下來的一些皮帶、武器和彈藥匣，甚至還找到一些釘盔，就是當初那些志願軍出發去打仗時所戴的那種……」

一九一五

我們第二回合談話的地點是在「歐迪恩」（Odeon）。這是一家頗有名氣的餐廳。當年列寧在獲得德意志第三帝國頒發的許可證，讓他得以安全前往俄國之前，時常坐在這裡閱讀《蘇黎世國際日報》之類的刊物，並祕密策劃有關革命的事情。這次談話我們把重心放在過去，而非未來。只不過兩位老先生仍然堅持要先吃完一頓附香檳的早餐才行。而侍者端來給我的則是一杯

❷1865-1937，德國將軍。

柳橙汁。

他們把各自的證據——就是那兩本曾經引起各方激辯的小說——放在大理石餐桌上，介於牛角麵包和乳酪拼盤之間。《西線無戰事》的幾個版本都比《鋼鐵風暴》大得多。雷馬克表示：「我的書在三三年被公開焚毀之後，有整整十二年的時間都沒有印行，而且不僅僅是在德國境內而已。但你這本歌頌戰爭的書卻顯然無論何時何地都可以買得到。」

對此，楊格並沒有回應。不過，當我把話題轉到當年法蘭德斯的壕溝戰以及香檳一帶的白堊土，並將當年這兩個受到包圍的地區的照片放在那張已經清理乾淨的餐桌上時，他立刻便開始談論宋姆（Somme）之役的攻擊戰及反攻戰，並說：「雷馬克，我可敬的同僚，你當初幸好沒有戴到那種劣質的鋼盔。早在一九一五年六月時，我們那一區戰線的軍隊就已經用鋼盔取代釘盔了。由於當時法軍也正計畫引進鋼盔。爲了搶先他們，一位名叫施偉德（Schwerd）的砲兵上尉在歷經好幾次失敗之後，終於成功的研發出這種鋼盔。那個時候，由於克魯伯鋼鐵公司❸無法製造出合適的鉻合金，於是訂單便落到了其他幾家公司手上，其中包括「泰利」（Thale）鐵工廠。到了一九一六年二月時，前線各地的軍隊都已經開始使用鋼盔了。最先拿到的是凡爾登（Verdun）和宋姆（Somme）這兩個地方的軍隊，東部戰線的軍隊等得最久。親愛的雷馬克，

❸ Krupp AG.德國公司，第二次世界大戰結束之前，它是世界上主要鋼鐵生產和軍火製造商之一。

你不知道有多少條性命被那種一點用處也沒有的皮釘盔給葬送了。雖然說是皮盔，但由於當時皮革短缺的緣故，實際上卻是用毛氈做的。這種釘盔在打據點戰時所造成的損失尤其慘重。因爲只要瞄得準，一槍便是一條命。每個炸彈碎片都可以致命。」我們後來的談話大致上便是延續這樣的基調。

後來，楊格又轉頭看著我說：「今天你們瑞士警察所用的頭盔便是根據我們那種鋼盔做成的，連上面用來透氣的針點都一樣，只不過樣式經過改良罷了。」

我的回答是：「幸好我們的頭盔不需要像你先前所說的那些裝備一樣，那麼經得起轟炸。」對此，他迴避不答，只是不停的告訴沈默的雷馬克先生更多相關的細節，包括鋼盔外面的那一層防鏽塗料、背面的護頸以及鋼盔內側的馬毛或毛氈襯裡等等。然後他又指出，由於鋼盔前端必須向外突出以保護鼻尖以上的部位，因此在打壕溝戰時，往往遮住了士兵們的視線，使他們看不清楚。「我在帶兵突襲時，發現那鋼盔眞是重的可怕，已經變成了一種負擔。我這樣說確實有些輕浮，不過我還眞的寧可戴我那頂中尉帽。那裡頭還有絲質襯裡呢。」說著他又想起了另外一件他覺得有趣的事。「對了，我還在我的書桌上放了一頂湯米頭盔❹做紀念。那種頭盔很不一樣，非常的扁。當然啦，上面還有一個彈孔。」

❹此處指的可能是英國 Davida 復古頭盔，'Tommy Robb N.IRELAND'以玻璃纖維製造，全眞皮內裡。

兩位老先生停頓了很長一段時間，喝著加了李子白蘭地酒的咖啡。接著，雷馬克表示：「那T-16型的鋼盔以及後來的M-17型對當時那些接替部隊的新兵來說，實在是太大了，所以就一直從他們頭上滑下來。因此，當你看著他們那一張張稚氣的臉時，只看得見他們那害怕的嘴巴和顫抖的下巴，看起來既好笑又可憐。更何況不用我說你們也應該知道步兵的子彈和榴霰彈是連鋼鐵也穿得透的……」

他又叫了一瓶白蘭地。楊格也一塊兒喝了起來。至於我這個瑞士好好小姐則又被奉上一杯現榨的柳橙汁。

一九一七

早餐後，他們就不再喝香檳這類昂貴的東西了。事實上，兩位老先生決定接受我的建議，點果仁麥片。接著，我們再度開始對話。他們彷彿把我當成了女學生，擔心我會受到驚嚇一般，小心翼翼的對我描述當時所進行的化學戰（也就是蓄意以氯氣和芥子氣攻擊敵人的一種戰術）。他們所說的一部份是自己親身的經驗，另一部份則源自二手的消息。

我們開門見山的談到了化學武器的問題。雷馬克因此提到了越戰（我們對話的當時，越戰正在進行中），並認爲美軍在這場戰爭中使用燃燒彈和橙色落葉劑（agent orange）的做法簡直是一種「罪行」。「一旦你把原子彈投下去之後，就沒什麼不敢做的了。」他說。楊格譴責美國在第一次世界大戰使用毒氣之後又持續在越南施用地面型毒劑，使得當地的叢林樹木紛紛凋萎。他贊同雷馬克的看法，認爲美國一定會輸掉這一場無法展現「軍人本色」的「齷齪戰爭」。

但他旋即補充：「不過我們得承認，最先使用氯氣的是我們。那是一九一五年四月我們在伊伯爾對抗英國人的時候。」

此話一出，雷馬克便大聲叫喊：「毒氣攻擊！毒氣！毒氣！」聲音大的令一名走到我們餐桌附近的女侍停了下來，然後便匆匆離去。楊格則拿著一把湯匙模仿當年那「叮叮叮」的警報聲。隨後，彷彿在內心某種聲音的驅策下，他突然變得一本正經起來，開始切入正題：「當時我們奉命在聽到警報聲後要立刻在我們的步槍槍身以及任何金屬物品上面上油，然後再戴上防毒面具。後來，在宋姆之役即將爆發時，我們在蒙其（Monchy）看見一群中了毒氣的人在那裡掙扎扭動呻吟，他們的眼睛還不斷的淌水。不過氯氣最主要的作用是會腐蝕你的肺臟，把你的肺燒掉。我也曾經在敵軍的壕溝裡看過那些受害者。不久之後，英國人就開始用光氣來對付我們。那玩意兒聞起來眞是甜的膩人。」

接下來，輪到雷馬克說了：「那些人會作嘔好幾天，最後連體內已經被燒掉的肺臟都吐了出來。最糟糕的情況是在防空壕裡受到攻擊，因爲那些毒氣會像水母一樣沈澱在任何低窪的地方，並侵襲那些太早把防毒面具拿下來的人……那些沒有經驗的支援部隊總是最先倒的……那些可憐無助的年輕人……他們身上穿著鬆垮垮的軍服，臉白的像蘿蔔一樣，嘴裡不斷的胡言亂語著，雖然還沒死，眼神卻像死人一樣的空洞……我有一次還看到一個掩蔽壕裡躺滿了這類可憐蟲……他們全都頭部發紫，嘴唇發黑……他們太早拿下面具了……於是就出血至死了。」

他們兩人都向我道歉，說一大清早就聽這些東西實在是太沈重了。我看得出來，他們覺得一個年輕女孩居然會對慘絕人寰的戰禍感到興趣實在是很奇怪、很令人不舒服的一件事。尤其是雷馬克。比起楊格來，他更以一個老派的紳士自居。但我要他不用替我擔心，因爲畢竟我們受 Bührli 委託所撰寫的這份報告必須要很詳盡才行。我說：「我相信你們一定知道 Bührli 所生產並外銷的武器品質如何。」接著便請他們說得更詳細一些。

然而，雷馬克只是朝著市政廳大橋和利馬河堤岸的方向眺望，並未答話。於是，情緒看來較爲平穩的楊格先生便告訴我防毒面具和芥子氣先後被研發出來的經過。最先使用芥子氣的是德國人。那是在一九一七年六月伊伯爾的第三場戰役時。這種氣體會形成一種幾乎無臭無味、難以察覺的煙塵，非常貼近地面，而且要吸入三、四個小時後才會開始發生作用，侵蝕你的細胞。它的學名是雙氯乙基硫（Dichloroethyl sulfide），是一種油性化合物，以噴霧的方式噴灑，其毒性沒有任何防毒面具可以抵擋。

楊格先生繼續解釋說，這種氣體會瀰漫一整區的壕溝，使得敵人不戰而走。「不過在一七年的秋末，英國人擄獲了一大批密藏的芥子氣手榴彈，之後便立刻用來對付我們。有許多士兵都因此而失明……雷馬克，你說在帕瑟瓦爾克（Pasewalk）❺病倒並因而逃過戰禍，後來決定要從政的那個歷史上最了不起的士官是否就是這批芥子彈的受害者？」

❺德國東北部梅克倫堡—西波美拉尼亞（Mecklenburg-West Pomerania）州城鎮。

冥府之旅

約翰·厄普戴克

結婚三十年之後開始獨居的馬丁·弗瑞德里克偶爾會碰到一些令他無法拒絕的請託。例如初春時有一天他就接到了前妻的一個同事——一個爽朗自信、體格強健、在大學時唸比較文學、名叫亞琳·昆特的人——的電話，請他載她去醫院。他一時之間無法會過意來。「妳是說現在？」

「是啊，就是待會兒。如果你方便的話。」她的話裡帶著某種他自大學時代以來就很熟悉的東西，一種堅決而禮貌性的口吻。「我是想，你那輛小汽車就停在你們那棟樓後面，而且在這座城裡叫計程車得花好幾個鐘頭的時間。就算叫到了，那些司機開起車來也像個瘋子一樣。我不能坐開得太快的車。」

「喔，這樣啊。」

「是的，馬丁。」她說。「別把車子開得太猛。」

他們兩人闊別多年後最近才又在一個聚會裡碰面。地點是在城裡一個藝術家的工作坊裡，距他家只有幾條街。她看到他並不像他看到她那麼驚訝，因爲她先前一直有和他的前妻哈麗葉連絡，知道他已經從郊區搬到城裡來了。她和唸化學的薛曼・昆特離婚已經好幾年了，現在也住在城裡。她告訴馬丁說，她喜歡住在城裡，過自由自在的生活。她看起來臉色發黃，一頭往後梳攏的黑髮上有幾綹髮絲已經明顯變白，看起來有些突兀。不過大致上她還是跟從前差不多：體格結實、充滿活力，還有一種桀傲不馴的氣息。她和他的前妻一樣，在大學時代喜歡搞藝術，經常綁著馬尾，穿著農夫裙。現在，她仍舊綁著馬尾，坐在桌子上晃著她那兩條胖胖的腿，似乎很滿意她目前在城市裡的單身生活。

這桌子是一張很重的豐年桌，是那位身材矮小、蓄著山羊鬍的藝術家用來工作的桌子。上面到處都是圖釘的釘孔以及墨水和顏料潑灑的痕跡。亞琳背後的牆壁上掛著幾幅用圖釘釘住的炭筆素描，上面畫的是理想中的男性裸體。她旁邊有一扇巨大的鋼鐵豎框工業窗，從窗裡可以俯瞰遠處迤邐的城市燈火，其中有琥珀色，有白金色，也有屬於霓虹燈的一抹抹朦朧的紅。這座城市並非紐約，而是波士頓。從這個方向看過去，所有的景物都顯得矮小。下面那些街道和磚房在夜裡發著光芒，有如飛機起飛時機場的燈火。亞琳那看來不甚健康的肌膚煥發著快樂的神采，一雙腿也不停悠哉悠哉的晃呀晃的，狀如棒棒腿的小腿下面穿著一雙小小的「卡佩琪歐」(Capezio)❶

❶美國一個知名的舞鞋品牌。

圓頭平底鞋。這雙鞋洩露了她的年紀。馬丁的前妻從前也是這樣，不管什麼天氣，無論下雨還是下雪，都穿著芭蕾舞鞋，彷彿她的生活隨時可能變成一場舞會似的。

參加這場聚會的人看起來都是年輕的準藝術家，理著難看的龐克頭，無論男女，耳朵上的頭髮都剃得精光，其餘的則一綹一綹的染成淺淺的顏色。他們穿著鬆垮垮的毛衣，啜飲著裝在廉價塑膠杯裡的紅酒，嗓門愈來愈大，愈來愈高亢。有一個男孩把幾個塑膠杯疊成一落，將它們忽而伸展忽而壓縮的，當成手風琴來演奏。在滿室喧譁中，仍可聽見主人那帶有鼻音的快活的說話聲。在這一屋子的人當中，似乎只有主人和他那位日本男友年齡和馬丁相近。這點讓他頗不自在，但亞琳卻似乎因此而更加開心，一雙腳仍然悠閒的踢呀踢的，像一個坐在高牆上的小女孩。最後，馬丁對她說道：「嘿，套句他們年輕人說的話，我想『走人』了。」語氣裡不無戲謔的意味——戲謔她如此急切的想要融入這群年輕人。「妳要我送妳回家嗎？」

她聞言突然凝神看著他，一雙黑眼圈透著疲倦。「喔，不，馬丁，現在走太早了！」她的聲音聽起來高亢而遙遠，她那尚未合攏的嘴巴裡露出了一口微微外凸、有如吸菸者一般發黃的牙齒，儘管她已經戒了煙。「你眞好，不過我可以自己走。城裡這一帶還蠻安全的。」

他慶幸她拒絕了他。他現在已經有了交往的對象，之所以提議要送她只是因為擔心她的安全。當然，其中也隱隱然有衝著他的前妻而來的意味。過去，在大學時代，由於哈麗葉和亞琳很要好，因此他總刻意和亞琳保持距離，以免觸犯類似「亂倫」的禁忌。如今，在他倆都已經年歲不輕之際，這個禁忌被解除了，他們突然變得自由起來，那感覺卻反而頗為怪異。是的，「自由」。她那雙踢呀踢的胖腿所標示的正是這兩個字。但在他看來，美國人的自由是太過氾濫了。況且，能到手的東西並不一定有吸引力。亞琳給人一種不太健康的感覺，況且她的腰圍也粗了。

當他在電話裡向哈麗葉透露他碰到亞琳的事時，她告訴他亞琳得了癌症，但目前化學治療似乎已經收效。這個消息讓他更有理由不去招惹亞琳。於是，他也就逐漸忘記她就住在半哩之外，並在本地大學附近的一家藝術用品店兼差這件事了，直到他接獲這通突如其來的電話為止。

現在已經將近黃昏。從他的窗戶看出去，在「沼地公園」（the Fens）❷上方沈落的夕陽已經將市中心的幾棟摩天大樓染成了一大塊一大塊反射著眩目橘光的陰影。當他走到他那輛老舊的Karmann-Ghia 敞篷車（這輛車左邊的保險桿已經被撞凹，車頂的帆布已經在某一晚被意圖偷取毒品或昂貴收音機的小偷所劃破）時，天色已經暗的讓他必須把前面的車燈打開了。他心不甘情不願但又受寵若驚的穿過尖峰時間的車潮，把車子開向亞琳所說的那個地址。

她站在她那棟樓的門廳裡，拎著一個小皮箱，踩著細碎而緩慢的步伐，小心翼翼的走了出來。當他笨拙的屈身跨出車外，並站起來走到另外一邊去幫她拿皮包時，她舉起一隻手表示警

❷又名The Back Bay Fens，原是波士頓的一個淺海灣，如今已改建成一座淡水公園。

告，彷彿擔心他會撞到她似的。她穿著一件寬鬆而厚重的布外套，但即便如此，他還是看得出她的體型有些異狀——她的腹部不只是發福而已，而是腫脹。在街燈的映照下，她的膚色看起來愈發的差。她的臉色發綠，像蠟一樣，兩眼中間凹陷，有如按捺在蠟上的指印一般。看到他仔細端詳的目光，她笑了一下。外祖父母來自馬其頓的她就像所有舊大陸的人士一般對人與人之間的禮節有著有一種堅持，而馬丁意識到她這次也決心讓他們之間維持這樣的關係。儘管他那輛與其他車並排停放的車子已經迫使原本開在兩個車道上的車子通通都擠在同一條車道上，引起了一陣憤怒的喇叭聲，他還是盡量配合她的步調，把動作放慢，並輕輕的幫她把皮箱放在後座，彷彿箱子裡裝的是她的痛楚。

她「砰！」一聲關上她那邊的車門，但身子仍微微前傾。她的側影映在旁邊的車窗上，在那曾被人劃破但已用膠帶貼補的車篷下：她的鼻子又尖又高，雙唇一本正經的閉攏在她那口略微暴突的牙齒上。在放掉離合器之前，他問：「妳還好嗎？」

「還行。」她的聲音聽起來正常的令人驚訝。「多虧你了。馬丁。」

「哪裡。要去哪個醫院？」

她說了一個位於一哩之外的醫院。此時夜色已深，又正值尖峰時間，交通已經嚴重堵塞，車子只能開開停停。她一度把一隻手擱在儀表板上，彷彿要藉以支撐自己身體的重量，但隨後又似乎因爲不舒服而放棄了這種姿勢。馬丁的車已經老舊鏽蝕，因此即使他換檔的動作再輕，車身還是難免顛簸。於是他不只一次的對她說：「抱歉！」

「你開得不錯呀。」她的語氣裡幾乎有一種上司勉勵下屬的口吻。

他實在不相信計程車坐起來不會比他的車子舒服。看樣子倒像是她現在才決定接受他那天要送她回家的提議似的。「不好意思，車子裡很冷。暖氣應該很快就會有作用了。」

「我不覺得冷。」

「妳的，呃，妳的情況，是突然發生的嗎？」

「已經有一陣子了。」

「醫院裡的人知道妳要過去嗎？」

「知道。」

「妳會在那裡待很久嗎？」

「這要看他們怎麼說。我只負責把人送到那兒。」

「我很遺憾。」他說。

「遺憾什麼？」此時他們距離交通擁擠的地段已經有一個街區了，現在車子正順暢的在街道上行駛。街道兩旁各有一排屋前裝著凸窗的四層樓房。街邊的樹應該在一個月內就會長出葉子了。

「遺憾妳的身體，呃，有了狀況。」

他們來到了一個十字路口，一條交通要道，車子擠的水泄不通。亞琳有些緊張。她靜默了一秒鐘，在預期停車時車身應該不致晃動的太厲害之後，才說：「我想應該不至於有事吧。」她的口氣聽起來淡淡的，並不真實，彷彿是在安慰孩子一般。

「希望如此。」馬丁答道。在這個頂篷破裂、冷的令人發抖的車子裡，一想到坐在旁邊的她體內有一場生死大事正在進行，他就不禁自覺愚蠢與渺小。

「發生這種事，你就只好去適應它，然後慢慢慢慢的就接受了。」

「真的嗎？」

「是呀。」亞琳只簡單的答了一句，彷彿他現在已經知曉了她的祕密，彷彿現在關於她體內有個神祕的東西正不斷長大這件事，他們兩人已經站在同一邊了。然而他卻無法想像死亡變成人一般的大小，具體的讓人必須逐漸接受這件事。當車裡的暖氣終於發生作用時，醫院的燈光也已經在望了。她教他把車子開到一條有斜坡道的彎曲的小巷裡。當他慢慢的把車停在醫院門口時，感覺這裡就像機場或舊時的火車站一般，一天二十四小時都燈火通明、人來人往，熙熙攘攘。

他吃力的從駕駛座上起身，跨出車外，口中一邊說道：「我來幫妳開門。」

但她卻說：「我自己來。」然後便打開了車門。當他走過來拿皮箱時，她已經站在車子旁邊了。此時的她看起來像是巴爾幹半島上那些穿著層層披掛的農婦裝、體態發福、舉止拘謹的女人。顯然她已經逐漸回歸到某種原始的狀態了。這時，她轉頭看著從醫院大廳的玻璃門裡流瀉出來的燈光。

「要不要我陪妳進去？」

「不用。」由於自覺語氣太過突兀，她立刻又委婉的補充道：「你的車不能停在這裡。我可以自己進去的。」當他又再次問她時，她仍然堅持：「我想要自己走進去。我寧可靠我自己。」她以懷疑的眼神迅速的看了他一眼，然後便彬彬有禮、不帶任何情緒的對他笑了一下。「謝謝你，馬丁。坐你的車很舒服。」

「妳希不希望別人來看妳呢？」

「會有很多人來看我的。謝謝你。我們養了那麼些小孩不是沒原因的。」

「要出院的時候，打個電話給我。我可以來接妳。」

她的嘴唇慢慢閉攏。「到時候，我應該有體力可以坐計程車了。」她似乎並無意讓他親一下她的臉頰與她道別，雖然他的動作一定會很小心，以免撞到她。但他又想，如果她自己的身體都已經背叛她了，她又如何能夠相信他呢？她穿過那幾扇玻璃門走了進去，一路並未回頭。她那拿著小皮箱、穿著笨重外套的背影看起來像是一個剛剛抵達美國的移民。

在馬丁所認識的同年齡女性朋友當中，亞琳並不是第一個瀕臨死亡的人。在他和哈麗葉從前所住的郊區，他們有一個朋友——他們那個圈子裡個性最開朗的一個太太——才四十出頭就已經切除了一邊的乳房。有好幾年的時間，她似乎一直都沒事。但有一天，在一家超市的門外，她突然以粗嗄的嗓音告訴他們：「那該死的玩意兒又回來了！」他們最後一次見到她是在那年夏天她家舉行的一次小型的烤肉餐會中。當時雖然沒有人明講，但所有參加的客人都心知肚明：這次聚會的主要目的就是和女主人告別。

那個星期天的中午，馬丁載著哈麗葉一同赴會。當他把車開進主人家時，看到柏油車道上躺著一條通到花壇的綠色的新水管，便連忙把車子停下來。此時，那家的女主人正戴著遮陽帽，穿著一件顏色炫麗的寬鬆洋裝，站在草坪上對著他猛揮手，要他把車子開到一塊留作停車之用的草地上。馬丁猶豫了一下，然後便慢慢的把車子（那是一輛開起來像卡車一樣費力的 Volvo 旅行車）開到她所指定的地方，深恐自己的腳會一不小心踩滑，使得車子前面的保險桿撞到眼前這個已經被病魔所侵襲的女人。

他下了車，在她那仰起的臉頰（這張臉已經由於生病的緣故變得又圓又亮）上親了一下，並告訴她剛才他是因爲不想輾過那條水管才趕緊煞車。「啊，那條水管呀！」她用令人驚訝的沙啞的喉音大叫著，並故作滑稽狀的揮了揮手。「管它呢！」

儘管如此，馬丁還是走了回去，把水管移走，免得它被下一輛車子輾過。此時，他一直努力試著去想像這類在日常生活中被我們如此愛惜、貯存（要捲得好好的，壞了還得趕緊修理）、彷彿永遠都派得上用場的物件在那些將死的人眼中會是什麼模樣。這水管、花草、那被丟在草夾竹桃旁的野草中、露出淡黃色手把的鏝刀，還有那太陽、天空和樹木。這些東西必然會像舞台上已經磨損的巨大佈景屏幕一般，落得個「管它呢！」的下場。它們的價值將經過重大、徹底的修正。這是馬丁很難想像的，尤其是在面對著眼前這位開朗的女主人的時候。此刻，她正和客人們一起坐在裝有紗窗的門廊上，她的丈夫則在院子裡的火爐旁，在一大群蚊蚋的圍攻下忙著烤肉。由於身體虛弱的緣故，她躺在一張鋁製的長椅上。雖然天氣很暖和，她的腳上卻穿著厚厚的羊毛襪套，頭上也仍舊戴著那頂遮陽帽，也許是爲了遮掩她因化學治療而脫髮的現象吧。賓客們不停地喝著酒，宴會的氣氛也愈來愈輕鬆、嬉鬧。女主人本身更是主動談起諸如本地土地分區使用問題以及她最近看過的電影等等平常的話題。她慷慨激昂的撻伐著某座即將興建的公寓大樓是如何如何的難看，以致於大家一時之間都忘了她根本看不到那公寓大樓完工的一天，更無法爲了它所將造成的停車問題而與業者抗爭。當一個女客人宣稱所有的電影似乎都在刻畫人的「劣根性」時，這位將死的女主人便馬上開玩笑的說：「上帝保佑呀！」然後又開心的補充道：「劣根性沒什麼不好呀。」她說：「這才是人的本性嘛。」聽到周遭的人的笑聲後，她又更興奮的說道：「劣根性會使我們得到解放！」

過了那個夏天之後，馬丁參加了她的葬禮。聽著牧師對她的讚揚，想像著她在世時勇往直前的模樣，馬丁想不通爲何那天下午沒有人能夠找到一個比公寓房子和刻畫人的劣根性的電影更崇高、更溫馨、更適合與她告別的話題，也很想知道當時被他如此小心翼翼對待的那條水管現在放在哪裡。

他很驚訝的發現，那些將死的人所置身的世界並未與一般人有多大的不同。在他所住的郊區，他那些年老的鄰居照舊在自己的草坪上耙著樹葉，照舊牽著他們那些有氣無力的老狗四處蹓躂，照舊談論著今年冬天到佛羅里達渡假的計畫，彷彿他們走到死神的門口時，已經無事可做，只有繼續活下去，過著他們那一成不變的日子。他們繼續聊著八卦，繼續到處閒逛，也繼續看電視。馬丁留神的聽著，但卻發現他們並未因爲死亡逼近而大澈大悟，並進而談論一些更高層次的東西。在大學時，他主修的是古典文學，因此還依稀記得《奧迪塞》當中的一段文字。其中描述那些已死的人默默的瞪視著奧迪修斯，無法言語，除非他們飲用奧迪修斯遵照喀耳刻(Circe)❸的囑咐，在一個長、寬、高各一腕尺的坑洞裡所裝滿的羊血。就連奧迪修斯的母親安提克蕾婭（Anticleia）也一語不發、如同瘋子般的蹲在那裡，直到他允許她飲用那「如風暴般黑暗的血」爲止。在荷馬的作品中，那些已死的人顯然有一種自卑感，根據勞倫斯（T. E. Lawrence）的譯文，他們甚至覺得自己很愚蠢。已死的阿契里斯（Achilles）曾以嘲諷的口氣質問奧迪修

❸希臘傳說中的一個女巫，太陽神赫利俄斯（Helios）和海中仙女珀耳塞（Perse）的女兒。

斯：「你以活人之身來到這地底的陰間，置身於這些愚昧無知、徒具人形但卻已無血肉的死人之間，還有什麼比這更瘋狂更冒險的行徑呢？」在維吉爾（Virgil）的書中，埃涅阿斯（Aeneas）在陰間向憤怒的狄朵（Dido）❹求情並道歉，但後者卻一語不發，只是神情木然的凝視著他，後來更帶著恨意逃回她那位愛她、珍惜她的前夫敍凱歐斯（Sychaeus）所住的陰暗樹林裡。維吉爾對陰間的描繪詳細的不可思議，他不僅藉著安喀賽斯（Anchises）❺的口，詳述羅馬的未來，也一一刻畫陰間各個場域的情景，彷彿他預期日後但丁會寫出他那部有關地獄之旅的經典之作似的。相形之下，年代比他更早的一位旅人吉爾伽美什（Gilgamesh）❻在苦苦追求永生之後卻陷入了混亂與逃避的情境（那些記載他的故事的殘缺泥板上是這麼說的）：「我的肚腸裡懷著憂傷。我害怕死亡。我在山間漫遊，即將踏上征途。不久我將前往攸巴拉圖圖（Ubaratutu）的後裔烏特納庇什廷（Utnapishtim）的居處……」

結果，根據泥板上的記載，烏特納庇什廷如此回答他的疑問：「自有虛空以來……即無忠

❹希臘傳說中迦太基著名的建國者，提爾（Tyre）國王穆頓（Mutto）的女兒。

❺希臘神話中的特洛伊王子，與阿芙蘿黛蒂一見鍾情，生有兒子埃涅阿斯，因向世人洩露這一愛情關係而受到宙斯的懲罰，特洛伊被焚時被兒子救出。

❻阿卡德語故事中最出名的古代美索不達米亞英雄。

言……自太初以迄，未有永恆……死亡之時刻無人知曉，生命之時光昭然若揭。」

馬丁不太敢打電話給亞琳，免得她以爲他想追求她。然而在送她前往醫院之後，他覺得自己至少應該問候她一下才對。不過，有好幾個星期的時間，她的電話一直沒人接聽，直到有一天話筒裡才傳來她的聲音。「喔。」她說話的語氣和過去不同，清脆悅耳的聲調中帶著一些懶懶的、若有所思的意味。「還不錯啦。時好時壞的。他們用的是一種混合型的療法，有一陣子效果很差，但現在已經穩定下來了。我覺得自己的情況還挺好的。」

「妳已經回家了。」他說，彷彿他無從想像那種療法，有些不知所措，只好抓住一個事實似的。她那彷彿處於麻醉狀態般的恍惚語調讓他的語氣堅定起來。「現在也要開始上班了嗎？」

「昨天我看天氣很好，就走到那家藝術用品店去。他們看到我也很高興，但說實在的，我還是沒辦法整天站著。我打算從下星期某個下午開始。你知道，我們活到這把年紀，已經學會如何設定自己的目標了。」

「是呀。」先前他那堅定的語氣似乎沒有達到預期的效果，像是一拳打在空氣之中。「一天做一件事就好了。」

她停頓了一會兒。「我不介意有人來看我。」她說。

他想到那個藝術家工作坊、那群吵鬧的年輕人以及她和他們在一起時的快樂模樣，不禁有些悻悻然：如果那票人真的這麼好的話，現在他們人在哪兒呢？「呃，我可以找一天來看妳。」他說。「如果妳不會太累的話。」

「喔，不會的，馬丁。」她說。「我會很高興的。」

於是，馬丁只好和她約了一個時間：某一天下午他下班之後。他目前雖是單身，但並不很自由，因爲他現在所交往的這個女子總希望他一有空就能陪她，並且很注意這方面的事情。可以說，他的生活似乎註定不完全屬於他自己。當然啦，這是他自己的選擇，就像亞琳說的：「我寧可靠自己。這是我的選擇。」

他開車到亞琳的住處時，城裡的車輛正相繼駛回郊區，因此他很容易的就找到了一個有計時器的停車位。在這個季節裡，陽光照射的時間一天比一天長。亞琳住的是一棟褐砂石房子，前面有凸窗，比他住的磚造公寓要美觀，而且面對的不是市中心林立的高樓，而是一個帶狀的老式公園，屬於「沼地公園」的一部份，裡面有鐵鑄的燈柱和石砌的拱橋。橋下那條沼澤般的小溪上零零星星漂浮著一些空的啤酒罐和雪白的保麗龍餐盒。溪邊一棵枝葉繁茂的山毛櫸已經開始冒出新芽。「生命之時光昭然若揭。」

出乎他意料之外的，亞琳竟已經在電梯門口等候，使得他險些撞到她。他親吻她的臉頰時，她仍舊微僂著身子，使得他不太容易對準。感覺上，她的臉乾乾的，而且有些發熱。

她穿著深藍色的運動裝，看起來瘦了很多。她那泛黃的臉皮變得緊實了一些，她那雙如同長了斑點的糖果一般、令人訝異的淡棕色眼珠子從她那深陷的眼眶裡懷疑的窺看著一個實際上並不存在的角落。她僂著身子，拖著腳步，把他帶到前面那個可以俯瞰公園的房間。透過窗戶他看見那株正在萌芽的山毛櫸，再過去便是一條斜斜的小徑。稍遠處還有一個以鐵架子搭成的音樂台。她的這間公寓樓層比他的高，但比那藝術家工作坊低。屋裡到處都是貴的令人咋舌的傢具。他心想，這一定是她前次婚姻的戰利品。她叫馬丁自己倒酒，然後便在一張錦緞沙發上躺了下來，翹著腳，啜飲著沛綠雅礦泉水。「這個地方眞好。」他說完便開始擔心這話可能會讓她看出他原本以爲她過的是波西米亞式的拮据生活。

「我不在這裡的那幾個星期，眞的好想念這房子。我回來以後，屋裡這些盆栽眞是高興極了。雖然我曾經請管理員的太太兩個禮拜過來一次幫我澆水，但還是有一株仙客來枯死了。」

「哈麗葉來過這兒嗎？」

「來過幾次。她很喜歡這兒。她說她不喜歡老是待在你們那棟大房子裡。我指的是你們兩個從前住的那一棟。」

「孩子們還住在家裡。況且，如果她也搬到城裡來的話，這地方就太擁擠了。」

「馬丁，你知道她絕不會這麼做的。哈麗葉需要像那樣大的生活空間。她需要養一些動物。」

這話勾起了他的興趣。他找了一張椅子坐了下來。但那椅子出奇的柔軟，使他險些把杯子裡的酒灑出來。此刻，從這個角度看著亞琳前廳的窗戶，只看得見天空。那一朵朵春天的白雲簇集在一起，像一塊塊石板似的，成群的往同一個方向迅速的飄去，使得他們所在的這個房間好像在移動一般。房裡的牆壁、傢具和午後的陰影彷彿正徐徐的後退，退至過往的時光，退到他們都還在唸大學的日子。當時，他們年紀還輕，彼此剛認識不久。當時，校園裡的榆樹尚未枯萎，街上的車輛也很大台。春日的午後，當他們應該研讀喬叟的時刻，卻津津有味的聽著收音機裡傳來的軍方對麥卡錫聽證會❼的廣播。畢業後，他們這兩對——亞琳和薛曼，哈麗葉和馬丁——仍然保持連絡，並分享著彼此的驚人成就（諸如用自己的身體就憑空創造出新的人類以及購買房子、修繕房屋、結交朋友、舉辦雞尾酒會等等）。他們雖然住在不同的城鎮裡，有著各自的生活圈，但偶爾仍會彼此互邀互訪。有一陣子，薛曼夫婦在家裡蓋了一座游泳池，於是星期天時，他們便經常在那裡舉行野炊。當時草坪上的草仍舊這一簇、那一簇的尚未長齊，露出最近挖掘過的痕跡。炭爐的黑煙在天空中裊裊升起，鄰居的紅土球場裡傳來慵懶的「波！波！波！」的網球聲。這些畫面都在馬丁的回憶裡閃耀著青春的陽光。此刻，在這間屋子裡，躺在沙發上的亞琳不時僵硬的移動著雙腿，馬丁則帶著酒意愉悅的把身子埋進椅子裡。那雲朵飄飄

❼美國參議員，共和黨人，一九五四年他指稱有信奉共產主義的美國官員在軍隊和政府中從事顛覆活動，並因而舉行駭人聽聞的三十六天聽證會。一九五四年十二月二日參議院通過決議，正式譴責他的不適當行為，從而結束了麥卡錫主義時代。

的天空已經成了暗藍色。亞琳的聲音聽起來高亢遙遠，彷彿正誦讀著某一張無形的卡片。「當時哈麗葉很快就喜歡上我們的牧師。」她說。

「眞的嗎？」對於別的女人所發送的訊號，馬丁向來能夠很靈敏的接收到，但他卻從未想過哈麗葉也會發送任何訊號。

亞琳笑了起來。她的笑聲又尖又細，久久不歇，然後她便緩緩閉攏雙唇。她說：「對，就是那位『圭莒』牧師，雖然我們後來才發現，他其實並不那麼『規矩』。不用說，他是一神論教派的。哈麗葉在大學時期就已經喜歡那種男孩了，就是比較認眞的那一型。而你呢，你卻不夠認眞。」

「是嗎？我不夠認眞？」他向來以爲他們會分手全是他的錯。現在，知道哈麗葉對他也有所不滿，他驚訝之餘也有些高興。

「也不全然是這樣啦。她很崇拜那些理想主義者，像是工會領袖、離經叛道的牧師和艾瑞克森❽(Erik Erikson)這類精神導師型的人物。就因爲這樣，她才一度喜歡薛曼，但是後來卻發現他只不過是一個沈迷於化學的痙蛋罷了。我想我們那個時候還沒有『痙蛋』這個字眼，對不對？」

❽知名的精神分析理論學家。他曾經主張嬰兒主要的照護者母親，是培養孩子信任感的主要關鍵。

「我已經忘記她曾經和他交往一陣子。」

「豈止一陣子！大二的時候她有一整年的時間都跟他在一起。我就是透過她才遇見薛曼的。」

「當時我知道這件事嗎？」

「應該知道吧，馬丁。那時候她常說他在大學時期就已經開始掉頭髮了，她喜歡他這個樣子，因爲那表示他是個很認眞的人，不停動腦筋要拯救世人。你也知道的，他們那些唸社會關係的人全都想要拯救世界。」

他連哈麗葉當年主修社會關係這件事都忘記了。嚴格說起來，也不是忘記了，而是沒去想。五十年代時有一陣子社會學和心裡學、人類學、歷史學和統計學的結合看起來確實有可能把這個世界從那些亂七八糟的部落文化和宗教信仰中拯救出來。在反戰示威爆發前那段漫無頭緒的日子裡，哈麗葉綁著馬尾、穿著破舊的網球鞋、笑起來露出一口潔白燦爛的牙齒但又微帶靦腆的模樣使她看起來就像是個光明使者。「我當時並不知道她對薛曼那麼認眞。」

「認眞？沒錯。他這個人從來不笑，除非你告訴他說這是個笑話。天曉得，我多麼慶幸自己離開了他。馬丁，你不知道這感覺多麼美妙。不過話說回來，對他這個人，你也幾乎沒有什麼好抱怨的。」

他並不想談論有關薛曼的事。「你那時候有沒有注意到哈麗葉的牙齒有多白？」他問。

「有啊。她自己也知道。她常常告訴我抽煙會讓牙齒變黃。也許我那時應該聽她的勸。可是當時根本沒有人把癌症當一回事。」

「癌症」這個字眼從她口裡說出來，特別令人觸目驚心。「可是現在不是妳的肺……」他說。

「喔，這全都有關連，不是嗎？」亞琳語氣輕快的說道。「也許這個病根本就是受到我的精神狀態影響所致。我因爲擺脫了薛曼，太快樂了，而我的身體無法承受我的快樂，所以就發作了。」

馬丁笑了起來，一邊試圖從那張柔軟得毫無抵抗力的椅子上坐起來。「你還記得那時候大人常常告訴我們抽煙的小孩會長不大嗎？呃，對不起，亞琳，我得走了。有人正在等我呢。不過，這次和妳聊得很開心。說不定下次我還會再來。」

「好啊。」亞琳斜睨著遠方，彷彿想看清某張放在遠處的提詞卡似的。「我都在家。」

然而，有幾次他打電話過去，卻發現她並不在家。也許她到藝術用品店去了，或是去看她的孩子了（她的小孩都已經長大成人，住在這方圓五十哩以內的地方）。也可能她已經病得連電話都無法接了。她的病情時好時壞，但看起來是一直在走下坡。這個夏天，他一共去看了她大約六、七次，每一次會面都保有他初次來訪時那種令人沈醉的氛圍：在窗外那變幻的天色中，她用那細弱、遙遠但敏銳的聲音回憶著往日的時光，那五十年代和六十年代初期的日子。當時的你享有一種沒有壓力的自由，這是現在的年輕人所無法體會的。當時的世界沒有那麼多外在的東西，沒有那麼多錢、那麼多車子、那麼多人，也沒那麼多建築，但卻有更多屬於內在的東西，更多的熱血和盼望。和現在比起來，當時生活中的一切並不需要太過費力去爭取，也不像現在這般被大肆宣揚，無論愛情或政治都是如此。對馬丁而言，「雪地上的卡佩琪歐舞鞋」這幅畫面最能夠代表當時那種無憂無慮、凡事順其自然的境界。那是一種淡淡的優雅。

在過去認識的那些人當中，有些名字已經幾乎被他遺忘，直到亞琳偶然提到為止：「還有負責喬叟那個部份的布瑞特．哈馬瑞奇，他也是哈麗葉中意的人……」

「是嗎？布瑞特……哈馬瑞奇。等等，我記得他。他的袖子的手肘上總是有皮製的補丁，而且脖子上老纏著一條紅色的長圍巾。鼻子紅紅的，有點像龐奇❾（Punch）那樣。」

她微微的點點頭，目光仍舊看著遠方。她那泛黃的臉有一半沐浴在從窗外灑進來的陽光中。她那雙穿著厚厚的條紋運動襪的腳擱在枕頭上，膝蓋弓著。由於身體與入侵者奮戰的緣故，她的腳踝、手腕和臉頰已經腫了起來，身體也變得極其瘦弱。她老是傴僂著身子，動作也日趨僵硬。當他喝著威士忌或琴酒的時候，她總是啜飲著一杯其淡如水而且已逐漸冷掉的茶。然而，當她提到布瑞特．哈馬瑞奇時卻讓他想到了昔日成群進出喬叟課教室的那些人。當時負責那堂

❾提線傀儡和布袋傀儡中最受歡迎的鉤鼻、駝背人物，木偶劇《龐奇和朱迪》（Punch-and-Judy）中的主角。

課的是一位凸眼的教授。他在教了數十年的喬叟之後，已經變得愈來愈像個中世紀的人，愈來愈粗魯，愈來愈沈迷於淫穢的文字也愈來愈像個預言家。「妳眞的認爲她看上了布瑞特嗎？可是他比我們大十歲，而且已經有了太太和小孩。」

「別人的小孩對你來說並不很眞實，直到你自己也有了小孩爲止。同樣的，別人的太太也是如此，直到你自己當了人家的太太爲止。即使在那個年代情況也是一樣……而前妻們是最糟糕的，因爲她們總是盤踞在男人的腦袋裡，陰魂不散。」

每當亞琳談到有關哈麗葉的話題時，馬丁總是很感興趣，彷彿他可以藉此重新認識這個前妻。過去，在他眼裡，她總是如此羞澀，不擅於賣弄風情，但如今他卻發現她在大學時代曾經和別人眉來眼去，並且有過幾段羅曼史。此外，在他們剛結婚那幾年，她的心裡也並非只有他和他們親愛的孩子。「她和圭莒牧師之間眞的有什麼嗎？」馬丁問。

亞琳聞言，嘴巴張得大大的，但沒笑出聲來，那模樣像是蝙蝠在呼叫。「喔，我不知道他們有沒有發展到肉體關係。不過你難道不覺得奇怪她爲什麼會開二十五哩路的車去參加我們那個連唱歌都還會走調的小唱詩班嗎？」

「我還以爲她是爲了妳才這麼做的。這樣她才有機會和妳保持連絡。」

「她只是在有需要的時候才會和我保持連絡。」亞琳說著便喝了一口那已經冷掉的淡茶，並微微努努咂嘴唇，彷彿嘴巴乾的受不了似的。「到現在她還是這樣。」

「哈麗葉有和妳連絡？」

「她常打電話來。」

「打電話來幹嘛？」

「打聽你的消息。」

「我？不會吧！」

「沒錯，就是這樣。」

「可是她已經再婚了，而且過得很幸福呀。」

「我想是吧。不過，馬丁，女人就像蜘蛛一樣，有自己的網，而且總想掌握每一條絲振動的情況。」

此時，電話鈴響了。那放電話的茶几距離她的頭部只有幾呎而已，但亞琳卻任它響個不停，直到最後鈴聲沈寂下來爲止。馬丁心想從前他打來的電話不知道有多少次就像這樣沒有人接，使他還以爲她已經外出或是病得無法接聽電話。有好幾次她接了電話，卻是聲音沙啞、說話慢吞吞的，於是他明白她必然是之前吃了止痛藥正在昏睡。這時他便會向她道歉，並說他改天再打來，但她卻總是表示她很高興接到他的電話，然後聲音便慢慢變得清晰起來並恢復了生氣。

然而，在勞動節前一天，當他正要把電話掛上時，她卻突然接了起來。他聽到她每說完一句話都要喘氣。她說，她吃的藥突然「一下子就不對勁了」，於是兩天前她的女兒便從很遠的郊區開車過來，及時把她送到了醫院。「眞可怕！」這是馬丁第一次聽她提及她的恐懼。他問她要不要他過去看她一下。

對此，她幾乎是以譴責的口氣說道：「馬丁，我今天可沒辦法說哈麗葉的事給你聽。我太累了，又吃了一堆藥，已經沒力氣了。」

「說哈麗葉的事給我聽？」馬丁把電話掛上，心裡很是驚訝，原來他一直要她做著這樣的事。要她談年輕時的哈麗葉，談所有那些已經逝去的人，包括年輕時候的他在內。想到這裡，他羞赧的雙頰發熱，也對亞琳的搶白有些氣惱。難道他除了探視病人之外就沒有什麼事好做嗎？

在電話裡，哈麗葉告訴他亞琳中風了，目前正在醫院裡。

「不會好了嗎？」

「看起來是這樣。」

「你有沒有去看過她？」

「看過一次。我應該多去幾次的，但是……」她不需要解釋。他明白這是怎麼回事。她住的太遠了。活著的人總是比將死的人忙碌。這眞是可怕。

事實上，他也不想去醫院看亞琳，儘管從前她的公寓曾對他有某種吸引力（那裡有一種陰暗、期待而奢華的氛圍，就像一座即將爲他上演某齣戲的劇場一樣）。然而哈麗葉一直敦促著他，要他過去，「同時也代我問候她」她說。於是，這一天，他便走出那棟大而潮溼、到處都是坡道和車輛的水泥大樓，搭乘一座內部漆成紅色的電梯往下，再循著一個個黃色的箭頭走過那些由水泥和瓷磚砌成的昏暗通道。不久，當他走到地面的樓層時，便看見六個月前亞琳教他把車子開進去的那條彎曲而狹小的巷子。自從那次送她就醫之後，他那輛 Karmann-Ghia 的車身已經鏽蝕到他開車時可以看見柏油路面在他腳底下飛掠而過的程度了，但醫院那座寬敞的大廳卻依舊乾淨整潔、燈火通明。那些熙來攘往的人群也依舊像是一批批剛剛抵達忙碌的港口的移民。

馬丁推開一扇又一扇的玻璃門，問了幾個人，並照著他們所說的方向走去。他經過一條又一條的走廊，看見一個個蒼白的人影：穿著白色制服和厚底鞋的護士、穿著棉布實驗服，走起路來下擺不停飄動的醫生、躺在病床上不省人事、被人推著走的病患（那病床看起來就像隻小船，點滴架便是它的桅杆）以及受到驚嚇、聚集在一塊兒、在刺眼的日光燈下顯得臉色蒼白、若有所失的病人家屬和親友。「那裡有一萬個羸弱的鬼魂糾纏著我，發出非人的哭聲。」儘管這醫院有十二層樓高，但感覺上每一層樓都像是地下室，且有如迷宮一般。他經過幾家花店、幾家販賣雜誌、糖果和俏皮的慰問卡片的商店、一家自助餐廳、無數道有號碼的門和好幾座嘆息著、叮噹作響的電梯。他走進其中的一座。到了下一層樓時，有個肥胖的工友用輪椅推著一個鼻子裡插著一條管子的乾癟男人走了進來，撞到了他，使他險些倒在別人身上。到了第十一樓，他走進了一個到處都是辦公桌、令人眼花撩亂的地方，詢問亞琳的病房所在。他們告訴他一個號碼，並爲他指引方向。

門半敞著。他輕輕的推開它，一眼便看見一張空著的病床和一面金屬框的大窗戶。透過這窗戶可以俯瞰市區。此處的高度雖然猶勝許多個月前他去過的那個藝術家工作坊，但窗外的主要景觀卻是一座難看的大鐵橋，橋身用防鏽漆漆了許多紅色的圓點，橋上則擠滿了緩緩蠕動的車輛。

亞琳坐在床邊的一張椅子上，靠近門邊。她那頭剪得很短的頭髮大部分都白了，半邊的臉——包括眼皮和嘴角——嚴重下垂，令人不忍卒睹。她那雙馬其頓人的眼睛既驚訝又木然的看著他，但卻說不出話來。這次中風已經奪走了她那靈活的語言能力。她的腿上和床邊散佈著幾本童書和一些手繪的卡片，每張卡片上都有一個英文字母。

馬丁明白這是怎麼回事。她正試著學習閱讀，學習表達她的感受。她那幾個已經爲人父母的子女用他們的愛心製作了這些字母卡，並帶來了這些書。這一切他都明白，但卻同樣說不出口。他和她打了一句招呼（聲音連他自己都覺得太大了）之後舌頭就僵住了。當她拿起一些字母彷彿想要拼出字詞來時，他也看不懂那些字詞是什麼意思。

情急之下，他開始自己和自己對話：「哈麗葉告訴我妳在這兒。我覺得很難過。妳一定——一定很不好受。妳什麼時候可以出院？這裡的景觀眞美。」

爲了回答他的問題（一想到他自己居然這麼愚蠢，問了一個她必須試著回答的問題，他就不禁臉紅起來），她用手指了指床頭小桌上的一個鬧鐘，然後就開始翻尋腿上的卡片，但卻一直找不著。後來她拿起其中的一張，但是沒想到卻拿反了，於是她便用那半張尚未麻痺的臉把嘴角一撇，將那張卡片丟了出去。他記得這個手勢：「管它的呢！」

驚慌之餘，他面紅耳赤、結結巴巴的胡亂找些話說。當他試著找一個與他們兩個都有關的話題時，卻只能想到醫院。於是他開始談起這座醫院，說它是一個既複雜又奇怪的地方，並且提到他在電梯裡被那胖子所推的輪椅撞到的那幕黑色喜劇「我們都差點被擠死呢。有一個女孩子手裡拿著一個放滿了咖啡杯的紙托盤，只好把它舉得高高的，差點碰到天花板。」他模仿著女孩那有如自由女神一般的姿勢，但看到一隻眼睛半閉著的亞琳正用灼灼的眼神定定的注視著他，便赧然的把手放下。已死的人厭惡我們，我們也厭惡他們。「我畏懼的臉色發白，擔心那可怕的普西弗妮❿會從冥府將傳說中恐怖的戈爾根⓫的頭送來給我。」他站在那兒，覺得某種屬

❿Persephone，希臘宗教中的主神宙斯和穀物女神狄米特的女兒、冥王黑底斯的妻子。荷馬的《狄米特頌》記述了她在尼撒（Nysa）谷採集花朵時被黑底斯劫往冥界的故事。她的母親狄米特得到女兒被劫持的消息後，異常悲憤，不再關心大地的收穫或豐產與否，於是發生了大規模的饑饉。宙斯不得已進行干預，命令黑底斯把普西弗妮交還給她的母親。但由於她已在冥界吃了一顆石榴子，所以她不能完全脫離冥界，一年要有四個月的時間和黑底斯在一起，其餘時間則回到母親那裡。

⓫Gorgon，希臘神話中冥界的怪物。

於另一個世界的液態的東西正迅速從他的身體裡流溢出來，使得他腳上的皮膚涼颼颼的。「套句他們年輕人常說的話，我得『走人』了。」他對她說道，想逗她笑，心想事隔如此之久，不知道她是否仍記得他曾經略帶諷刺的說過這句話。然而亞琳只是一逕盯著他看，臉上毫無笑意。

「別把車子開得太猛。」他言不由衷的告訴亞琳他還會再來之後，便像先前那幾個故事裡的英雄一樣逃了出去。

糖寶寶

奇努・阿契貝

當他衝動的做出那個奇怪的行爲時，時間雖只有短暫的一刻，我卻看到了他臉上那種兇狠的表情，於是剎那間我便理解了。我所理解的不是這行爲本身所象徵的意義。這所謂的「象徵意義」，對我而言，是太膚淺也太顯而易見了。我指的是我了解他當時何以會如此急切而認眞。那行爲只持續了一兩秒。這是他把手伸進糖碗裡，抓一把出來，一咬牙，把它扔出窗外所需要的時間。然後，他那張國字臉上便露出了模糊的笑意，先前那惡狠狠的神情也消逝無蹤。

「啊，你幹嘛呀？」其他兩位在場的人有一個（也或許兩個都有）問道。他們都被嚇了一跳，滿頭霧水。

「我只是要讓糖知道，今天我比它大，讓它知道，今天老子總算吃得起糖了。不但如此，只要老子高興，隨時都可以把它扔掉。」

他們一聽都大聲笑了起來。克雷特斯也笑了，只不過沒那麼大聲罷了。接著，我也小聲的笑了起來。

「克雷特斯，你這個人眞好笑！」尤美拉說。他那巨大的身軀笑的搖搖晃晃的，眼睛裡也閃著光芒。

不久，我們便開始喝起克雷特斯的茶，並一口口的吃著麵包。麵包上塗了厚厚的人造奶油。

「是啊。」尤美拉的朋友（他的名字我不知道）說。「願子彈把糖的腦袋打穿。」

「阿們。」

「很快就會輪到奶油了。」尤美拉說。「請原諒我的壞習慣。」他把一塊泡在他茶裡的麵包取了出來，把頭往後一仰，便用手將那塊兀自淌著水的麵包送進嘴裡。「這是我從小就學到的吃麵包的方法。」他含著那一大口濕濕糊糊的麵包說道，然後又撕下了另外一塊（這次是很小的一塊），把它扔出窗外。「去和糖見面吧。希望子彈把你們兩個的腦袋都打穿。」

「阿們。」

「麥克，你告訴他們關於我和糖的事。說呀！」克雷特斯吩咐我。

這個嘛，我說，其實也沒什麼好講的，只不過我的朋友克雷特斯就像我們的英國朋友所說的一樣「有一顆甜牙齒」❶。不過呢，英國人是很有節制的，因此當然啦，他們是不可能有任

❶英文是 have a sweet tooth，意指愛吃甜食

何一個名詞來形容克雷特斯這種人的，因爲他可是有三十二顆甜牙齒呀。

這其實是我常講的一個老笑話，但尤美拉和他的朋友並沒有聽過，因此便笑的更厲害了。這倒也挺好的，因爲我並不想講克雷特斯慫恿我說的任何一個眞實的故事。也幸好尤美拉和他的朋友這時正急著要講更多關於他們自己的不幸的故事。這是因爲在這些日子裡，我們當中大多數人都已經變得有點像是一群總是懷疑自己有病的老女人，彼此搶著訴說自己最駭人聽聞的毛病。

我覺得這類行爲簡直是令人難以忍受的病態。我從來不像有些人那樣有本事可以把所有的事情都變成好事。克雷特斯就是一個例子。痛苦在我身上待的時間總是比在他身上久，即使——這樣說好像很奇怪——那是他的痛苦。比方說，我就永遠不會想到要搬演那齣向糖示威的搞笑劇。其實，光只是在旁邊看著，我都覺得難受。那就像是有個男人要請你喝一杯酒，理由是他今天早上看報紙時發現某個曾經誘拐他太太的傢伙已經死了。在這種情況下，那酒會卡在我的喉嚨裡，因爲我會看不起那個慶祝的人，覺得他眞是個可憐蟲。對於那個曾經讓他戴綠帽（這只能說他活該！）的勇敢男人，我反而會很佩服。

對克雷特斯而言，糖並不僅僅是糖而已，而是能讓他的生活變得可以忍受的東西。在過去這十八個月的戰爭期間，我們一直在一起生活，也在一塊兒工作，因此關於他的痛苦和許多次丟臉的經驗，我知道的還不少。但是對他的這個癮頭，我就既無法了解，也不能充分體會了。

我是那種只要下午吃了一頓樹薯，連早餐和晚餐都可以不吃的人。剛開始時，我很受不了沒有肉吃、沒有魚吃，連湯裡都沒有鹽巴的生活，但到了戰爭的第二年，我就愈來愈不在乎這些事情了。可是克雷特斯卻不一樣。他在沒有糖吃的日子裡就一天比一天更加的渴望能喝一杯加了糖的茶。愈吃不到的就愈想吃，克雷特斯就是一個很可怕的例子。究竟他當初是怎樣會有這麼奇怪的一種嗜好，我連問都懶得問。我想這很可能是他待在雷德布洛克林（Ladbroke Grove）❷，的黑人區時在那些孤獨的冬日和冬夜裡所養成的習慣，剛開始時可能就像一個癌細胞一樣，然後逐漸長大成形。

其他那些喝茶或喝咖啡的人（如果他們有得喝的話）早就已經習慣不加牛奶也不加糖了。後來有某個不知名的天才更進一步舒緩了他們的困境，因爲他發現即使再黑的咖啡，只要喝時附帶吃一塊椰子肉，那苦味就會減輕很多。於是一種新的、能讓人飽足的「法式早餐」就誕生了。可是克雷特斯就像那種下場註定會很淒慘的人一樣，非得要東西對了才行，否則就寧可都不要。我有沒有說過我已經對他失去了耐性？呃，有時候我當然難免會氣，但每當我心腸變得比較軟、比較替人著想的時候，就會替他感到難過。因爲誰敢摸著良心說「嗜糖成癮」這件事會比這年頭其他許多什麼什麼癮的要更不理性呢？當然不是。況且這種事對別人也不會構成威

❷倫敦的一個區。

脅。至於其他那些癮頭可就很難說了。

有一天他回到家時心情很好，因爲有個最近才剛從國外回來的人以三鎊的價錢賣給他兩打人工甘味片。他一回到家後就立刻走到廚房去燒水，然後就從他的袋子的某個角落裡拿出了他小心存放的一個舊錫罐。罐裡裝的是即溶咖啡粉（現在他已經沒有茶葉了），但是已經變硬了。「這沒關係的。」他一再地向我保證，雖然我連一句話都沒說。「這是溼氣的關係。味道沒怎麼變。」他聞了一下，接著便用刀子挖了兩小塊下來（這玩意兒已經硬的像石頭一樣了），沖成了兩杯咖啡，然後便坐了下來，身子往後靠，臉上的神情像是在唱歌。

然而，那人工甘味劑的味道簡直令人難以忍受。每喝一口，嘴巴裡都會留下一種揮之不去的甜的發膩的感覺，而且不知不覺口水就流得滿嘴。我們默默的喝著。然後，克雷特斯突然跳了起來，衝到外面去，一陣哇拉哇拉的吐了起來，讓我那杯咖啡再也喝不下去了。

他回到屋裡後，我告訴他我很遺憾。他什麼話也沒說，就直接跑進他的房間，拿了一杯水到外面去漱口。漱了幾口後，他將剩下的水倒在手裡，捧起來洗臉。這時我再度表示我很遺憾，他聽了只是點點頭。

稍後，他回到我坐的地方。「這些你要嗎？」他拿出那些人工甘味片，一臉嫌惡的樣子。奇怪只不過是一陣嘔吐而已居然讓一個人完全變了樣。「不，我不想要。不過你還是留著吧。我相信這附近一定會有人想要的。」

他要不就是沒在聽我說話，要不就是連一分鐘也不願意再忍受了，因爲後來他又走到屋外，把那些東西全都扔在剛才他吐過的那塊草地上了。

他先前想必對這差勁的代糖抱持著很高的期望，因此現在才會一下子幾乎精神崩潰。後來那兩天，他一直躺在床上，早上既不去我們工作的局裡上班，晚上也不像平常那樣去看他的女友茉西。

到了第三天，我眞的對他失去耐性了，於是便對他說了幾句重話，叫他要打贏這一場生死存亡的戰爭等等。當然啦，其中或多或少是借用他在廣播劇劇本裡所用的那些出了名的語句。但是他卻對我大吼：「操你媽的戰爭！操你媽的生存！」儘管如此，後來他還是很快就恢復了，而且臉上頗有些訕訕的模樣。後來我的態度也軟化了好些，開始私底下認眞的幫他打聽哪裡可以買到糖。

另一名也在局裡工作的朋友告訴我，有個賓賀帝神父就住在十哩外的地方，我們這整個地區的「明愛」❸（Caritas）救災商店全歸他掌管。我這個朋友是個知名的羅馬天主教徒，人頭也很熟。他提醒我，這個賓賀帝神父雖然心腸很好，也很慷慨，但有時會有一些出人意表的舉動，尤其是最近在機場被榴霰彈的碎片擊中頭部之後更是如此。

❸由全球一百六十二個天主教機構所組成的一個國際慈善組織，其服務範圍遍及全世界。

於是，接下來的那個星期六，我和克雷特斯就跑去找竇賀帝神父了。我們發現，他雖然之前連續六個晚上都冒著敵機不時前來轟炸的危險，摸黑在機場跑來跑去，把飛機上的救災物資卸下來，一直到早上七點才回家，而且每天只睡兩個小時，不過看起來心情倒還不錯。我們對他說了一些歌功頌德的話，他卻一副沒什麼的樣子，說他只是每隔一個禮拜做一次這樣的事情而已。「過了今天晚上我就可以睡他整整七天的美容覺啦。」

他的客廳裡有魚乾、奶粉、蛋黃粉和其他賑濟物資的味道，加起來簡直令人難以呼吸。竇賀帝神父用手背擦擦眼睛，問我們有什麼事要他效勞。不過，在我們還沒來得及回答之前，他就已經睏意十足的站了起來，把手伸到一座空空的、只放了一個小十字架的書架頂上，拿了一個大大的熱水瓶，問我們要不要喝咖啡。我們說要，心想在這個連空氣裡都有賑濟物資的味道的「明愛」大本營，咖啡裡一定會有糖和牛奶吧，再說我們到目前為止和竇賀帝神父一直都處得很好。想到這裡，我們又開始大力的頌揚他致力服務我國人民的情操和勇氣，因為他雖然看起來並不把這些話當一回事，但適度合宜的讚美（你要說是奉承也可以）仍然是一個利器，就連聖人可能也無法抵擋呢。不久，竇賀帝神父走進了一個房間，拿了三個看起來很廉價的淡藍色塑膠杯出來，然後便開始為我們倒咖啡。那咖啡有一小部份先流到他的小指上，然後再流進杯子裡。他一邊倒一邊道歉，說這個熱水瓶已經舊了，很不好用。

我開始彬彬有禮的喝著我杯子裡的咖啡，一邊用眼角餘光偷偷注意克雷特斯的反應，只見他喝了一小口，含在嘴裡。

此時，竇賀帝神父用手背遮住嘴巴，打了一個大大的哈欠，再次問我們有什麼事情需要他效勞。我告訴他我有花粉熱的毛病，想要一些抗組織胺藥片，如果他有的話。「當然。」他說。「我剛好有這東西。喬瑟夫神父也有一樣的毛病，所以我身邊總是帶著一些。」說著他便離座而去。我聽見他不停的唸著：「花粉熱，花粉熱，花粉熱」好像是在汗牛充棟的書架上尋找某一本特定的書似的。接著，又聽見他說：「啊，找到了。」不久後，他便拿著一個小瓶子走了出來。「這上頭寫的全是德文。」他瞇著眼睛看了一下瓶子上的標籤。「你會看德文嗎？」

「不會。」

「我也不會。這樣吧，你就每天吃三次，一次一片，看看效果如何。」

「謝謝你，神父。」

「下一位！」他神情愉悅的說道。

之前，在他去拿藥片的時候，克雷特斯已經趁機把他杯子裡的大部分咖啡都倒進了嘴裡，然後巧妙的走到他後面那扇低矮的窗戶旁，把頭伸到窗外，將嘴裡的咖啡全都吐了出來。

「說吧，你要什麼？記住，只能有一個要求喔。」竇賀帝神父說道，一副龍顏大悅的模樣。

「神父，」克雷特斯鄭重其事的說道。「我需要一點糖。」

自從我們來到這裡之後，我一直就很擔心，不知道他要怎麼向神父開口，會說些什麼。現在，聽到他把它說得這麼純淨、這麼簡單，好像出自靈魂深處的眞理一般，我忍不住佩服起他來。我知道，換成是我，就絕對辦不到。也許是因爲竇賀帝神父把整個氣氛弄得像神話般的單純，在無形之中也幫助了他的緣故吧。不過，如果說神父確實創造了這種有利的氣氛，那麼，在聽到克雷特斯這句話後，他就立刻一手把這氣氛徹徹底底的摧毀了，就像任性的孩子把自己在沙地上所造的奇妙城堡一腳踢壞一般。他一把抓住克雷特斯的頸背，大叫「你這個可恥的傢伙！」，然後便將他推出門外。接著他又要過來抓我，但這時我已經從另外一個門跑了出去。他一邊跺腳一邊嘰哩咕嚕的罵個不停，像個瘋子一樣，然後又祈求上帝要在末日時審判我們這兩個冒犯聖靈的人。「糖！糖！糖！」他用沙啞的聲音叫著，嗓門愈來愈大。當每天都有成千上萬無辜的上帝子民因爲沒有牛奶喝而喪命的時候，我們這些傢伙居然還敢開口向他要糖！他愈講愈氣憤難耐，竟衝出門外追了過來。我們只好拔腳狂奔，一邊跑一邊還聽見他的咒罵聲。

我們默默無言、可憐兮兮的在路口等了一個小時，希望能搭便車回阿瑪佛❹（Amafo）。但最後還是冒著炙熱的天氣和遭受午間空襲的危險徒步走了十哩路回去。

我猜想這就是克雷特斯在我們的第一次茶會中要我說的故事。可是我怎麼能講呢？即使現

❹奈及立亞的一個地名。

在回想起來，我也不認爲這是一次勝利的經驗，而是一次挫敗。況且之後還有許多次挫敗的經驗。最不堪的還在後頭呢。

在和竇賀帝神父見面後不久，我就被那些外事人員選中，派去「出差」。雖然出的是「窮人級」的差，時間只有一個星期，去的也只是葡萄牙海上一個名叫「聖多美」(São Tomé) 的小島，但我還是很高興，因爲畢竟出國就是出國，更何況自從戰爭爆發以來，我還未踏出比夫拉❺(Biafra) 一步。沒有出差的經驗，人家就會把你當成是一個無足輕重的人，更重要的是，就沒有機會帶些洗澡肥皂、毛巾、刮鬍刀這類已經突然變成階級與財富象徵的小東西回來，享受那種衣錦還鄉的榮耀了。

我要出發前一天，所有的好朋友、朋友、熟人乃至完全陌生的人和近乎仇敵的人都跑來告訴我他們的願望。這已經是一種儀式了，甚至幾乎像是一個從古代流傳下來、不知道有何意義的節慶一樣。某個幸運的傢伙要出差到一個幾乎像是神話世界一樣的地方了。那裡不是普通人能去的，那裡的物資仍然充裕，那裡的人過著很安全的生活。於是每個人都前來許下自己的願望。面對這些願望，那幸運的人千篇一律的答道：「我會試試看。但你也知道問題在那裡……」「是的，我明白，我只是請你試試看……」沒有眞正的期望，沒有義務，也沒有許諾。

❺奈及利亞東部一地區，一九六七年宣佈獨立，隨後陷入內戰，一九七〇年被鎮壓。

不過，偶爾也有人堅定而認眞提出某些要求。我說的是那些比較好命的人。他們一聲不吭就把一張紙條遞給你，上面用別針夾著所謂的「外匯」。其中有些人想要鹽巴（這是不可能的，因爲太重了）。許多人想要買內衣給自己和女兒穿。有個可憐蟲甚至要我幫他買避孕用品，但我告訴他我認爲那些東西是用來做「公家計畫」（不是「家庭計畫」）的，並因此而在人群中引起了一陣騷動。那一天，我手裡拿著便條紙，步伐輕快的在房裡房外穿梭，口裡不住的說：「只能有一個要求唷。」

是的，連近乎仇敵的人也來了，例如住在路對面的那個大個兒。據說他曾經是新教的神職人員，但如今已被解職。他是個自大的傢伙，在戰爭初期曾經設法弄到了一個肥缺，負責管制和分配政府進口的稀有物資，尤其是女人的衣料。那天，正當我準備要上床的時候，他突然像尼哥德慕（Nichodemus）❻一樣走了進來。我原本還以爲他不知道有我們這這種人存在，但是他卻像個騎著馬的王爺一樣搖頭晃腦的走了過來，混身散發著艾林摩（Erinmore）煙草的氣味。他說不知道我可不可以幫他買一種染白頭髮用的特製髮油，他要兩瓶，說著便遞給我一張五塊錢的鈔票。想當初有一次我的女朋友去這渾球那兒申請購買一件胸罩時，他居然要求她和他一起在某個偏僻的村子裡度週末呢。

❻聖經中的一個法利賽人。新約約翰福音第四章中記載了他與耶穌的對話。

在「聖多美」島時，由於差旅費少的可憐，我只好把每天吃午餐的錢省下來，到那個星期快結束時終於存了足夠的外匯，可以給自己買些東西，像是抗組織胺藥片等等（因爲當初匆匆逃離寶賀帝神父家時，我把他給我的那一罐藥留在那兒了）。至於克雷特斯呢，我給他買了一罐立普頓紅茶和兩包半磅裝的方糖。這是我買的最開心的兩樣東西。所以當後來其中一包方糖被偷走時，你就可以想見我那氣急敗壞的模樣了。當時我剛回國，正在機場入關（其實這些入關手續都只是做做樣子罷了），視線稍微離開了一下我的行李，結果那包方糖就被偷走了。如果它沒被偷的話，也許後來就不會發生那個令克雷特斯極其難堪的事件了。

我從聖多美島回來那天，茉西過來看他（和我）。我送了她一塊麗仕香皂和一小條護手霜，令她欣喜若狂。

「你要不要喝茶呢？」克雷特斯問她。

「當然要啦。」她用她那柔軟低沈像貓一樣的聲音說道。「你有茶葉嗎？太好了！還有糖耶！太好了！太好了！我也要幾顆。」

當時我並沒看到，不過我猜想她一定是把手伸進了那包已經打開的方糖裡，抓了一把，想放進她的手提袋裡。就在這時，克雷特斯立刻放掉他正要拿進來的那壺熱水，朝她撲了過去。這一幕我倒是看得很清楚。在那一瞬間，她必然以爲他是在跟她鬧著玩，可是我知道他並不是。而且在那一瞬間我幾乎討厭起他來。他抓住她拿著方糖的那隻手，咬牙切齒的想把它掰開。

「克雷特斯，住手！」我說。

「住手個頭！」他說。「我受夠這些貪得無厭的女人了！」

「不要碰我！」她又羞又惱，淚流滿面的大喊，後來不知怎地還是設法掙脫了他。她後退一步，把那些方糖丟在他臉上，然後便抓了皮包哭著跑走了。克雷特斯把那些方糖撿起來，總共大約有六顆。

「山姆！」克雷特斯喚著他的長工。「再燒點水來。」他吩咐道，然後便轉頭看著我，一雙眸子亮晶晶的，裝滿了那些瘋狂的回憶。「麥克，你一定要告訴他們我和糖之間的那場戰爭。」

「從前在學校時，大家都叫他『糖寶寶』。」我又顧左右而言他。

「喔，麥克，你不太會說故事耶。是誰推薦你到『宣傳局』的？」另外那兩個人聞言大笑。一顆顆的汗珠在克雷特斯的額頭上顫動。他看起來非常急切，不停地哀告著、懇求著，要人鞭笞他，讓他享受這種奢侈的痛苦。

「而且他還失去了他的女朋友。」我把心一橫。「沒錯，他失去了一個好女孩，因爲他捨不得六顆我買給他的方糖。」

「你明知道這樣說並不公平。」他的語氣裡突然充滿了敵意。「是好女孩才怪！茉西只不過像其他人一樣是個沒有廉恥、貪得無厭的人。」

「對，就像我們這些人一樣。可是，克雷特斯，我很好奇，爲什麼你跟她交往、上床那麼多個月，都沒有發現，等到我幫你買了一包方糖之後你卻突然開了眼呢？」

「麥克，我們都知道那糖是你買的。這點你已經說過了。可是這不是重點……」

「那什麼才是重點？」說到這裡我猛然醒悟到這是多麼愚蠢的一種行爲。我們是多麼容易一不小心就突然毫無理性的口出惡言，就像在不久之前我們過著絕望的日子時一般，只要突如其來的一句氣話就會在兩個愛好和平的朋友之間引爆一場激烈的戰爭。想到這兒，我便趕緊說了一個笑話，緩和一下氣氛。只不過這笑話還是有點毒。

「當克雷特斯要結婚的時候，他們得爲他特別設計一段結婚誓詞才行。譬如就像這樣：『我在世間所有的財物——除了糖之外——都將歸你。』竇賀帝神父如果能獲准回來咱們這裡的話一定會明白這個意思的。」

尤美拉和他的朋友聞言又笑了起來。

風就是這樣

阿莫思・歐茲

1

今天是季迪安・宣哈夫的最後一天。日出的景象很美。此刻，晨光柔和，幾乎有些秋意。東邊地平線上的雲層中閃爍著微光，絲毫看不出將有熱浪來襲的跡象。但這只是個假象。

東邊的山上遍佈著光耀的紫色雲彩，在晨風的吹拂下緩緩飄移，接著陽光便穿透了雲層。白日已然降臨。在日光輕撫之下，陰暗的砲眼睜開了雙瞳。那光亮的範圍逐漸往上擴展，終至衝破那山巒般的雲層，使它們頓時潰散。此時，東邊的地平線上已經是一片耀眼的光芒。在這可怕的赤色光焰威嚇之下，那淡紫色的雲影已經悄悄退讓逃逸。

日出前幾分鐘，起床號就已經響徹營區。季迪安從床上爬了起來，光著腳走到營房外，睡眼惺忪的看著漸亮的天色。還沒睡飽的他用一隻細瘦的手遮擋刺眼的光線，另一隻手則自動把軍服的釦子扣上。此時，他已經聽見了人聲和金屬碰撞的聲音。顯然有些男孩已經迫不及待的開始擦起槍來，預備接受晨間的檢查。不過，季迪安仍慢吞吞的。日出使得他疲憊的身體內產生了一種燥動不安的感覺，或者也可以說是一種模糊的渴望。現在太陽已經升起來了，但他仍昏昏欲睡的站在那裡，直到有人從後面推他一把，叫他動作快一點為止。

他走回營房，把床收拾整齊，將衝鋒槍擦拭乾淨後便拿起了他的刮鬍用具。走在路上，看著兩旁那一棵棵以石灰水塗白的尤加利樹以及一張張勉勵大家保持整齊、遵守紀律的佈告，他突然想起今天是八月五日，是獨立紀念日。為了慶祝，他們這一排今天將在加薩雷爾❶山谷舉行跳傘表演。他走進盥洗房，在等待其他人把鏡子騰出來的空檔刷了刷牙並想著漂亮女孩。在一個半小時之內，所有的準備作業都要完成，屆時他們這一排就要搭機前往目的地。地面上一定會有成群的民眾興奮的等著他們跳下來，其中當然包括那些女孩。跳傘的地點就在諾夫・哈瑞希（Nof Harish）集體農場旁邊。那裡是他的家，他出生長大的地方。一直到他入伍之前他都待在那裡。當他的雙腳落地時，農場裡的那些小孩一定會圍過來，對著他又跳又叫的喊道：「是季迪安耶！你們看，是我們的季迪安耶！」

他擠到兩個體型比他大得多的士兵中間，開始在臉上塗抹泡沫，並動手刮鬍子。

❶Jezreel，以色列北部一肥沃平原。

「天氣眞熱呀。」他說。

一名士兵答道：「這還不算很熱呢。不過快了！」

站在他後面的另一個士兵嘀咕說：「快一點。不要整天說個沒完。」

季迪安並未生氣。相反的，不知道爲了什麼，這話讓他感到一陣欣喜。他把臉擦乾，走到外面的校閱場上。此時，藍色的天空已經泛著灰白，預示那猙獰的喀新風❷即將吹來。

2

前一天晚上，辛態・宣包姆就已經相當肯定喀新風要吹過來了。這天早上他一起床後就急忙忙的走到窗戶旁邊。一看之下，他發現自己又說對了，心中不覺有些自得。他關上百葉窗，以免熱風吹進房裡，然後便開始清洗他的臉部和毛茸茸的肩膀和胸膛，接著又把鬍子刮了並準備早餐。他的早餐是一杯咖啡和一個他昨晚從膳堂裡帶回來的麵包。他向來不喜歡浪費時間，尤其是工作效率最高的早晨：光是出門、走到膳堂、和別人聊個幾句、看看報，討論一下時事，就會去掉半個上午的時間。因此他總是將就著喝杯咖啡、吃個麵包。到十點半時晨間新聞摘要結束時，他——季迪安・宣哈夫的父親——就已經坐在書桌前了。無論寒暑皆是如此，毫無例

❷ khamsin，從三月下旬至五月初，由撒哈拉沙漠吹來，橫掠埃及的熱南風。

外。

他坐在書桌前，盯著對面牆上掛的那幅鄉村地圖看了幾分鐘，試著回想今天凌晨他醒來之前一個反覆出現的夢境，但是卻想不起來。於是他決定開始工作，不再浪費一分鐘。沒錯，今天是國定假日，但慶祝節日最好的方法是工作，不是放鬆。他今天要出去觀看跳傘隊員的表演，希望季迪安也在那群人裡頭，而不是在最後一分鐘突然退出。不過，在出門前，他還有好幾個鐘頭的時間可以工作。他已經七十五歲了，不能夠再任意揮霍自己的時間，特別是在他有這麼多東西要寫的時候。時間是這麼的少。

辛熊・宣包姆這個名字不需要介紹。「希伯來勞工運動」(Hebrew Labor Movement) 這個組織很知道怎麼表揚他們這位創始人（其中之一），因此數十年來他的聲名不墜。這幾十年來他全心全意的努力實現自己年輕時的夢想。一次次的挫敗和打擊從不曾粉碎或動搖他的信心，只是讓他在悲哀之餘變得更有智慧。他愈了解別人的弱點和他們在意識形態上的偏差，就愈努力改善自己的缺點。這些年來，他一直嚴格的要求自己去除這些缺點，並且依照自己的原則過日子。他律己極爲嚴苛，並多多少少以此而自負。

此刻，時間是獨立紀念日的早上六點到七點之間，辛熊・宣包姆尚未成爲一個喪子的父親，但他的五官卻極其適合扮演這個角色。他那滿是皺紋的臉上有一種莊嚴睿智、彷彿洞悉一切卻又不動聲色的神情。他那雙藍色的眸子裡有一種微帶嘲諷的憂鬱。

此刻，他坐在書桌前，背脊挺直，手肘放鬆，俯首看著眼前的書頁。這張書桌是原木做的，就像屋裡其他的傢具一樣，講究的是功能，完全沒有裝飾。這棟平房雖然位於一座歷史悠久的集體農場裡，但看起來卻更像是修道院裡的僧房。

今天上午他的工作效率並不高。他的思緒不時飄到天明之前在他睡夢中時而浮現、時而幻滅的那幕情景。他非得設法捕捉那個夢境不可，然後他就可以將它遺忘，開始專心工作。夢裡有一條水管，是的，還有一個像是金魚一樣的東西。而且他還和某人發生了爭執。但這幾樣東西之間並無關聯。還是趕快工作吧。波阿利錫安運動（Poale Zion Movement）❸似乎一開始就是建立在一個自相矛盾的意識形態上，而且這種矛盾是無從解決的。他們只能藉著巧妙的言辭來加以掩飾。但這個矛盾只是表面上的，而那些意圖利用它來破壞或攻擊這個運動的人並不了解他在說些什麼。以下就是一個很簡單的證明。

在飽閱世事之後，辛熊・宣包姆知道命運無常、世事難料，禍福吉凶往往毫無道理可言，小至個人，大至國家社會都是如此。但他雖然看透世情，卻仍保有一股勇往直前的衝勁，因此從少年時代開始，他就一直是個生氣勃勃的人。他最令人矚目與敬佩的特質就是他那種頑強的

❸由信奉馬克斯主義的錫安教派猶太工人所創立的一個組織。

天眞，就像我們那些純眞、虔敬的先人一樣，雖然通曉世情，卻從未因此而喪失信念。他向來言行一致。即使「希伯來勞工運動」的部份領導人已經進入政壇，並自此即與肢體勞動完全脫節，他卻一直守著集體農場，拒絕外界所有的聘雇與邀約，連擔任全國總工會主席一職也是勉爲其難。幾年前，他一直過著一半體力勞動、一半知性工作的生活：一個星期有三天從事園藝工作，另外三天則致力於理論的撰述。諾夫．哈瑞希農場裡那幾座美麗的花園就大部分出自他的手。無論栽種、修剪、砍伐、澆水、鬆土、施肥、移植、除草和挖掘，他都一手包辦。他雖是「希伯來勞工運動」的精神領袖，但卻堅持和每位成員一樣履行他應盡的義務，包括擔任夜間守衛、在伙房輪值以及協助收割等等。他這一生從不知「雙重標準」爲何物。他知行合一，劍及履及，意志堅決，從不懈怠——這是幾年前他七十歲生日時「希伯來勞工運動」的秘書在某雜誌上撰文時對他的描述。

當然，他對現況也有絕望、痛心、不滿的時刻，但他總是能將這些情緒轉化爲一股讓他奮發圖強的力量。就像他所喜愛的那首進行曲一樣：「我們爬呀爬的爬上山，迎向新的黎明；昨日種種已被拋在腦後，明天卻依然遙遠。」這樣的歌詞總是激勵他要努力有所作爲。哎，如果那個亂七八糟、渾沌不明的夢境能夠自動清晰的顯現在他眼前就好了，這樣他就可以不再想它，好好的專心工作。時間正一分一秒的消逝。一條管子、一步棋、某個像是金魚的東西、一次激烈的爭執。這其中究竟有何關聯？

多年來，辛熊一直獨居，把所有的精力都放在論述上。爲了這項終身的志業，他犧牲了家庭的溫暖。但也正因如此，他一直到老都保持著年輕人般的純眞與熱忱。五十六歲時，他突然娶了拉雅·葛林斯潘，並生下了季迪安，但後來便離開了她，重新開始他的論述工作。不過，話說回來，如果我們假定他在娶拉雅·葛林斯潘之前過的是修道士一般的生活，那就未免太假道學了。事實上，他的個性除了吸引了許多信徒之外，也吸引了許多女人。當他還年輕的時候，一頭濃密的髮絲就已經開始變白，他那飽經日晒的臉上有著迷人的溝紋，他的背脊硬挺、肩膀厚實，他的音色溫暖，說話的語氣中總帶著一絲懷疑與深思的意味，再加上他獨居的事實，在在都吸引女人們像鳥兒一般振翅飛向他的懷抱。根據流言，農場裡至少有一個小鬼頭是他的種，在其他地方人們也有類似的傳言。不過，這並不是重點。

五十六歲時，辛熊決定要有一個兒子，以便傳宗接代，並繼承他的衣缽。於是他便征服了拉雅·葛林斯潘，一個身材嬌小、說話有點口吃、年紀比他小三十三歲的女人。他們舉行了一場小型的結婚典禮，過了三個月之後季迪安就出生了，讓農場裡的人都跌破了眼鏡。然而，就在眾人尚未回神之際，他又把拉雅送回了她原來的住處，重新開始他的論述工作。不用說，此舉再度激起了一陣漣漪。但事實上他做這個決定是經過一番痛苦的思量與掙扎的。

現在應該專心一點，仔細的推敲。太好了，慢慢想起來了。她來到我的房間，要我趕緊過去阻止那個惡行。我問都沒問就匆匆忙忙的跟著她走。原來有個人竟斗膽在膳堂前的草坪上挖了一個像波蘭鄉紳的宅子一般的景觀水池。由於這種事前所未見，且並未經過允許，我看了便怒火中燒，大聲喊叫起來。不過，究竟是對著誰喊，我已經記不清楚了。水池裡有幾條金魚，一個男孩正用一條黑色的橡膠水管把水放到池裡。我當場加以制止，但那男孩並不聽話，於是我便開始沿著水管去尋找水龍頭，以便在他們把這池子變成一個「既成事實」之前切斷水源。我走著走著，卻猛然發現自己在繞圈子：那水管並未連到任何一個水龍頭，而是又回到池子裡把水吸走。夢裡盡是這些沒有意義的情節。好了，不想了。要理解「波阿利錫安運動」的原始宣言，不應該訴諸於辯證法，而應該逐字逐句，從字面上解讀。

3

與拉雅．葛林斯潘分開後，辛態並未怠忽自己的職責，開始身兼兒子的父親與導師。自從季迪安六、七歲開始，他就極力的加以栽培與薰陶，但兒子的表現卻讓他頗爲失望。在他看來，季迪安顯然不是能夠成大器的材料。從小他就時常抽抽搭搭的哭泣，而且動作遲緩、神色茫然。無論受到什麼攻擊或侮辱，他都不會還手，並且總是喜歡蠶、枯葉、糖果紙之類的玩意兒，是個奇怪的孩子。自從十二歲開始，他就時常爲各種年齡的女孩而心碎，總是害著相思，並不時在兒童通訊上發表一些感傷的詩詞和尖刻的戲謔之作。他的皮膚黝黑、五官秀氣、態度溫文有禮，在各種場合都沈默寡言，工作表現並不出色，團體生活也乏善可陳。他拙於言辭，頭腦顯然也不甚清楚。在辛熊眼中，他的詩作簡直濫情的無可救藥，他的模仿戲謔之作則甚爲惡毒，絲毫不能給人什麼啓示。他的綽號叫「小木偶」，而不可否認的是，這個稱呼非常貼切。還有，他的臉上總是掛著那令人火冒三丈的笑容，簡直就是拉雅·葛林斯潘的翻版，讓辛熊十分沮喪。

然而，十八個月之前，季迪安做了一件讓他父親大爲驚訝的事：有一天，他突然跑來要求辛熊簽署一份同意書，讓他加入傘兵的行列。由於他是獨子，這件事需要父母雙方的同意。辛熊在確定兒子並非蓄意胡鬧之後，便欣然同意了這項要求，認爲這是兒子成長的過程中一項令人鼓舞的改變。在軍中他一定會被磨練成一個堂堂正正的男子漢的。讓他走吧，有什麼理由不答應呢？

然而拉雅·葛林斯潘卻堅決反對，她說什麼也不肯簽署那紙同意書，讓季迪安的計畫遭遇意想不到的阻礙。

於是，某天晚上辛熊便親自前往她的住處，向她懇求，對她曉以大義，甚至對她大發雷霆，但是都沒有用，她還是不肯簽字。於是辛熊只好想了一個迂迴曲折的辦法讓兒子能夠入伍。他寫了一封私人信函給尤雷克本人，請他幫忙。他說他希望兒子能夠獲准自願入伍，說他的母親情緒並不穩定，說那孩子將會成爲一流的傘兵，說他願意承擔所有責任。然後他又補充說，他這一生從未開口請人幫忙，以後也不會如此。這是他此生唯一一次做這樣的事情，請尤雷克看看是否能幫得上忙。

於是，在九月末，當果園裡秋意初現時，季迪安便加入了傘兵隊。

從那時起，辛熊愈發沈浸在他的論述工作中。他認爲那是一個人眞正能夠留給後世的東西。他已經在「希伯來勞工運動」中留下了一個不可磨滅的印記，如今他雖然已經七十五歲，但卻還不老。他的頭髮依然濃密，肌肉仍舊堅實有力，眼神依然敏銳、心思也還能夠專注。他那中氣十足、乾燥而略微沙啞的嗓音仍然吸引著各種年齡的女人。他的舉止合宜、態度謙遜，最重要的是他仍然深深紮根於農場的土地上。他痛恨各種集會和儀式，更遑論加入什麼委員會或擔任任何公職。光憑著手中的那支筆，他就已經將他的姓名鐫刻在勞工運動和國家的名人榜之上了。

4

這是季迪安．宣哈夫的最後一天。日出的景象很美。他覺得自己甚至看得見在熱氣中逐漸蒸發的露珠。在遠處，東邊那幾座山嶺已經被染得火紅。這是一個預兆。今天是一個值得慶祝的日子，慶祝獨立紀念日，慶祝他即將在家鄉熟悉的原野上跳傘。昨晚一整夜，在半夢半醒之間，他彷彿置身於北方一座秋色爛漫的陰暗森林裡，聞到了濃濃的秋天的氣息，看見了許多不知名的巨木。一整個夜晚，那蒼白的葉子不斷掉落在營房的屋頂上。早晨他醒來之後，那滿是不知名樹木的北方森林依舊在他的耳邊絮絮低語。

季迪安很喜歡從飛機上跳下來一直到降落傘張開為止那段急速降落的過程。那是一個美妙的時刻。那虛空以閃電般的速度朝著你撲過來，猛烈的氣流舔著你的身體，愉悅的感覺令你暈眩。那種速度就像喝醉酒一般、不顧一切，呼嘯著，咆哮著，令你的身軀為之顫抖。一根根紅得發熱的針頭刺戳著你的神經末梢，讓你的心臟狂跳。當你正感覺自己像風中的一道閃電時，突然間，降落傘張開了。那些皮帶像是一隻結實、雄壯的臂膀一般，將你穩住，抑制了你下墜的速度。你可以感覺到它在你的腋下支撐你的力道。此刻，原先那種不顧一切的刺激變成了一種比較平靜的快感。慢慢的，你的身體搖搖晃晃的穿過空氣，在微風中懸浮、游移並微微飄動。你永遠無法猜到你的雙腳會在哪裡觸地，是那座山坡還是那片柑橘林的旁邊。你像一隻筋疲力竭的候鳥一般，緩緩的下降，看見屋頂，看見道路，看見草原上的牛群，然後慢慢慢的落地，彷彿你可以有所選擇，彷彿你可以完全作主似的。

然後，你的腳碰到了大地，你就像演練時一般縱身翻個觔斗，以緩和落地時撞擊的力道。在幾秒鐘之內，你就得開始清醒。在你體內飆流的血液開始慢了下來。空間也恢復正常。你的心裡只剩下一種疲倦的自豪。然後你便回到你的指揮官與同袍那兒，開始忙著重新整隊。

這一次，這樣的情景將發生在諾夫・哈瑞希農場的上空。

那些年紀較大的人將會舉起他們那涇涇黏黏的手，將頭上的鴨舌帽往後推，試著在天空搖晃的那些灰色小圓點中找出季迪安來。孩子們會在原野上跑來跑去，同樣興奮的等待他們的英雄落地。母親會從膳堂裡走出來，站在那兒抬頭仰望，一邊喃喃自語。辛熊會暫時離開他的書桌，也可能端一把椅子到他那小小的門廊上，坐在那兒以深思而自豪的眼神看著整場表演。

然後，農場的人會設宴款待整個跳傘隊。大廳裡會放著一壺壺冒著晶瑩沁涼的水珠的檸檬汁以及一箱箱的蘋果，或許還有年長的婦女所烤的蛋糕，上面還用糖霜寫著祝賀的字眼。

六點三十分時，那變幻莫測的絢爛晨曦已經消逝，陽光開始無情的照在東邊的山嶺上。濃密的熱氣沈沈的籠罩著大地。營房的錫板屋頂反射著令人目眩的強光，營房裡的牆壁也開始散發出濃重、逼人的熱氣。在營區圍籬附近的那條大路上，已經有一整列載滿了人的巴士和卡車在行進著，看起來熱鬧無比。他們都是附近村莊和小鎮裡的民眾，正要到大城裡去觀看閱兵典禮。他們身上的白襯衫在滾滾煙塵裡仍隱約可見，他們那嘹亮的歌聲也不時從遠處傳來。

傘兵隊的晨間檢閱已經結束。由參謀長所簽署的今日任務指示也已經宣讀完畢並貼在布告欄上了。今天的早餐充滿了歡慶的氣氛，菜色包括一個放在一片萵苣葉上、以橄欖圍邊的水煮蛋。

季迪安低頭開始吃了起來，一綹烏黑的頭髮垂落在他的額頭上。不久他開始小聲的唱起一首歌，其他人也陸續加入。唱著唱著，開始有人竄改原來的歌詞，把一首首希伯來歌曲唱得滑稽可笑，時而甚至達到淫穢的地步。沒多久，他們的歌聲就成了一片粗嘎的、跡近絕望的阿拉伯式哀嚎。最後，他們的排長——一位一頭金髮、長相俊美的軍官。他的輝煌事蹟經常在夜晚的營火旁爲人所傳誦——終於站起身來，說道：「夠了！」於是這群傘兵們便停止歌唱，匆匆喝完他們剩下的最後一點油膩的咖啡，然後便前往跑道上集合了。到了這裡還有一次檢閱儀式。排長對士兵們說了幾句親熱的話，稱他們爲「地上的鹽」，然後便命令他們進入那一架架已經在一旁等候的飛機。

每個小隊的隊長都站在飛機門口逐一檢查每個人的腰帶和降落傘的皮帶。排長本人則穿梭在眾官兵間，拍拍他們的肩膀、和他們開開玩笑、預測一下今天表演的情況。彼此說得興高采烈，彷彿眞的要去打仗，去面對眞正的危險似的。當季迪安的肩膀也被拍到時，他匆匆的微笑了一下。他的個子纖瘦，看起來幾乎像個苦行僧，只不過皮膚被晒得很黑。在那一刻，眼尖的人（例如這位傳奇的金髮排長）便可以發現他脖子上的青筋跳動了一下。

不久，熱氣逐漸滲進原本陰涼的機艙，無情地將最後一點涼意也驅散淨盡，以一種灰色的熾光炙烤著所有的人與物。接著，出發的號令下達了。引擎開始轟隆隆的怒吼，嚇得鳥兒們紛紛從跑道上飛起。機身抖動了一下，接著便費勁的往前移動，然後便開始了起飛前的滑行。

5

我得出去和他握個手。

做了決定之後，辛態就闔上他的筆記本。這幾個月的軍事訓練果然讓這孩子變得強壯了一些。說來不可思議，但他看起來確實總算開始慢慢成熟了，只不過還得學著如何對付女人罷了。他得擺脫他那娘們一般害羞、善感的個性，學著做個硬漢才行。現在，他的棋藝也大有進步，不久就會是他老爸的強勁對手了，說不定哪天還會打敗我呢。不過，時候還沒到。只希望他不要鹵莽到把第一個對他獻身的女孩給娶回來。在結婚之前，他應該試著搞一兩個女孩，再過幾年他就得為我添幾個孫子，不，添很多孫子。到時，季迪安的孩子將會有兩個父親：季迪安負責照顧他們的日常生活，我則負責教育他們。我們的第二代在我們的陰影下成長，所以他們才會如此迷惑。這其中有著辯證關係。但我們的第三代將會是一個美妙的綜合體，一個令人滿意的成果。他們會繼承父母輩的自然率性以及祖父母輩的精神，成為由兩代交錯的血統中精煉而成的光榮胄裔。喔，我最好把這個句子寫下來，說不定哪天能派上用場。每次一想到季迪安和他的朋友們，我就覺得悲哀。他們的身上總是散發出融合了膚淺的絕望、虛無主義、憤世嫉俗和玩世不恭的氣息。他們無法全心的愛，也無法全心的恨。他們沒有熱情，也沒有憎恨。我並不是說他們不應該絕望。絕望和信心永遠是一體的兩面。但那種失去信念後的絕望才是眞正的絕望。那是強有力的、懷著激情的一種絕望，而不是像他們那種傷感、詩意的憂鬱。季迪安，坐好，不要這裡抓抓，那裡抓抓，不要咬指甲。我要唸一段布瑞納（Brenner）❹的精彩文章給你聽。好，你做鬼臉，那我就不唸了。你去外面玩，長大以後就當個遊牧民族吧。如果你想這樣，你就儘管去吧。可是你若沒讀過布瑞納的作品，你就不會明白什麼是眞正的絕望與信心。他的作品裡沒有任何關於掉入陷阱的土狼或秋天的花朵這類濫情的詩作。裡面所有的文詞都像是著了火般的猛烈。裡面有愛，也有恨。也許你們這一代將無法親眼目睹光明與黑暗，但你們的孩子可以。他們將是由兩代交錯的血統中精煉而成的光榮青裔。我們不會任由我們的第三代被寵壞，或被那些墮落的女詩人所寫的濫情詩詞所腐化。飛機來了。我們要把布瑞納的作品放回書架上，準備迎接你。這一次輪到我以你爲榮了，季迪安。

6

辛熊．宣包姆大步的走過草坪，踏上水泥路，走向農場西南角的一塊耕地。那是傘兵隊這次所選定的降落地點。一路上，他不時在花壇旁停下來拔除那些偷偷藏匿在花木下的雜草。他

❹此處指的應是Yosef Haim Brenner（1881-1921）。他是著名的猶太作家，一九二一年在特拉維夫遭阿拉伯反猶太份子所殺害。

那雙藍色的小眼睛總是能夠輕易的偵測到雜草的蹤跡。儘管由於年紀的關係，幾年前他已經不再從事園藝工作了，但是他已經下定決心，只要他還有一口氣在，必定會繼續這項爲花壇除害的志業。每當此時，他總會想起那個接替他擔任園丁的男孩。他比他小四十歲，常以水彩畫家自居。他已經接手了他那幾座經過精心照料的花園。很快的，這些花園就會在我們眼前開花結果了。

一群情緒亢奮的孩童從他面前跑了過去。他們正激烈的爭論著在山谷上方盤旋的那些飛機究竟屬於什麼機種。由於他們一邊喘著氣跑步，一邊爭論，因此聲音很大。辛態一把揪住其中一個孩子的襯衫後幅，迫使他停下腳步，然後便湊近他的臉，對他說道：

「你是薩奇對不對？」

「別碰我。」那孩子回答。

辛態說道：「幹嘛要這樣大喊大叫的？你們這些小孩的腦袋裡難道就只有飛機嗎？還有，這些花壇的牌子上明明寫著『請勿踐踏』，你們卻還從中間跑過去，這樣對嗎？你以爲你想做什麼就可以做什麼嗎？難道現在的小孩都不知道規矩了嗎？我在跟你講話，請你看著我。還有，我問你話，你要回答我，否則……」

但薩奇已經趁著他連珠炮般說個不停的時候掙脫了他的手，一溜煙跑進樹叢裡，對著他扮鬼臉、吐舌頭。

辛熊努起了嘴巴。那一剎那他突然想到了有關老年的事情，但很快就將它摒除在思緒之外。他自言自語的說道：好吧，薩奇，我們走著瞧。他用腦袋很快的推算了一下，他應該至少有十一歲，或許已經十二歲了。是個小流氓，是個野孩子。

此時，那些正在受訓的年輕學員已經在高高的水塔頂上佔據了一個有利的位置。從那裡可以俯瞰整座山谷。這幕情景讓辛熊想起了一幅俄羅斯的畫作。那一刻，他實在很想爬到水塔上去，和那些年輕人一起，從遠處閒適的觀賞跳傘表演。但一想到有一隻具有男子氣概的手正等著他去握，他便繼續大步向前，一直走到那塊空地的邊緣。他站在那兒，兩腿岔開，雙臂交疊，一頭濃密的白髮垂在額前，令人印象深刻。他伸長了脖子，用他那堅定而陰鬱的眼神看著那兩架運輸機。他臉上縱橫交錯的紋路讓他的神情除了自豪、深思之外也多一些嘲諷。他那兩道濃密的白眉毛更讓人想起俄羅斯聖像裡的一位聖徒。此時，飛機已經繞了一圈，帶頭的那架正再度朝著這塊空地飛來。

辛熊張開嘴，低聲的哼唱起來。一首古老的俄羅斯曲調在他的胸臆中激盪。此時，機艙的門打開了，第一批傘兵跳了出來。天空中頓時散布著一個個小小的黑影，好像古時拓荒的農夫所撒的種子一般。

接著，拉雅．葛林斯潘便從廚房的窗戶裡探出頭來，拿著一隻杓子比劃著，彷彿在訓誡窗外那幾棵樹一般。她的臉頰熱得通紅，身上的汗水使得她那件素色洋裝的裙擺緊貼著她那雙強壯多毛的腿。她喘著氣，用沒拿東西的那隻手抓一抓她那一頭亂髮，然後便突然轉身，朝著正在廚房裡工作的那些女人大喊：

「快點！快到窗戶這邊來！小安在上面耶！小安在天上耶！」

但就在這時她突然目瞪口呆，說不出話來。

當第一批傘兵仍像一根根羽毛般在天地之間輕輕飄盪時，第二架飛機已經飛了過來，要把季迪安這一小隊放下來。他們一個個彼此緊挨著站在機艙口，全身緊繃、汗流浹背。輪到季迪安時，他一咬牙，雙腳一蹬，便縱身往外一躍，彷彿從子宮中蹦出來一般，跳進了明亮炎熱的空氣中。下墜時，他從喉嚨裡發出了一陣長長的喜悅的吶喊。他看見他童年時常去的那些地方朝著他衝了過來。他看見那些屋頂和樹梢。當他朝著那些葡萄園、水泥路、棚子和發亮的水管墜落時，心中充滿了喜悅，於是便傻傻的笑了起來，和它們打著招呼。他這一生從未體驗過如此驚悚刺激、令人難以招架的感受。他全身的肌肉都繃得緊緊的，那種刺激的感覺在他的胃裡爆開，沿著脊椎一直傳到他的髮根。他樂的像個瘋子般的高聲尖叫，兩手緊緊握拳，使得他的掌心險些被指甲摳出血來。不一會兒，降落傘的皮帶陡然拉直，從腋下將他抓住，並將他的腰緊緊扣住。這一刻，他覺得好像有一隻看不見的手要將他拉回天空上的飛機那兒。那下墜的快感已經被一種輕柔而緩慢的搖晃感所取代，像是躺在搖籃裡或浮在溫暖的水中一般。突然間，他心中起了一陣驚慌。下面的人要怎麼認出我來呢？在這多如森林的樹木一般的白色降落傘中，媽媽和爸爸要如何認出他們的獨子呢？還有那些漂亮女孩、那些小孩，每一個人。他們如何能用他們那急切的、充滿愛意的眼神盯著我一個人看呢？我不能被埋沒在這群傘兵中。畢竟我就在這裡，我才是他們所愛的人。

此時，季迪安的腦海裡忽然閃過一個念頭。他把一隻手伸到肩膀上，把那條帶子一拉，鬆開了那個供緊急情況時使用的備用降落傘。當這第二個降落傘在他頭上張開時，他下降的速度突然慢了下來，彷彿地心吸引力已經對他失去作用似的。他像一陣風或一片雲一樣，單獨的飄浮在那一片虛空之中。他的同袍們都已經降落在那柔軟的泥土上，並正折疊著他們的降落傘，只有季迪安一個人頭上頂著兩個張得大大的降落傘，彷彿被施了魔法一般繼續的飄呀飄的。成千上百雙眼睛都盯著他看，使他樂的暈淘淘的。大家都看著他，看著他一個人。這是他光榮的一刻。

此時，彷彿要增添他的榮耀似的，一陣跡近涼爽的強風突然從西邊吹了過來，掠過這炎熱的空氣，吹得地面上那些觀眾髮絲飛揚，也將季迪安這最後一位傘兵吹往略微偏東的方向。

7

在那遙遠的大城裡，一群群等著觀看閱兵儀式的民眾面對著這突然吹來的海風都如釋重負的嘆了口氣。也許這表示熱浪就要遠離了。一種帶著鹹味的涼爽氣息輕撫著那些熱的發燙的街道。不久，風更強了。它猛烈的呼嘯著，吹過樹梢，吹折了絲柏樹堅硬的針葉，吹亂了松樹的頭髮，吹起了一陣陣的沙塵，使得那群觀賞跳傘表演的人看不清眼前的景象。季迪安就像一隻孤獨的大鳥般莊嚴的往東飄移，逐漸靠近大路。

此時，千百人齊聲發出了驚愕的叫喊，但季迪安卻聽不見。他欣喜欲狂、恍若出神似的大聲唱著歌，一路慢慢的晃向那幾條架在巨型鐵塔之上的粗電纜。地上的人群驚恐的注視著這個飄浮在半空中的士兵以及一條條從西到東直直橫越山谷的電纜線。這五條橫亙在鐵塔之間、因著本身的重量而微微下垂的電纜線正在陣陣強風中嗡嗡作響。

季迪安的兩具降落傘被較上面的一條電纜纏住了。過了一會兒之後，他的雙腳便落在較下面的那條電纜上，整個人因此被掛在上面，身子斜斜的往後仰。降落傘的皮帶緊緊的抓住他的腰和肩膀，使他不至於掉到底下那土質鬆軟的農地上。如果不是因爲他的靴底很厚、不會導電的話，他早就已經在碰觸電纜的那一剎那被電死了。儘管如此，這條電纜已經對他這個不請自來的重物發出了抗議，開始燒著他的鞋底。細小的火花在他的腳下一閃一閃的劈啪作響。他雙手緊緊抓住皮帶上的扣環，嚇得張大了嘴巴。底下的人也一個個看得目瞪口呆。

此時，一位矮小的軍官滿頭大汗的從人群裡跳了出來，大聲喊道：

「小安，別碰那些電纜。把你的身體往後仰，盡量不要碰！」

這時，擠得密密麻麻、驚慌失措的人群開始慢慢的往東邊移動。有人高聲喊叫，有人嚎啕大哭。辛熊用他那尖利的嗓音要大家保持冷靜，然後便拔腿狂奔，跑到季迪安受困的地點，一把將那些軍官和好奇的旁觀者推開，開始指引他的兒子如何脫困：

「季迪安，你趕快把皮帶解開，就可以跳下來了。這地是軟的，很安全。你趕快跳吧。」

「我沒辦法。」

「你不要再說了。照我的話去做。快跳呀。」

「爸，我沒辦法。我辦不到。」

「沒這回事。你趕快把皮帶鬆開往下跳，遲了你就被電死了。」

「我沒辦法。這些皮帶已經被纏住了。爸，你叫他們趕快把電源關掉。我的靴子已經燒起來了。」

有幾名士兵正努力的擋住人群，一面拒絕他們那些好心的建議，一面在電纜下方騰出更大的空間。他們彷彿念咒一般不斷重複喊著：「不要慌！請大家不要慌！」

農場裡的小孩四處奔跑，讓場面更形混亂。無論大人如何譴責、警告，都沒有效果。薩奇更是像個白癡一般，試圖爬上最近的一座鐵塔。他邊爬邊用鼻子發出「哼！哼！」的聲音，同時還吹口哨、扮鬼臉，試圖吸引大家的注意，結果被兩個憤怒的傘兵給逮住了。

此時，那名矮小的軍官突然大喊：「你的刀子。你的腰帶上有一把刀子。你把它拿出來，把皮帶割斷！」

然而，季迪安卻聽不見，或是不想聽。他開始大聲的啜泣起來。

「爸爸，你把我弄下去吧。我會被電死的。你趕快叫他們把我弄下去吧。我沒辦法自己下去。」

「你別哭哭啼啼了。」他父親簡短的答道。「剛才已經有人教你用刀子把皮帶割斷了。現在你就照著做吧。別再哭哭啼啼了。」

於是，季迪安便照著做了。他雖仍不停的啜泣著，但已經摸索著找到了那把刀子，把皮帶一一割斷。此時眾人皆屏息凝氣，一片靜默，現場只聽見季迪安那斷斷續續、怪異刺耳的啜泣聲。最後，只剩下一條皮帶綁住季迪安。他不敢將它割斷。

「快割呀。」孩子們吶喊著。「快點把它割斷，跳下來。快點做給我們看。」

辛熊也以平板的語氣說道：「現在你還等什麼？」

「我辦不到。」季迪安哀告。

「你當然辦得到。」他父親說道。

「那電流。」季迪安嗚咽著。「我可以感覺到那電流。趕快把我弄下來吧。」

他父親睜著一雙血絲密佈的眼睛大吼：

「你這個孬種！太丟臉了！」

「可是我辦不到。我會把脖子摔斷的。這裡太高了。」

「你可以做得到，而且非做不可。你呀，你眞是個蠢蛋。又蠢又孬。」

一隊正要前往城裡參加空中飛行表演的噴射機飛過了眾人頭上。他們排著整齊的隊形，像一群野狗一般，轟隆隆的往西邊飛了過去。他們消失後，現場變得更加寂靜無聲。連季迪安都停止了哭泣。他手一鬆，刀子便掉到了地上，插進辛熊腳邊的泥地裡。

「你幹嘛要這麼做？」那名矮小的軍官大吼。

「我不是故意的。」季迪安哭著說道。「我手一鬆，它就掉了。」

辛熊彎下腰，撿了一顆小石頭，然後便站起身來，憤怒的朝著他兒子的背丟了過去。

「小木偶，你眞是個沒用的傢伙，可憐的孬種！」

此時，海風突然停了。

熱浪再度變本加厲的襲來。無論人和物都臣服在它的淫威之下。一名滿臉雀斑的紅髮士兵自言自語的說道：「這個白癡。他不敢跳。他繼續待在上面可是會死人的。」一個身材瘦削、長相平凡的女孩聽見這話便衝到眾人所圍成的圈子中間，張開雙臂大喊：

「小安，跳到我的懷裡來吧。你不會有事的。」

一名身穿工作服的老農夫說道：「我倒想看看有沒有人有這腦筋打電話到電力公司去，要他們把電流關掉。」說著他便轉身朝農場的建築走了過去。當他氣呼呼的快步走上一座緩坡時，卻突然被附近傳來的一陣槍聲嚇了一跳。他原本以爲有人從背後開槍打他，但立刻便發現原來是季迪安的排長——那位英俊的金髮英雄——正試圖用機關槍將那些電纜射斷。

可是沒有成功。

此時，一輛破舊的卡車從農場那兒開了過來。幾架梯子被人從車上卸了下來，接著一位年邁的醫生也下了車，最後，一個擔架被抬了下來。

此時，季迪安顯然心血來潮做了一個決定。他猛力的踢著，讓自己的雙腳離開下面那條仍在滋滋冒著藍色火花的電纜，然後便縱身翻了一個觔斗，頭在下腳在上的被那條僅剩的皮帶倒吊在半空中，一雙腳在距離那電纜約一呎的地方踢呀踢的，腳上的靴子有一部份已經被燒焦了。

雖然很難確定，不過到目前爲止，他似乎並沒有受到什麼嚴重的傷害。他就這樣軟綿綿的倒吊在半空中，像屠夫的攤子上懸掛的一隻死羊。

看到這幕情景，那些孩子簡直笑翻了。薩奇拍著腿、笑得喘不過氣來，一副差點痙攣的模樣，接著又像一隻頑皮搗蛋的猴子一般，跳上跳下並一邊尖叫，。

倒底季迪安看見了什麼，使他居然猛地伸長脖子，和他們一起笑了起來？也許是那怪異的姿勢使他變得不太正常。他臉色通紅，伸著舌頭，一頭濃密的頭髮往下垂著，只有他那雙腳朝著天空踢呀踢的。

8

又有一隊噴射機從空中掠過。他們像一隻隻鐵鳥般，排成窄窄的箭頭隊形往前飛，那冷酷美麗的機身在明亮的陽光下閃爍著令人目眩的光芒，隆隆的聲響令大地爲之震動。他們一直飛向西方，留下了一片深沈的寂靜。

此時，那老醫生已經在擔架上坐了下來，點燃了一根香煙，茫然的看著那些人群、士兵和蹦蹦跳跳的孩子，一邊自言自語：事情會變成什麼樣子，到時候就知道了。該發生的就會發生。今天眞熱呀。

季迪安不時發出一聲狂笑。他的雙腳在空中亂踢，在那灰塵瀰漫的空氣裡劃著笨拙的圈子。血液從他那倒吊的四肢裡流到了他的頭部。他的眼珠子開始鼓了起來。世界變得愈來愈暗。原本的紅光變成了深紫色的小點，在他眼前跳著舞，他的舌頭也伸了出來。孩子們以爲他在嘲笑他們，於是薩奇便大聲的喊：「嘿，倒掛的小木偶，你別再對我們擠眉弄眼了。你幹嘛不試著用兩隻手走路呢？」

辛熊走過去，揮拳要揍那小鬼，卻被他閃過，撲了個空。於是他便招手示意那金髮排長過來，和他商談了一會兒。這孩子現在並沒有碰到電纜，因此沒有立即性的危險，但我們必須盡快把他救下來。這齣鬧劇不能一直演下去。他的位置太高了，梯子也派不上用場。也許我們可以想辦法把刀子再丟給他，並說服他把最後一條皮帶割斷，跳到一塊帆布上。畢竟，這是傘兵演練時的例行項目之一。最重要的就是動作要快，因爲這情況簡直太丟臉了。更別提那些孩子了。於是那名矮小的軍官就脫下身上的襯衫，把刀子包在裡面，丟給了季迪安。後者伸長了雙手想要接住那個包裹，但它卻從他的雙手中間掠過，掉到了地上。孩子們吃吃的竊笑著。直到第三次，季迪安才設法接住了那件襯衫，把刀子拿了出來。他的手指因爲充血的緣故變得又麻又重。突然間他把刀刃靠在自己發燙的臉頰上，享受那鋼鐵的清涼。這是個美妙的時刻。他張開眼睛，看見一個倒置的世界。每一件事物看起來都如此可笑：那卡車、那田野、他的父親、那些軍隊、那些孩童，甚至包括他手裡的那把刀子。他對著那群孩子做了一個鬼臉，大聲的笑了一下，並朝他們揮舞著刀子。他試著想開口說幾句話。如果他們能夠在這上面倒吊著，看見他們自己像一窩驚恐的螞蟻一般四處亂竄的模樣，他們也一定會和他一起大笑的。但就在這時，他的笑聲變成了一聲巨咳。他的喉嚨噎住了，眼球開始充血。

9

季迪安頭下腳上的滑稽模樣讓薩奇心中充滿了一種幸災樂禍的歡喜。

「他哭了。」他殘忍的大叫。「你們看，季迪安哭了。我可以看見他的眼淚呢。小木偶，我們的英雄，他已經嚇得哭哭啼啼了呢。小木偶，我們看得見你喔，眞的看得見喔。」

辛態的拳頭再度撲空。「薩奇！」季迪安勉強用他那喑啞、痛苦的聲音大喊。「看我宰了你，把你掐死，你這個小混蛋。」突然間他咯咯的笑了起來，說不下去了。

這根本沒用。他不肯自己拿刀割斷皮帶。醫生開始擔心他如果繼續像這樣待在那兒，久了可能會昏迷。得想想其他的辦法才行。這齣戲可不能演一整天。

於是，農場的那輛卡車便隆隆的開過田野，停在辛態所指定的地點。兩架梯子被綁在一起，以到達必要的高度，接著又被搬到卡車上，由五雙強壯的手扶著，然後，那位傳奇的金髮軍官便沿著梯子往上爬。可是，當他爬到兩架梯子交疊之處時，梯身便發出了「吱吱嘎嘎！」的聲響，顯示情況不妙。果然，隨著那身材魁梧的軍官愈爬愈高，愈來愈重，梯子上的木頭便開始逐漸彎曲。他猶豫了一會兒，決定爬下去，把梯子綁得更牢一些。他爬到卡車上，擦了擦額頭上的汗水說道：「等一等，讓我想想。」就在這一瞬間，薩奇那孩子便爬到了梯子上，沒有人來得及看見，也沒有人來得及阻擋。他爬過了兩個梯子交疊之處，像隻發了瘋的猴子似的爬跳到梯子頂端，並突然拿出了一把刀——他究竟哪來的刀子？——費力的割著那綳得緊緊的皮帶。在場的人都屏息觀看：他似乎可以抗拒地心吸引力似的，手沒扶著任何東西，毫不在乎的在梯子頂端跳著，看起來既靈活又柔軟，而且效率驚人。

熾熱的陽光猛烈的照在季迪安身上。他的視線逐漸模糊，呼吸也已跡近停止。在他僅剩的意識中，他看見他那個醜陋的兄弟薩奇站在他面前，感覺到他吹在他臉上的鼻息，聞到他的味道，並看見他嘴裡那尖尖的暴牙。此時，他心中湧起了一股強烈的恐懼，彷彿照著鏡子看到一個怪物似的。這個夢魘激發了他最後一點力量。他用雙腿一陣猛踢，竟然讓自己翻過身來。然後他便抓住那條皮帶，把自己往上拉，接著便舉起雙手往那條電纜撲了過去，霎時便看見了一陣閃光。此時熱風依然在整座山谷中肆虐。第三隊飛機也轟隆隆的飛了過去，淹沒了所有的聲音。

11

喪子之痛會讓一個男人身上發出一種聖徒般的光環。但辛熊卻絲毫沒有想到這碼子事。他在一群驚愕而沈默的友伴陪同下朝著膳堂走去。他很清楚，這次他將坐在拉雅身邊。

在半路上，他看見了薩奇那孩子。已經成了一個英雄的他紅著臉、喘著氣，被一群孩子所包圍。「他幾乎救了季迪安。」辛熊用一隻顫抖的手碰了碰他這個兒子的頭，想告訴他這句話。他的嘴唇顫動著，卻什麼話也說不出來，只是笨拙的摸摸他那一頭蓬亂、骯髒的髮絲。這是他第一次撫摸這個孩子。又走了幾步路後，他便眼前發黑，昏倒在花壇上了。

獨立紀念日快要結束時，喀新風的風勢就減弱了。一陣清新的海風吹了過來，撫慰著那些熱得冒煙的牆壁。夜晚時，草坪上凝結了許多露珠。

月亮外面那一圈蒼白的光暈代表什麼呢？通常那表示喀新風即將吹來。無疑的，明天熱浪還是會再度襲來。現在是五月，接著就六月了。夜晚，一陣風拂過絲柏樹叢間，試著在兩波熱浪之間給他們一些撫慰。風就是這樣，來了復去，去了又來。沒什麼新鮮的事。

熱情的狗

保羅・塞羅克斯

當仲介通知他們小孩已經有著落的時候，拉思夫婦——厄文與荷拉——便回家穿上他們那套服裝，開始莊嚴的按照既定的程序做愛，彷彿要模仿受孕的過程似的。事畢後，他們便剝下衣服，筋疲力竭的躺在陽台上他們親手設計的透明半圓罩裡，熱切的揣想仲介所說的那個孩子的模樣。那人自稱爲仲介，但事實上可能只是一個投機份子，知道他們急著想買個小孩，而他又剛好認識某個急著要賣的人罷了。

他們那赤裸的肌膚顏色令人驚訝，這並不是因爲他們剛脫下那套緊身服的關係，而是照在西郊的火紅夕陽所投射下來的光。遠處那狀似山脈的東西其實只是幻影，是由從地面揚起並懸浮在低空的一層塵埃所形成。這片塵埃使得落日看起來成了一顆形狀奇特、色澤有如乾涸的血一般的寶石。這夕陽光照在他們赤裸的身軀上，使得他們看起來紅潤健康，也使得他們無法生育這件事顯得頗爲諷刺。不過，他們大多數的朋友都有這毛病，而且也都已經設法找到了孩子，儘管這絕不是件容易的事。一旦測試結果證實他們無法生育後，拉思夫婦便一心一意而且迫不及待的想要收養一個個孩子。

之前他們已經有八次接獲通知，於是做愛這件事便成了一種儀式。但之前的每一次都出了一點差錯。這次好像比較有希望，只是風險也更高：他們得經過那座可怕的橋，渡河到東岸的一個社區才行。

那件潮溼的、皺巴巴的緊身衣就躺在床上，在荷拉旁邊，像一隻已經被開膛剖肚的動物的毛皮。荷拉嫌惡的看了它一眼後，手一揮便將它掃到了地板上。「上帝呀，希望這次我們會成功。」她的口吻如此虔誠，使她那赤裸的身子顯得突兀。接著，她又說：「拜託！」彷彿這是一句只有兩個字的禱詞。

厄文說：「放心，一切都會很順利的。」

荷拉知道接下來他要說什麼，因爲之前他已經說過了許多次。

「什麼測試我都可以做。」厄文說。

這是他們所面臨的挑戰之一。小孩是可以買到，但問題是他們健康嗎？有些小孩有寄生蟲，有的身體受到毒品的影響，有的生病或腦部受損，有的精神有問題。而且其中許多都沒有身分證明。拉思夫婦就碰過兩次這種情況，發現仲介所提供的是走私的嬰兒。這年頭沒什麼人是可以相信的，所以厄文才私下悄悄的刊登廣告尋訪仲介，而不用那些透過網路自己找上門來的人。

當荷拉告訴厄文那孩子住在河對岸時，他並未像他們那些朋友一般，一聽到「東岸」這個字眼就蹙眉。

荷拉說：「你知道，就是那種社區。」

厄文沒說什麼。因此她知道他已經有了計畫。這是必要的。東岸的警察是私人的，不過這只是問題的一部份而已。那裡有許多社區都不對外開放，就像堡壘村一樣，外人如果闖入是很危險的。這年頭只有人還値錢。有些很貴，有些很便宜，而小孩就很難說了。

一想到可以有個孩子，拉思夫婦就有了冒險過橋的勇氣。他們知道自己計畫要做的事情是非法的，算是一樁綁架案，但孩子對他們而言是太重要了。這不僅是因爲他們無法生育的關係，更因爲孩子就是未來。

先前他們並未把那位仲介的事告訴任何人。畢竟他們的朋友當中有誰了解東岸這個地區呢？他們已經和那些友人分享了前面八次的失敗經驗，聽了太多安慰同情的話。現在連大夥兒每次聚會必談的那個話題——「我們在波蘭買了一個。」或「戈思東家在墨西哥找到了一個。」——他們都不想加入了。聽那些人說話，你可能會以爲他們是在談寵物。但拉思家已經有許多寵物了。他們已經厭倦了寵物，覺得那些熱情的狗已經不能再給他們帶來任何安慰了。

當然，關於收養孩子的事，他們也聽過不少不幸的例子，例如班斯家那個羅馬尼亞女嬰在一年後就被診斷出感染了噬菌體，必須被撲殺；費瑞克家的那個俄羅斯男孩伊佛十二歲生日時在一家汽車旅館舉槍自盡，還有許多孩子離家出走，跑到類似「東岸」這些地方，過著像遊民（他們稱爲 Skells）或佔住戶（他們稱爲 Trolls）一般的生活。

這些例子他們都聽過，但並未因此而卻步。

「我可以讓孩子做癲癇症的測試，找出他們身上的病毒，檢查他們的家族遺傳，診斷出他們是否有憂鬱症或潛在的精神疾病。我也可以讓他們做腦部掃描，也可以檢查他們有沒有感染噬菌體。」厄文說。「不管什麼，我都可以檢查得出來。」

他對他那些檢查很有信心，但要到哪裡去找一個可以通過這些檢查的孩子呢？他那些精密的儀器只是一再地爲他們帶來失望罷了。他曾經有五次在仲介的辦公室裡檢查那些嬰兒，但卻都發現他們有各種生理或官能上的問題。另外兩個則是沒有身分證明文件。

厄文是個照明工程師，荷拉則是個建築師。他們的公寓位於金柏利（Kingsbury）塔，佔了一整個樓層，面積寬敞，佈置得美侖美奐，應有盡有，只缺一個孩子。沒錯，他們是染上了那種病毒，但這並不是什麼丟臉的事，而且也不會致死。何況他們所認識的人當中，有一半都得了這種毛病。它只會讓你無法生育，造成一些不便而已。當然，你的牙齒也會因此而脫落，但新植的牙齒卻比較容易保養。

「那是什麼呀？」厄文問道，一邊匆匆披上他的浴袍。那是他在光著身子聽到什麼異常的聲音時的一種反射動作。

有人打電話來。「嗶！嗶！嗶！」的聲音響徹整個房間。

「是我的電話。」荷拉說著便用左手接了起來，並按下啓動鍵。「哈囉？」

「我要找拉思夫婦。」那聲音說道。「我是寶克。」

是那個仲介，荷拉用嘴形向厄文示意，然後便把喇叭的音量開大。「怎麼樣？情況沒變吧？」

「比我預期的還快。你們能不能明天一早就過來，譬如說六點？」

這讓他們有點爲難。厄文全神貫注的考慮著，面容像雕像一般，蒼白中透著疑慮。

「爲什麼要這麼早？」荷拉看見厄文懷疑的眼光便問道。

「那個時候橋上沒有車子，而且你們會比較容易找到我們。」

「不是我們去找你們。」厄文突然對著那具小小的電話說道。「是你們來找我們——在『埃摩』。就在車站的那座停車場。我開的是一輛紅色的箱型車。」

對方似乎有些迷惑：「箱型車？」

「用來載我的儀器呀。我要做一些檢驗。」

「你們還是停在街邊比較好。」

「在埃摩。」厄文堅持。

接下來，電話另一頭傳來了好一陣子竊竊私語的聲音，低得幾乎令人聽不見，好像是某個人在自言自語，又像是他和旁邊的人正交頭接耳的商量著。

「好吧。」過了許久那人終於說道。

「你怎麼知道有埃摩這個地方？」荷拉事後問道。

「二十年前我曾在那裡待過。當時我們有一個清潔工就住在埃摩。二十年前那裡還非常偏僻，不過我看現在改變也不會太大。」

他沿著那座橋一邊開車一邊看。比起二十年前，東岸現在似乎多了一些綠意，人口較爲密集，也不像從前那麼沈寂了。於是他們又燃起了希望。在前方的地平線上，黎明的太陽仍像昨晚他們在陽台上看到的一般，像顆佈滿灰塵的寶石，只不過這回形狀是倒過來的，像一個橢圓形的、灰濛濛的光影，在一片看起來髒污而疲倦的雲層上升起。不過，這裡有樹，有長長的青草，有舊式的房屋，還有看起來並不嚇人的低矮圍牆。原本他們以爲會看到野人和遊民的街道上也空蕩蕩的。

「感覺好像回家了一樣。」厄文表示。

這話讓荷拉有些緊張。因爲每次他開始開玩笑，就表示他的注意力已經開始渙散。

她正說著話時，他們的車子已經駛過了坡道的盡頭。那撞擊著車箱四壁的「嗡嗡嗡」的路邊樹木回聲突然消失，變成了另外一種低沈的聲音——屬於那狀似堡壘高牆、沒有窗戶的封閉性建築的聲音。接著，在一座路基和一面寫著「通往埃摩」的牌子附近（也就是岸上街道的起點），他們突然看到了一座崗哨和一個警察。他們怎麼想也想不到崗哨會設在這裡。厄文將車速減緩，慢慢的開到崗哨的路障前。

「你們好呀。」那警察口氣和善的和他們打著招呼，但並未打開那鋼鐵做的柵門。那柵門上有著鐵絲網，是用來阻擋坦克車、裝甲車和大卡車的那類路障。

那警察微笑著退後一步，看了看他們的車牌。他的名牌上印著「奚利」這兩個字。他的服裝儀容就像一般的民間警衛一樣隨便：靴子沒擦、警徽有點歪。他們的工作時間都太長，待遇也沒公家警察好。不過，厄文看到他就放心了，尤其是在他停下車來，看到那孩子的時候。

那孩子就坐在哨亭裡的一張凳子上。凳子雖矮，但他的腳仍搆不到地。只見他用腳跟狠命的踢著那堅硬的凳腿，一邊在牆壁上刺著「RONG DOGZ」這幾個字。

「你要去哪裡？」

厄文有些猶豫，不想回答這個問題，只是一逕微笑的看著那個正在寫字的小孩。

那警察說道：「我問你是爲你好。」

「我要去埃摩。現在那裡是旅遊警戒區嗎？」

「今天不是。不過你得要很小心才行。」說著他便用他的武器指著他的車廂。「你那裡有很多東西嗎？」

「是空的。」厄文說道。「看樣子你有一個小幫手喔。」

那小男孩聞言便張開他那雙厚厚的嘴唇，把臉一擠，讓牙齒露了出來。那些牙齒都是剛長出來的，每一顆都很大，看起來好像沒有用過。

「是啊。」那警察說著便揮揮手叫他們上路。

不久，他們便開始在街上看見此地的住民——都是些孩子，也許是那些遊民和佔住戶的小孩，但卻發現他們並不像人們說的都在撿破爛。事實上，他們看起來和河對岸那些在外面玩耍的有錢人家的小孩並沒有什麼兩樣，只不過年紀要小很多罷了。據說從前有些仲介會到這種地方來抓小孩，並且宣稱：「這不是綁架。我們是在拯救他們。」結果卻發現這些小孩不是品行很壞就是有病或根本無法管教，而且他們都沒有身分證明，必須遭到監禁。

厄文把車子開進埃摩的停車場，看見一群人匆匆來去。「我們快點把事辦完吧。」他說。

他們看見一名身穿卡其襯衫、卡其長褲（也許是一套舊軍服）的男子，旁邊圍了大約十個孩童，其中大多數都是男孩，且沒有一個超過十二、三歲。當厄文把車子開進來並且把車停妥時，有好幾個孩子注意的看著他和荷拉。其他孩子則照常玩耍。其中一個男孩手裡拿著一台機器正在操作，頭上還帶著耳機，也許正在玩遊戲吧。其他的人則大聲的叫喊著。荷拉可以猜到他們的年紀，因爲他們仍未變嗓。他們的牙齒也都很大顆，並且長得歪歪斜斜的。看到他們那小小的、十歲的口腔裡長著成人般大小的牙齒，讓荷拉覺得非常難受。

厄文看到那男人和這些孩子（一個剝削者和一群小鬼）站在一起，心裡也很不舒服。但荷拉發現這些孩子要不就注意的看著他們，要不就像他們從前養的那些小狗一般嬉戲玩耍，心裡倒是滿懷希望。

穿卡其服的那名男子拖著腳從那群孩子中間走了過來。「我是竇克。我可以看一下你的身分證嗎？」

他的年紀比他們想像得要大。他太老了，也許不是其中任何一個孩童的父親，但這也很難說。

厄文出示他的身分證時，一個頭髮很長、髮絲很細且略微泛綠的男孩悄悄的走到他的身旁，看著他手腕上戴的電話。他的牙齒和他的嘴巴並不搭配。他瞪著厄文看的時候，露出了滿嘴的暴牙。

厄文故意指著自己手腕上的電話說道：「我正在一條開著的頻道上。」以便警告這裡所有的人。然後他便問道：「我們可以看看那孩子嗎？我想要做一些檢驗。」

竇克在一張板凳上坐了下來，在他的電話上按了幾個鍵。好幾個男孩凝神看著他。其中那個長頭髮的可能是這裡年紀最大的一個——頂多十三歲。他穿著一雙大大的鞋子，看樣子是借來的，價錢可能不便宜，但卻不合他的腳。他身上穿的那件襯衫長及膝蓋，看起來像洋裝一樣。有一個女孩走在他後面。只見他頭也不回便伸出一隻手捏了她的臂膀一下，然後便轉頭瞪著她看，彷彿是在說「你叫呀！你叫呀！」。但那女孩並未出聲，只是緊閉雙唇，斜眼看著他，默默忍受。

寶克一定看見他這麼做了吧？可是他卻連一句話也沒說。

這些孩子一副無聊、不耐煩但又不得不待在這裡的模樣。她看得出來他們並不想待在這裡。他們看起來又熱又渴，使她想起那個在哨亭裡寫字的小孩。

荷拉問道：「他們也是要賣的嗎？」

她說得很小聲，只想讓那名男子聽見，但那男孩卻聽到了，於是便突然惡狠狠的瞪了她一眼，並咬著牙向她發出噓聲，使荷拉嚇得險些喘不過氣來。

「他來了。」寶克說道。

荷拉正在那群孩子中間找尋他的蹤影時，卻猛然覺得她的腿被人抱住了。她一轉身便看見一個眼神明亮的小孩正試著要抱她。他的年紀比她所預期的還要大，但比起其他那些孩子來還是小得很多，使他看起來顯得稚氣而可愛。

「他的身體很好。」寶克說道。「是混種的。爸媽養不起他。他們需要錢。三歲還不算大。」

荷拉再度心想：他的父母是什麼樣的人呢？同時她也想到了他們的嬰兒房。那裡面已經有嬰兒床、娃娃椅、量身高的尺、一櫃子的玩具、床單、枕頭、動物玩偶和搖搖馬。這都是他們在多次嘗試找孩子的過程中所累積下來的東西。荷拉知道自己有些濫情，因為她之所以渴望有個孩子，一部份是因為她幻想能夠抱著一個嬰兒，餵他吃東西，幫他換尿片，教他說話和走路。

不過，眼前這孩子之所以是三歲也自有其道理。他就好像是三年前他們放棄最後一批寵物時所開始尋找的那個孩子。

「他很聰明。你要給他做什麼測驗都可以。」那男子說道。「你知道的，這樣事情會容易一些。年紀大一點，才會比較合作。」

厄文點點頭。他覺得這樣也有道理。

「他有身分證明文件。」那人表示。「如果檢驗沒過，你可以把這整件事情取消。」

厄文聞言便對荷拉做了一個她很熟悉的手勢，意思是：反正我們也不會有什麼損失。

這孩子模樣乾乾淨淨的，看起來也很容易和人親近。由於早晨天氣暖和，他穿的並不多，身上的襯衫和短褲都很乾淨。但是他的牙齒也是那個樣子。當他親吻荷拉時，厄文向前跨了一步，彷彿要去保護她似的，但荷拉卻任由他親吻，並且還抱了他一下。她爲這孩子感到難過，但卻不想讓自己產生佔有欲。要等到他通過厄文的測試後，她才會收養他並將他緊緊抱住。

「他叫什麼名字？」厄文問。

在寶克還沒來得及回答前，那孩子就開口了：「我的名字叫柯彬。」剛才他們說的話他都聽見了，也都明白。他是如此的機靈。他的嘴巴仍然張著，露出他那白得發亮的大牙齒。「我要和妳一起回家。我要妳當我的媽咪。」

荷拉把他的手拿開，帶他到厄文那兒。她知道厄文想開始做檢驗了。

此時厄文問道：「他只有三歲嗎？他看起來不只耶。我看至少有六歲。」

「他個子比較大。」竇克答道。接著他便表示：「現在我得把你們的電話拿走了。」

「等一下。」厄文下意識的用手護著他的手腕。

「要不然你就匯一些錢到我的帳戶裡。」

「這是怎麼回事？」厄文說著心中一凜：事情有點不對勁。

當一名小男孩開始抓住他的手腕，用手去搶奪他的手機時，厄文一轉身，看見荷拉也同樣受到了包圍，而竇克卻只是微笑著什麼事也不做，就像看著自己的狗對著陌生人咆哮一般。

荷拉叫了出來：「不要！」看到那些嘴巴和眼睛，她頓時驚慌失措。

她的尖叫似乎發生了作用：一輛警車朝著他們疾馳而來。竇克和那群小孩推擠著四散逃逸。

一個聲音從擴音器中傳了出來：「後退！」

是那個名叫奚利的警察。看到他「砰！」一聲把他那輛裝甲車的車門推開，厄文和荷拉便連滾帶爬的躲了進去。這回奚利看起來更加的邋遢，褲子的膝蓋部位磨得光光的，頭盔邊緣上的徽章還有缺口。

「我不是告訴過你要小心嗎？」

厄文滿懷感激的問道：「你是怎麼找到我們的？」

「你以爲這很難嗎？」

他們向他道謝時，突然注意到前座有個小孩的頭。那孩子彷彿知道有人在看他似的，便轉過頭來。當他露出他的牙齒時，厄文確定他就是在哨亭裡踢凳子的那個小男孩。

此時，厄文說道：「等等，我們的箱型車還在那兒。」

但那警察卻一聲不吭，只是一逕的沿著兩座大樓間的一條巷子開得飛快。

「你要帶我們到哪裡去？」

厄文還沒說完，那警察就開口了：「你聽我說……」

然而他身旁的那個小男孩卻忿忿的打斷他的話：「閉嘴！」

厄文發現他是在對那警察說話，不是對他，而且他的語氣是如此的憤怒，以致於那警察嚇得抓緊了方向盤。

「抱歉。」那警察說道。「他才是老大。」

他繼續開著車。沿途所經之處只能用「滿目瘡痍」來形容。除了破敗的建築、凹凸不平的街道之外，這裡沒有一棵樹，沒有一點綠意。所有的樹都被肆意而浪費的砍伐殆盡，爲的不是用來做爲木柴，因爲地上到處都是枝葉。這裡的草或被踐踏，或被毒害，或被焚燒，或被各種建物所覆蓋。總而言之，這個地方已經遭到毫無意義的破壞與蹂躪，彷彿是出自孩子的手一般。

到處都是暴力的痕跡：破掉的招牌、被拔起的柱子、被砸壞的窗戶、那些字跡潦草、錯字連篇的猥褻語句以及那些大大的、令人不解的塗鴉：「RAT ROOLZ」、「RONG DOGS」、「YUNG-STAZ」、「DANJAH FREEX」、「NO MERSI」和「WORRYERZ」等❶。

厄文帶著一臉的嫌惡，喃喃唸著這些字眼，但被荷拉所制止。

前面有一座倉庫，上面的窗戶都已經破損。每一扇窗戶後面似乎都至少有一張臉。這些臉孔簇擁著一起向外窺視。

此時，倉庫那扇寬闊的大門突然打開，讓他們的車子進去。厄文看見仲介賓克也在裡面。他坐在一張小的可笑的椅子上，置身於那群孩童之中，一看到警車進來，就把頭別了過去。車子一停好，車門立刻被打開。那些孩子成群走了過來，拿著用磨利的鐵桿做成的鋼矛往厄文和荷拉身上戳。兩人又是抗議又是求情的下了車。

那個穿著洋裝般的長襯衫，頭髮黏膩的孩子手持著一支武器，以沙啞的聲音問那警察：「你爲什麼不把他們的眼睛矇住？」

❶此處應是孩子們所寫的錯字，原本應爲「RAT RULES」、「WRONG DOGS」、「YOUNGSTERS」、「DANGEROUS FREAKS」、「NO MERCY」和「WARRIORS」等字，分別是「鼠輩統治」、「有問題的狗」「年輕人」、「危險怪物」、「絕不留情」和「戰士」等意思。

那警察略微屈膝並恭敬的解釋道：「因爲這樣會把他們嚇到。」

「現在就把他們的眼睛矇住！」那孩子下令。「有問題的狗！」

竇克彷彿想要安撫這些孩子們似的輕聲問道：「你要我去打索取贖金的電話嗎？」

「走開！」那個男孩說道，隨即便轉向荷拉。當荷拉的眼睛被那帶著臭味的罩子矇住時，她最後一眼看到的是先前她在停車場問：「他們也是要賣的嗎？」時，曾經把她嚇了一跳的那口不懷好意的大牙齒。

此時，另一個小孩開始尖叫：「出去！出去！別煩我們！我們絕不留情！」

在一片黑暗中，嚇得不敢動彈的厄文和荷拉聽見那兩名男子咕噥著走了出去，然後那扇大門便關上了。雖然眼睛被矇住了，荷拉仍可以意識到倉庫裡陷入了一片黑暗與死寂。這時那些孩子開始朝他們圍了過來。荷拉可以感覺到他們那潮溼的臉，聽見他們嘴裡呼出來的急切氣息，好像一群熱情的狗一般。

荷拉聽見一個孩子的聲音說道：「這個人是我的。」然後便有幾根小手指使勁的拉她，於是她便叫了出來。

驢子和公牛

米樹．屠尼耶

公牛

那驢子是個詩人，頗有些文學氣息，也很愛說話。那公牛則一聲不吭，總是一副若有所思、沈默寡言的模樣，是隻反芻動物。不過，牠雖然不說話，腦子裡想的倒是不少，總是在沈思著、回憶著什麼。牠的頭就跟一塊大石頭一樣又大又重，裡面總是不斷閃現著古老的意象。其中最令人肅然起敬的是古埃及時期神牛阿匹斯❶(Apis)的模樣：牠的母親是一頭從未交配過的小母牛，因被閃電劈中而懷孕。牠的額頭上有一個新月形的印記，背上有一隻兀鷹，舌頭底下藏著

❶古埃及宗教的公牛神。崇拜中心在孟斐斯。阿匹斯原是尼羅河神哈匹的化身，起初大概是專司繁衍牲畜的豐產神。

一個聖甲蟲❷雕像，被養在神殿裡。一頭有著這種背景與出身的公牛，你實在很難指望牠把一個出生在馬廄裡，母親是處女、父親是聖靈的神祇放在眼裡。

牠還記得當年的事情。那時牠還是一頭年輕的公牛，正參加著一場慶祝豐收、並向賽芭莉(Cybele)❸女神獻祭的遊行。牠頭上戴著葡萄串做成的花環，在一群採葡萄女郎以及大腹便便、雙頰酡紅的森林之神簇擁下，大步的走在隊伍中央。

牠還記得秋天時那黑色的田野上，泥土被犁頭慢慢翻開的情景，記得和牠一起犁田的那個夥伴，也記得那個冒著熱氣的溫暖牛欄。

牠時常夢見那頭世間獨一無二的母牛：她那柔軟的子宮、小牛的頭在她那豐饒的肚腹裡輕輕衝撞的模樣、那成簇的粉紅色乳頭以及那噴湧而出的奶水。

公牛知道自己代表了所有這些事物，也因此牠有必要用牠那不動如山、令人心安的龐大身軀守護著那分娩中的聖母以及即將誕生的聖嬰。

❷被古埃及人視為神聖的一種甲蟲。
❸從新石器時代開始就在小亞細亞地區受到供奉的女神，是大地之母。

驢子的故事

可別被我的一身白毛給騙了，那驢子說。從前我的皮毛是深黑色的，只不過額頭上有一個星形的淺斑罷了。這塊斑顯然是我命運的標記，至今還在我額頭上，只是你看不到，因爲我全身的皮毛都已經變白了。就像夜空的星光在黎明的曙色裡逐漸淡去一樣，我因爲年事已高，全身的皮毛都變成了和額頭上的星星一般的顏色。我好希望現在我的額頭上還能看得到一個象徵祝福的標誌。

我已經老了，非常非常的老，幾乎已經快四十了吧。對於一頭驢子來說，這可是很罕見的歲數。可以說我是驢子當中的老前輩。這也是一個預兆。

他們叫我卡迪・舒亞（Kadi Shuya）。關於這點我得先解釋一下。在我小時候，我的主人們就已經發現我比其他驢子多了一點智慧。他們對我那種嚴肅而令人難以捉摸的眼神印象非常深刻，於是便叫我「卡迪」。在我們國家裡，「卡迪」是指一個身兼法官和教士——也就是說，同時擁有兩種智慧——的人。不過，再怎麼說，我還是一頭驢子，是最卑賤、待遇最差的一種動物，因此我的主人們不得不在「卡迪」這個可敬的名字後面附上某一個可笑的稱號，免得太抬舉我，於是他們便加上了「舒亞」這兩個字，意思是「小而無足輕重的、可鄙的」。所以呢，我的名字就成了「卡迪・舒亞」，意思是「一個無足輕重的卡迪」。我的主人們有時叫我「卡迪」，不過更常叫我「舒亞」，全看他們當時的心情而定……

我的主人很窮。多年來我一直假裝我不在乎這一點，因為我有一個鄰居——牠也是我的密友——是有錢人家的驢子。我的主人是個小農，他的田地旁邊有一座美侖美奐的莊園，是一個耶路撒冷商人的家庭在炎夏時的住處。他養了一頭名叫「亞烏」的驢子，體型非常雄偉，幾乎是我的兩倍大。牠的皮毛是純灰色的，而且細柔如絲。牠出門時身上都套著紅皮綠絨的馬具、錦繡的鞍座和大大的銅製馬鐙，走起路來脖子上的絨球輕輕晃動，小鈴子叮噹作響，模樣眞是神氣極了。但我卻假裝看不起牠這身行頭，說牠那樣子非常可笑。你不知道，為了成為一個豪華的座騎，牠可是從小就吃足了苦頭。我還記得他們用剃刀在牠的肌膚上刻下牠主人的姓名字母縮寫和徽章時牠那鮮血直流的模樣，也看過他們很殘忍的把牠那兩隻耳朵的尖端縫在一起，讓牠們像角一樣豎得直直的，而不是像我這樣可憐兮兮的垂在兩旁。除此之外，他們還用布把牠的腿纏得緊緊的，讓牠們看起來比一般驢子的腿更細更直。人類就是這樣：他們總是讓他們所寵愛並引以為傲的動物受到更多的痛苦，至於他們不喜歡或瞧不起的那些動物他們反倒不會這樣對待。

「亞烏」雖受了這麼多苦，但也得到了不少補償。所以我表面上雖然同情牠，心裡卻暗暗的羨慕牠。舉例來說，牠住的那間驢舍非常的乾淨，而且每天吃的都是大麥和燕麥。最棒的是牠還有那些母馬！我想這一點你是不能完全理解的，除非你知道那些馬是多麼的看不起我們驢子。牠們根本連看都不看我們一眼，在牠們心目中，我們就和老鼠或蟑螂沒有什麼兩樣。那種傲慢的態度簡直令人難以忍受。尤其那些母馬更是惡劣，全都驕傲的什麼似的，令人無法親近……但她們卻是了不起的女性！是的，能夠上一匹母馬是所有驢子的夢想，因爲唯有這樣才能夠向那些愚蠢的種馬復仇。不過，光憑著我們本身的條件，驢子要怎麼跟馬競爭呢？這個就要歸功於命運之神的巧妙安排了。我們知道，命運之神他老人家口袋裡可不是只有一張牌。他讓咱們驢國的某些成員擁有一些奇妙而有趣的特權。其中的關鍵就是騾子。騾子是一種什麼樣的動物呢？牠們是一種頭腦很淸醒，騎起來很安全、穩妥的動物。（我本來想說牠們還有沈默寡言、小心謹愼、勤勉用功等特質，但後來想想我還是不要太賣弄成語好了。）牠們行走砂石路、滑坡和渡口的的功力可說是天下無敵，並且總是鎭靜從容、勇往直前，不知疲累爲何物……

牠們何以會有前面所列舉的諸多美德呢？祕訣在於牠們不受愛情的困擾，也沒有傳宗接代的麻煩。因爲騾子是不會生孩子的。要生出一隻小騾子，得要驢子爸爸和母馬媽媽合作才行。這就是爲什麼有些驢子——「亞烏」就是其中之一——會被選來當騾子爸爸（這是咱們驢國裡最崇高的一個頭銜）並且可以娶母馬當太太的原因。

我不是一頭滿腦子都想著性的驢子。就算我有什麼野心，也不是在那一方面。不過，我得承認，有幾天早上，當我看見「亞烏」筋疲力竭、搖搖晃晃的從母馬身上下來，臉上一副欲仙欲死、飄飄然的樣子時，還是會忍不住懷疑這世界倒底是不是公平的。的確，我的日子並不好過，常常挨打挨罵，背上所載的東西往往比我的體重還重，而且每天吃的都是薊草——說到這兒，我得問你，人類究竟是從哪裡來的想法，居然會以爲我們驢子愛吃薊草？難道他們就不能給我們吃一次苜蓿或穀物，讓我們換換口味嗎？——最後，我們還得提防那些烏鴉。是的，當我們驢子筋疲力盡的倒在路旁等著慈悲的死神來結束我們苦難的一生時，最怕的就是那些烏鴉，因爲我們知道在我們奄奄一息的時候，來的是兀鷹還是烏鴉可是有天壤之別。兀鷹只會吃屍體。只要你還有一口氣在，就不用擔心那些兀鷹，因爲牠們不知怎地會知道你還沒死，於是便恭恭敬敬的等在一旁。但烏鴉就不同了。牠們簡直是魔鬼，會在你還處於半死的狀態時，成群撲過來，從眼睛開始把你給活生生的吃掉。

我得告訴你這些事情，否則你就無法了解我在那個冬日和我的主人一起抵達伯利恆（猶太的一個小鎮）時的心理狀態。當時，整個省已經陷入一片混亂，因爲皇帝已經下令進行人口普查，每個人都得回到自己的出生地去辦理登記。伯利恆只是一座位於山頂上的大村莊，周遭的山坡上都是梯田，上面有許多圍著石牆的小花園。在春天和平常的日子裡，這裡住起來可能還蠻舒服的，但當時正値冬天，又加上人口普查所帶來的混亂，因此我還蠻想念我在家鄉結拉（Djela）的驢舍。我的主人一家四口（他和他太太以及兩個小孩）運氣還不錯，在一家擠得像蜂窩一樣的大客棧找到了落腳之處。在客棧主要的房舍旁有一座類似穀倉的建築，可能是他們用來貯存必需品的地方。在這兩座建築之間，有一條狹窄的通道，上面架著幾根橫樑，橫樑上鋪了一些蘆葦桿權充屋頂，如此就成了一個不怎麼牢靠的棚子。棚子底下放著幾個飼料槽，地上鋪了一些雜草，供房客的牲口過夜。這裡就是我被拴起來的地方。在我旁邊的是一頭剛卸下轡具的公牛。不怕你知道，我向來很怕公牛。我承認，牠們一點都不壞，但很不幸的是，我主人的堂兄養了一隻公牛。每次要犁田的時候，他們兄弟兩人總是會互相幫忙，也就是說，他們總是把我和那頭公牛綁在同一個犁上，儘管法律已經明文禁止這樣做。事實上，法律會這樣規定不是沒有道理的，因爲，你們要相信我，要一頭驢子和一頭公牛一起工作簡直是一場惡夢。因爲公牛有牠自己的步調和節奏，牠走起路來很慢，步伐非常穩健，而且是用脖子來拉東西。但驢子就像馬一樣是用臀部來拉的，而且是走走停停，停停走走的。要一頭驢子和一頭公牛一起犁田，那就像是在牠的腿上綁上腳鏈一樣，會限制住牠的力氣，更何況牠原本就沒有多大力氣。

不過，那天晚上並沒有這方面的問題。只是那些無法住進客棧的旅客後來都一個個跑到穀倉裡去了。於是我便猜想過不久大概就會有人進來我們這裡了。果然，沒多久之後，就有一個男人和一個女人溜進我們這臨時搭建的畜舍裡來了。那男子年紀頗大，看起來像個工匠。他逢人就說他之所以必須來到伯利恆做人口普查的登記是因爲他是大衛王的第二十七代後裔，而大衛王本人就是在伯利恆出生的。這番話引起了一陣不小的騷動。大家都笑他。事實上，如果他曾向客棧老闆提到他太太的情況的話，也許就比較有機會找到房間了。他那個太太看起來很年輕，一副非常疲倦的模樣，而且大腹便便。他從地上拿了一些麥稈，又從飼料槽裡拿了一些乾草，鋪在我和公牛之間，然後便讓那年輕女子躺在上面。

漸漸的，每個人都找到了自己的棲身之處，於是畜舍裡就開始安靜下來了。那年輕女子不時小聲的呻吟(所以我們才知道她丈夫的名字叫約瑟)，而他也儘可能的安慰她(所以我們才知道她的名字叫瑪利亞)。後來不知道到底過了幾個小時。我想我一定是睡著了。醒來後，我感覺我們周遭的一切已經起了一個很大的變化，不僅是我們所在的這個畜舍，連天空看起來似乎都不太一樣了。透過畜舍那簡陋的屋頂縫鋪，可以看到一片片晶瑩的夜空。這是一年當中最長的一個夜晚。大地一片靜寂，彷彿爲了不想破壞這片靜謐，連水都停止了流動，天空也停止了呼吸。樹上沒有一隻鳥，原野上沒有一隻狐狸，草叢裡也沒有一隻鼹鼠。老鷹和狼，所有那些有喙有爪的動物，都忍著飢餓，看著夜色，觀望著，等待著。連發光蟲和螢火蟲都設法掩蓋住自己的光芒。時間消失了，只剩下神聖的永恆。

然後，不到一瞬間，突然發生了一件大事。天地之間洋溢著一股壓抑不住的喜悅。空中傳來無數翅膀撲拍的聲音，顯然一群群天使正在天上飛翔。一顆流星劃過天際，那眩目的光芒照亮了我們的茅草屋頂。我們聽見小溪清脆的笑聲以及河流莊嚴的笑聲。在猶太的沙漠上，一陣陣飛砂正呵癢著那一座座沙丘。篤耨香樹林裡響起了一陣歡呼，與貓頭鷹低沈的讚美聲相互交融。大地雀躍，萬物欣喜。

到底發生了什麼事？其實也沒什麼。只不過從那黑暗、溫暖的乾草床上傳來了一陣微弱的哭聲。聽起來不像是男人或女人的哀號，而是一個剛出生的嬰兒輕輕哭泣的聲音。此時，畜舍中央出現了一個光柱：負責守護耶穌的天使長加百利降臨了，並立刻開始指揮全局。同一時間，畜舍的門也打開了。客棧裡的一個女僕腰間頂著一盆熱水走了進來，然後便毫不遲疑的跪在地上，開始爲那嬰兒沐浴淨身，又用鹽摩搓他的全身，使他的肌膚更加強健。然後她便將他包裹在襁褓裡，交給約瑟。後者將他放在膝上，代表他承認這個孩子。

說起來你實在不得不佩服加百利。他辦事的效率非常驚人。我無意對這位天使長不敬，不過我得告訴你過去這一年來，他沒讓他的腳底下長過一根草。他向瑪利亞宣稱她的兒子以後將成爲「救世主」，並平息了約瑟夫這個老好人的疑慮。後來，他還勸東方三王不要向希律王報告，並安排約瑟夫一家逃往埃及。不過這是後話。此時此刻，他扮演的是總管的角色，主持了一場又一場的歡樂儀式，使得這個寒傖的畜舍完全變了一個樣，就像陽光把雨水變成彩虹一般。他並親自前往附近的鄉間將牧羊人們喚醒，剛開始時把他們都嚇了一大跳，但後來他笑著安撫他們，向他們宣佈這個大消息，並要他們到這畜舍裡來。畜舍？聽起來很奇怪，但這也讓那些單純的牧羊人覺得比較自在。

當他們開始湧進這裡時，加百利要他們排成半圓形，然後一個個走上前來單膝下跪，向聖嬰致敬並說些祝福的話。對這些生性沈默寡言，向來只對他們的狗兒或月亮說話的牧羊人而言，要說這些祝福的話可並不簡單。他們一個個走到聖嬰的床邊，奉上本地的土產——包括凝結乳、小塊的山羊乳酪、母羊奶製成的奶油、加爾嘎拉（Galgala）的橄欖、無花果樹的果實以及耶利哥城的椰棗，但沒有魚也沒有肉——然後便開始訴說他們那種種屬於窮人的苦處：瘟疫、蟲害和獸害等等。加百利以聖嬰之名祝福他們，並承諾要幫助並保護他們。

我剛才說過了，他們帶來的東西裡面沒魚也沒肉。但最後一批牧羊人當中卻有一個用肩膀扛了一隻還不到四個月大的小公羊前來。他跪了下來，把羊放在麥稈堆上後便站起身來。其他人認出他就是撒馬利亞人西拉。他是一個牧羊人，也是一個隱士，在這些單純的牧羊人之間素以有智慧著稱。他帶著他的狗兒和牲口獨自居住在希伯崙（Hebron）❹附近的一個山洞裡。大家都很清楚，他這次絕不會無緣無故下山到這裡來。因此當天使長示意他開口時，眾人都仔細的聽著。

「主呀，」他說。「有人說我退隱山林是因爲我不喜歡人。但這並不是眞的。我之所以成爲一個隱士，不是因爲我討厭人，而是因爲我喜歡動物，並因此想要保護牠們，免得牠們受到那些邪惡與貪婪的人殘害。的確，我和一般的牧羊人不同。我既不販賣也不屠殺我的牲口。牠們給我奶水，我就把牠做成乳脂、奶油和乳酪，可是也都不賣，只是自用，剩下的一大部份我就

❹約旦猶太山區南部城市，位於耶路撒冷西南偏南，海拔 930 公尺。

送給那些窮苦的人。今晚，當天使來把我叫醒，並讓我觀看天上那顆星星時，我之所以遵照他的囑咐前來，是因爲我的心中對社會的風俗習慣乃至我們的宗教儀式都有所不滿，但不幸的是這些東西都由來已久，幾乎從太初以來就存在了。因此要改變現狀，非得要有一場大規模的革命不可。這場革命是否已經在今晚發生了呢？這是我要前來問你的一個問題。」

「沒錯，它已經在今晚發生了。」加百利向他保證。

「我要先從亞伯拉罕的祭祀說起。爲了測試亞伯拉罕的信心，上帝要他將他的獨子以撒獻爲燔祭。亞伯拉罕照著上帝的話去做。他帶著那孩子爬到摩利亞的一座山上。以撒看到父親帶著木柴、火種、刀子卻沒帶祭祀用的羊羔，心裡很是迷惑。主啊，您瞧，木柴、火種和刀子……這些都是人類命運史上可恥的烙印！」

「以後還會有呢。」加百利心情沈重的說。他想到了那些釘子、槌子和荊棘的冠冕。

「然後亞伯拉罕就築了一座祭壇，把木柴放好，並將以撒捆綁起來，放在祭壇的柴堆上，然後便用刀頂住那孩子白皙的脖子。」

「可是那個時候有一個天使過來，抓住了他的手。」加百利打岔說。「那個天使就是我。」

「是沒錯，我的好天使。」西拉說道。「可是以撒目睹自己的父親拿刀頂著他的脖子，從此就受到了驚嚇，一直無法平復。那刀子的藍光刺傷了他的眼睛，使得他一輩子視力都很差，最後甚至完全瞎了。這就是爲什麼他的兒子雅各可以假扮成哥哥以掃的模樣來騙他的緣故。不過，讓我困擾的不是這一點，而是你當時爲什麼不阻止亞伯拉罕殺以撒就好了呢？難道一定要流血嗎？你，加百利，後來給了亞伯拉罕一隻小公羊。這隻羊後來就被宰殺並用來祭拜。難道上帝那天早上非得取走一條性命不可嗎？」

「我承認亞伯拉罕的祭祀是一次不太成功的革命。」加百利說道。「下次我們會做得更好一些。」

「事實上，對於上帝這種不爲人知的喜好，我們可以從歷史上去追溯它的源頭。」西拉又說。「還記得該隱與亞伯的故事嗎？這兩兄弟同時祭拜上帝，並各自拿出自己的農產獻祭。該隱是農夫，於是就拿出水果和穀物，而身爲牧羊人的亞伯則拿出羔羊和羊脂。」

「上帝拒絕了該隱的供品，接受了亞伯的祭物。爲什麼呢？這其中有什麼道理呢？依我看，只有一個原因：就是上帝喜歡吃肉，不喜歡吃蔬菜和水果！是的，我們所敬拜的這位上帝是個無可救藥的肉食主義者！」

「而我們也就用這種方式來敬拜祂。就拿耶路撒冷那座莊嚴堂皇的聖殿來說吧。那裡供奉的是我們這位光明的神，但你知不知道在某些日子裡，那裡就像一座屠宰場一樣血流成河？那裡的祭壇是一大塊厚岩板，四角隆起像羊角一樣，上面有用來放血的溝槽。遇到某些慶典時，教士們甚至親自操刀宰殺一批又一批的牲口。這些牛羊乃至成群的鴿子都在臨死前痛苦掙扎。它們的屍體被放在大理石桌子上切成一塊一塊的，內臟則被丟進盆子裡。整座城市都瀰漫著煙霧。在吹北風的日子裡，那種臭味甚至會飄到我住的山上，讓我的牲口驚慌不已。」

「撒馬利亞人西拉，」加百利表示。「你今晚能夠來到這兒守護並敬拜聖嬰是一件很好的事。我們已經聽到你爲那些動物打抱不平的話語了。方才我曾經說過，亞伯拉罕的祭祀是一次不太成功的革命。不久天父就會將他的兒子拿出來獻祭，而且我可以對著你發誓，這次沒有一個天使會過來擋住他的手。從現在開始，一直到時間的盡頭，無論任何時刻，人子的血都將在全世界各地——哪怕是最小的島嶼——的祭壇上流溢，以拯救世人。你眼前所看到的這個躺在麥稈上睡覺、靠著公牛和驢子所呼出來的熱氣保暖的小孩實際上便是一隻羔羊。從現在開始，不會再有任何一隻羔羊被用來獻祭，因爲這孩子乃是上帝的羔羊，只有他會被拿來在無窮世裡獻祭。西拉，你放心的回去吧。你可以把你那隻小公羊帶走，以做爲生命的象徵。牠比亞伯拉罕那隻羔羊幸運，將來可以在你的羊群裡作證，讓牠們知道從今以後上帝的祭壇上將不會再有動物流血。」

加百利說完後，眾人沈默了好一會兒，彷彿都在想著方才天使長所宣佈的這個既可怕又美好的事件。每個人都努力想像著新時代來臨的光景。然而，就在此時，他們聽見了一陣可怕而尖銳的鏈條和生銹的滑輪碰撞的聲音，以及一陣怪誕、難聽、又哭又笑的聲音。那是我發出的聲音，是我這頭驢子在飼料槽邊所發出的如雷貫耳的嘶鳴聲。沒錯，我已經失去耐性了。該有人出來說說話了。他們又把我們給忘了。我剛才一直注意聽他們所說的話，卻沒聽見有誰提到我們驢子。

此話一出，大家都笑了，包括約瑟、瑪利亞、加百利、那群牧羊人、隱士西拉，還有那頭什麼也不懂的公牛。連聖嬰也開心的躺在他的麥稈床上手舞足蹈。

「你別擔心。」加百利說。「我們不會忘記你們驢子的。關於祭祀的事，你們顯然沒有什麼好擔心的。有史以來，從來沒有人以驢子來獻祭。因爲，對你們這些可憐而卑微的驢子而言，這樣做是太抬舉你們了。儘管如此，你們成天挨打、挨餓、還要背負重物，功勞還是很大。不要以爲我不了解你們的辛酸。比方說吧，卡迪・舒亞，我現在就很清楚的看見你的左耳後方有一道很深而且已經化膿的小傷口。你的主人天天拿著棍子去戳那個傷口。他以爲痛楚能夠讓你們振作精神。啊，你這個可憐的受難者呀，每次你的主人這樣做，我都能感受到你的痛苦。」

說著加百利便用他那光亮的手指對著我的右耳比劃了一下，那道很深的、已經化膿的小傷口就立刻癒合了。而且傷口上的皮膚變得又厚又硬，無論將來我的主人怎麼戳也戳不下去。於是我當場便熱烈的甩了甩我的鬃毛，發出了一聲歡樂的嘶鳴。

「是的，你們這些卑微而友善的驢子，爲人類做了許多事。」加百利繼續說道。「將來你們會在從今晚開始的偉大故事裡得到報償和勝利。」

「將來有一個星期天——這天將會被稱爲聖枝主日（Palm Sunday）——上帝的使徒們會在橄欖山附近的伯大尼村找到一頭母驢和她的小驢。他們會將牠們鬆綁，並讓這頭從來沒人騎過的小驢披上一件斗篷，讓耶穌來騎。耶穌會騎著牠莊嚴的經過那座最精美的黃金城門進入耶路撒冷城。人們將會歡天喜地的呼喊著「和撒那」(Hosannah)以迎接這位拿撒勒人❺的先知以及大衛之子。那頭小驢會踩著一條鋪著棕櫚枝葉與花朵的石子路前進，驢子媽媽則跟在隊伍後面，向所有的人大叫：「那是我的孩子！那是我的孩子！」她將會是史上最榮耀的一頭母驢。」

這是史上第一次有人想到我們這些驢子，想到我們今天的辛苦和明日的喜悅。爲了這個，天使長才一路從天堂降臨人間。突然間，我不再覺得孤單了。我已經被這個偉大的聖誕家族所接納，不再是一個沒人了解、沒人要的流浪漢了。這眞是個美好的夜晚。我們這些聖潔的窮人可以相偕取暖，一起共度，明天早上睡飽了再起來吃一頓豐盛的早餐！

哎呀，眞是太糟糕了，爲什麼不管任何事，那些有錢人都要插上一腳呢。他們眞是貪得無厭呀！什麼都想要，包括貧窮在內。誰會想到這個睡在一頭公牛和一隻驢子之間的不幸家庭會吸引一個國王呢？我剛才說的是一個國王嗎？不，應該是三個國王，三個如假包換的君主，而且還是從東方來的！你瞧他們擺出的那個陣仗：僕役、牲口、華蓋，一樣不缺，眞是過分。

牧羊人們已經走了。這個無與倫比的夜晚再度陷入一片寂靜。突然間村裡的街道上起了一陣騷動。只聽見轠繩、馬鐙和刀槍鏗鏘作響的聲音，還有人操著蠻族的語言大聲呼喝。一根根

❺ Nazarene，《新約聖經》用語，用以稱呼耶穌，後來，信奉耶穌的教義的人稱爲「拿撒勒教黨」。

火炬照亮了那紫色與金色的光芒。最令人訝異的是那些來自世界盡頭的動物：尼羅河的獵鷹、獵犬、綠鸚鵡、雄偉的駿馬和來自南方極遠處的駱駝。幹嘛不連大象也一起帶來算了？

起先，我們當中有許多人走出去觀看。巴勒斯坦的村莊裡從來不曾有過這樣的場面。你實在不得不佩服他們。那些有錢人篡奪起我們的聖誕夜來眞是不惜血本、不遺餘力。不過，到最後，我們實在是受不了的，於是就回到畜舍裡，把門堵住。有些人則跑到山間與原野。因爲，像我們這樣無足輕重的人是不必指望從有錢有勢的人那裡撈到什麼好處的，還是離他們遠一點吧。你可知道，爲了在王爺們經過的路上撿拾他們丟下來的一兩塊錢，那些乞丐或驢子得挨多少鞭子呢？

我的主人就是這麼想的。他被那些喧鬧聲吵醒後，就聚集了家人、收拾了行李，一路推擠著走進我們這座畜舍，一聲不響就解開我那條拴繩，趁著那三個國王還沒進來之前，帶著我們離開了那座吵鬧的村莊。

兒子之死

賈布洛・戴貝里

我們終於領回了屍體。這天是星期三。剛好有足夠的時間準備星期六的葬禮。我們已經精疲力竭。心裡空空的。葬禮還沒舉行。我們得找一點力氣來哀慟。說眞的，這段期間我們一直沒有時間哀慟。只有許多的迷惑與混亂。現在是我們哀慟的時候了。哀慟不就是你察覺到自己已經失去什麼的那種感覺嗎?

這就是爲什麼當我們終於領回屍體時，班圖會說:「妳知道我們的兒子已經死了嗎?」我知道。這段期間，我們一直忙著把他的屍體領回來，以致於完全沒有意識到我們的獨子已經死去的這個事實。連導致他死亡的那些可怕事件我們也都沒想過。我們的心思只是不斷被一連串令人麻木的事情所佔據:陳情、寫信、打電話、拍電報、請教律師、和那些「有力人士」「接洽」、連絡葬儀社等等，走了許多路，開了許多車。突然間那些惱人的細節變得重要起來了，模糊了我們的主要目標(無論那目標是如何可怕)。每個細節就像是一扇門，打開之後，才發現前面又有一扇。不知不覺中，我們被臭鼬的味道轉移了注意力，沒有察覺到牠幹了什麼事。

我們也明白，在努力把兒子屍體領回來的這兩個星期當中，我和班圖之間的距離愈來愈遠。我們只是習慣了對方的存在而已。他在那兒，以後也會，我也一樣。這是我們結婚以來第一次有這種感覺。可是當班圖說：「妳知道我們的兒子已經死了嗎？」時，我們之間的距離又突然拉近了。彷彿兒子的屍體回來後，我們又重新在一起了。到了這個時刻，我們才眞正開始悲慟。彷彿就在我們快要窒息的時候，我們的肺突然間開始吸進了空氣。某種意義開始浮現。

我們知道，除了那些可怕的事件之外，我們身上也發生了某件事。是的，這段期間應該是我們彼此緊密相連的時候，但我們之間的距離卻愈來愈遠。奇怪的是，這種疏離對我而言卻似乎是一種安慰。究竟何以如此，連我自己也不明白。

問題在於我早就知道最後無論如何我們都得花錢把兒子的屍體買回來。我早就知道最後會變成這樣。所以，當事情果然變成這樣時，班圖便不敢直視我的眼睛。因爲先前當我們得知自己必須付錢給警察局或政府才能領回兒子的屍體時，他曾經說過：「打死我也不幹！打死我也不幹！」

「打死我也不幹！打死我也不幹！」他一直這麼說。

最後，我們還是買回了屍體。警察堅持要開收據給我們，這樣他們才會「有保障」。他們說，這是法律的規定。

我們原本應該是可以早點領到屍體的。但起初我有點迷惑。我的男人表現的這麼有氣概，我不是應該感到安慰嗎？可是我的內心並非如此。他那樣做有什麼意義呢？我只不過是想要回我孩子的屍體呀。如果後來隨著情勢的演變，班圖仍然堅持這點，到時將會發生什麼事呢？他會有什麼遭遇？我又會有什麼遭遇？

這兩個星期以來，有大部分時間班圖都忙著和親友、律師和新聞界人士一起奔走，試圖讓他們交出孩子的屍體。他說，如果我們得付錢才能要回自己孩子的屍體，那眞是情何以堪，這是一個「基本原則」。

但這是一個很明智的原則嗎？爲什麼我看不出來呢？我想最糟糕的事情就是擔心警察可能會對孩子的屍體做出什麼事來。他們會不會已經開始解剖他，「以查明死因」呢？

當我們終於領回屍體的時候，我會不會想看它一眼呢？看看除了「死因」之外，他還受到什麼樣的摧殘？這是什麼樣的母親啊？居然不想看自己孩子的屍體？人們會問。有些人會說：「是因爲傷心的緣故。」她太傷心了。

「可是……」他們還是會質疑。有些年紀較大的人可能會說：「這些年輕人實在很奇怪。」

但他們怎麼會明白呢？我並不是不想看自己孩子的屍體，只是我不敢去面對我想像中那種恐怖的情境。我的腦海中一直有一個念頭：你看吧，妳創造了一些東西，但那又有什麼用呢？其中有什麼意義可言？妳的肚子裡有了一個孩子。它逐漸長大成形，讓妳可以看得見，摸得著，並且總是踢呀踢的，當妳一個人在家等待它降臨的時候。這一切有什麼意義呢？

他們怎麼會明白他們解剖他以查明「死因」時，那刀子劃開的其實是我的身體？他們能夠想像一個子宮感覺自己被獵殺、被掏空呢？

還有我身上仍分泌著的奶水。那又怎麼說呢？這一切有什麼意義？

連班圖似乎都沒有意識到，在那個時刻，他所謂的「基本原則」對我而言是太空泛了。我所急切想要的只要某個以我孩子的屍體形式出現的東西罷了。直到現在他似乎還是無法理解這點。

我還記得在我們剛開始約會不久，有一個星期六的早晨，我和班圖手牽著手在城裡逛街。說是逛街，但其實我們的眼裡只有彼此，很少注意到別的東西。櫥窗裡的那些物品只不過是我們聊天的藉口罷了。

後來，我們看到三個女孩坐在人行道上，一起吃著剛從附近一家葡萄牙餐館買來的炸魚和薯條。班圖說：「我也想吃炸魚和薯條。」我說：「這麼說，你看到什麼就想要什麼囉。你很貪心喔。」然後我們兩個都笑了起來。我還記得當時他把我的手握得更緊了一些，緊到讓我難忘的程度。

就在這時，兩個從我們對面走來的白種男孩突然朝著那三個女孩衝了過去，然後其中一個便一聲不響的對著那個正拿著食物的女孩一踢，把她手裡那包炸魚和薯條踹到了地上，然後另一個男孩又補上一腳，把那紙袋踢得遠遠的。那女孩站起身來，甩了甩手，彷彿要把手上的疼痛甩掉似的，接著她又把手插入腋下，彷彿要把手上的疼痛擠出來似的。此時，那兩名男孩卻大笑著揚長而去。那些炸魚和薯條散落在人行道和馬路上，像是一艘艘在一條乾涸的河流裡擱淺的小船。

「哼，看他們敢不敢對你這樣！」班圖說著又緊緊的握住我的手。我們繼續往前走，像是兩隻已經看過太多同類被抓出去宰殺的羊。我們看在眼裡，心裡明白下一個便有可能輪到我們。我還記得當時我看著班圖，發現他的神色頗為沮喪。這表情和他方才說的那句讓我安心的話似乎搭不上邊。有好一會兒，我們只是默默的走著。我注意到他牽著我的那隻手已經鬆開了好些，彷彿很不情願、很不得已似的，不再像先前那麼堅定自信有力了。

不久，他的話就受到了考驗。命運之神為何要這麼做？為何要讓原本單純的話語平添太多的意義？那一天，我看見愛的語言是多麼可能輕易的被踩在腳底下，或是像那些炸魚和薯條一般散落在人行道上，像一艘艘擱淺在一條突然變乾的河流裡、沒有人要的小船。從那一天開始，我們之間的愛便不再用言語來證明。因為我們周遭的世界容不下那些愛的誓言。這些誓言隨時都有可能遭到檢視、接受驗證，然後愛情便消逝了。愛情的語言是不需要被測試的。

從那一天起，我和班圖開始保持緘默。當然，我們還是照舊有說有笑，但卻不再說一些必須要用行動來證明的話語。班圖明白這點。他知道語言是如何的脆弱。於是他便開始用行動來補償，來代替那些話語。

那一天，那個星期六的上午，當我和班圖繼續在城裡散步時，迎面走來了一個帶著太太和兩個小孩、身材魁梧的波爾人❶。他們筆直的朝著我們走過來，一點都沒有想要禮讓的模樣。班圖試著把我拉到一旁，但是已經來不及了。那波爾人一把將我推開，彷彿是要我讓路給他的家人似的。我記得當時我幾乎撞進附近一座時裝展示櫥窗裡。我記得，我看著那家人走開。那對夫婦手裡各自拉著一個小孩。而我之所以被推開正是為了要讓路給其中一個。我也記得，當我的眼淚奪眶而出，模糊了那波爾人一家和其他一切事物的影像時，我內心深處湧起了一種想要報復的欲望。

可是，什麼事情都沒有發生。我只聽見班圖罵了一句：「這個狗東西！」在這一剎那，我所受的傷害頓時煙消雲散，取而代之的是一股強烈的念頭：為了班圖，我要犧牲自己。是不是因為那句咒罵是如此的充滿著無力感？而他的語氣又是如此絕望？是不是因為他試著要用某句話來填補那驚訝的沈默？這件事必然使他深為痛苦，讓他明白他是如何沒有能力實踐自己的所說的話。

於是，那天下午，當我們回到有色人種居住區，兩人在班圖的屋裡獨處時，我便把我的第

❶ Boer.具荷蘭或法國新教徒血統之南非人，尤指特蘭斯瓦（Transvaal）及橘自由邦之早期居民。

一次給了他。或者，應該說是我主動把自己獻給了他。也許下意識中我是想幫他療傷吧。無論如何，從此我們再也沒有說起這件事，只是把它深深埋葬在我的心裡。是否有一天它將重見天日呢？在我的心中，我只隱隱知道並感覺自己擁有開啓那個墓穴的鑰匙。這是三年前——也就是我們結婚一年前——的事。

死因？那天晚上，我下班回家時，覺得特別疲累，因爲那一整天我都在採訪東蘭德（East Rand）地區警察再度開槍打人的事件，接著又趕回位於約翰尼斯堡的辦公室用打字機將當天那些暴力場面整理出來，寫成一篇報導，趕在截稿前交出，回家時夜已深了。到家後，我發現院子裡有一大群人，家裡也擠滿了人，便開始驚慌起來。到底發生了什麼事？我並沒有問外頭那些人，一心只想趕快進屋裡瞧瞧。他們認出我來後，也都立刻讓出一條路來讓我經過。

然後我便聽見我母親的聲音。在滿屋子的嘈雜的人聲中，她的哭聲仍然清晰可聞。她一看到我，便開始尖叫。「媽，是怎麼回事？」我既忐忑又害怕的伸出手要去抱她，但她卻歇斯底里的用力將我推開，讓我嚇了一跳。

「我到底對妳造了什麼孽啊？孩子。」她哭喊道。聽見這話，一旁的許多女人都哭了起來，不久房裡便是一片啜泣聲，然後整個屋裡都陷入了哀號。那聲音！聽到她們淒楚的聲音，看見她們那哀傷的模樣，我的心更往下沈。我得抓住一些什麼才行。在那一刻，我之所以想擁抱我的母親已經不再是爲了要安慰她。因爲那時無論她做了什麼，事情有多麼嚴重，都已經無關緊要了。我想擁抱她是因爲那哀傷與痛苦已經使得屋裡所有的人成爲一體。我想成爲其中的一部份，也想知道它的起因。

後來，母親和我終於走近彼此，緊緊的抱在一起。好一會兒之後，我放開了她，並環視屋裡的這些鄰居們，突然發現他們的眼神裡隱隱然有著一種憤怒。他們之所以壓抑那種憤怒，純粹是因爲眼前有一個更崇高的目標，那便是表達他們對我的關懷。

慢慢的，我開始詢問事情的始末，態度冷靜得連我自已都感到意外，彷彿我是在採訪某個新聞事件似的。也許這已經成了我的一種本能。

事情發生在白天的時候。當時那些一直開著「卡斯皮」（Casspir）輕型裝甲車在自治區裡巡邏的軍警突然開始在街上任意射擊。我需要描述那些我並未親眼目睹的事情嗎？孩子是怎麼死的呢？當時，那些警察和軍人開始任意對著街上的房屋和任何移動中的東西射擊。有一顆子彈打中了我們的窗戶，打碎了窗戶上的玻璃。我那位在我們上班時替我們照顧孩子的母親在驚慌之餘便抱起孩子跑到鄰居家。進屋後她才發現孩子身上所蓋的毯子已經溼了，她的手也沾滿了鮮血，而她懷裡所抱的孩子已經不動了。於是她開始爲孫子的死自責。

後來，警察在進行另一回合的掃射時，看到我們的屋子裡聚集了許多人，便衝了進來，才發現這件事情。起先他們將我母親拖到屋外，威脅她說如果她把事情說出去，他們就會把她抓走。但後來他們又改變主意，走進屋裡把孩子的屍體帶走。他們以爲這樣做就可以掩蓋他們的殺人行徑。

這是一種多麼奇怪的邏輯？

當天晚上，我細看著班圖。他似乎突然變老了。我們站在臥房裡互相擁抱著。當我親吻他的臉頰時，發現他那向來清瘦的臉好像突然間變得腫腫的。

此時，我內心又升起一股熟悉的衝動。每當我意識到班圖正處於某種險境時，心中總會有這樣一股衝動，想要把自己的某一部份給他。他臉上的表情顯示他正努力想要掌控情況，但顯然力有未逮。那是我所熟悉的一種神情，我已經看見過許多次了。每次當他面對一股力量大到他顯然無法抵抗、會將他整個人捲走的浪潮，但他又不得不裝出與它對抗的模樣時，他的臉上就會出現這種神情。於是我便緊緊的抱著他，彷彿要與他合爲一體似的，彷彿只有我們兩個一起才可以抵擋那股浪潮。

「別擔心。」他說。「別擔心。我會盡我一切的能力向他們討回一個公道。就算要告那些警察我也在所不惜！」然後我們倆便陷入了沈默。

我知道這沈默所代表的意義，也告訴自己：我得設法掙脫他的懷抱。

告警察？我聽著班圖說明他的計畫。「請教法律顧問。這是我們目前需要做的。」他說。「我在普勒多利亞有認識一些人。」當他說著這些話時，我覺得我們之間那種溫暖的親密感正逐漸冷卻，當他說完後，就完全冷了。我緩慢而刻意的掙脫他的懷抱。他爲什麼要那樣說呢？

後來，當他的計畫全都宣告失敗後，他又再說了一次：「打死我也不幹！打死我也不幹！」

我沒說什麼。我要讓他自己去感覺，希望有一天他能夠面對現實。

我們的家可以說是很像樣的。就一對年輕夫婦而言，我們生活過得很美滿：我是一個記者，班圖則在一家專門製造農具的美國工廠擔任人事主任。他曾經去過美國，回來後滿腦子都是夢想。我也和他一起做著夢。我們花了許多時間打造一個完美的家。不知道有多少次我們一起翻閱著《Femina》、《美麗佳人》、《柯夢波丹》、《家庭園藝》和《汽車雜誌》等刊物，彷彿總有一天我們的生活裡會充滿雜誌上這些光鮮亮麗的事物似的。是的，我們花了許多時間瀏覽這些雜誌，但這一次的情形並不像當年那個星期六我們逛街時那樣。這一次我們的心思完全沈浸在眼前所見並且夢想擁有的事物上：那些傢具、冰箱、電視、錄影機、洗衣機乃至吸塵器，還有其他種種能夠讓我們過一個現代化的舒適生活的事物。

尤其是在我懷孕以後。那時，班圖能買的都買了。當我們的兒子出生後，他更換了一部車子。他說，我們一家人出去旅行時得坐得舒舒服服的。

兒子成了我們生活的重心。他還沒出生時，班圖就已經開始向私立的白種人學校詢問有關入學的事情。他要把這個冠著他姓氏的兒子送到那裡去唸書。

是的，夢想！奇怪的是，看到那些滿載著我們的夢想的亮麗雜誌，我從前所撰寫的那些可怕的新聞報導就在我的眼前消失了。我是多麼容易忘記那些亮麗的畫面是用打字機的鍵盤敲出來的，是由那些文字工作者製造出來的。他們的工作就是在這個到處都有人死亡的時刻販賣夢想。那些文字和照片的效果是如此宏大，往往連製造它們的人都信以爲眞。

有很長一段時間，班圖過得十分辛苦。他每天一大早就起床，爲要回兒子屍體的事情奔走。我想和他一起去，但每次當我準備要走的時候，他卻總是搖搖頭。

「這是我的工作。」他總是這麼說。但每天晚上他總是空手而返。隨著日子一天天過去，我們仍然不知道兒子屍體的下落，於是我就變得愈來愈焦躁不安，對他也愈來愈有敵意，自己也因此而痛苦不堪。然而班圖仍舊每天向我報告事情的進展，雖然我從未要求他這麼做。我猜想他之所以如此是爲了要應付我的沈默。

有時他會告訴我：「律師們已經提出了法庭命令，要求他們將屍體交出來。這就是所謂的人身保護令。」

另外一天他又會說：「我們已經向司法部長請願了。」

過些日子他又說：「我今天本來要和警察局局長碰頭的。但我等了一整天，最後他們卻告訴我明天他可能才有空和我見面。根本就是在拖時間。」

然後他又會說：「國內各家報紙，尤其是你那一家，已經一片撻伐之聲。政府一定會很難堪的。這是遲早的事。」

就這樣日復一日。每天他都一大早出門，有時候一個人，有時候和朋友一起，最後往往是獨自承受失敗的滋味。

我在乎那些有關律師、請願和警察局局長的事嗎?當然在乎。問題是每次班圖告訴我他所做的那些事情時，我只聽見他的話語。他雖然不曾表露出來，但我感覺他內心有點遲疑，希望我能說一些讓他安心的話。在我看來，他每天一大早出門，爲的不是去尋求什麼結果，而是去尋找某些他只有和我在一起的時候才能找到的東西。

每天他回到家時，我總是一語不發的看著他。而他也總是不待我開口就給了我答案。這是我生平第一次意識到自己擁有一種可怕的力量，可以要他做任何事情。只要他繼續任由我這樣用眼神無言的與他對話，他便永遠無法抗拒這股力量。

於是，他非得證明他自己不可。每天早上他離家時，我總是沈默的跡近冷酷。沒有我他能夠證明自己嗎?能嗎?在那段期間，我逐漸明白自己究竟要他做什麼，也明白爲什麼每次當我意識到他的脆弱時，我的感受總是如此強烈。

我要他勇敢的接受自己的恐懼。這樣不是才有更大的力量嗎?他是否曾經正視過自己的感覺呢?在這塊土地上生活要面臨太多的壓力，男人們都得當個英雄才行。他們必須經得起這些壓力，儘管他們並不一定知道自己所要面對的是什麼。

然而，正因如此，我往往發現班圖的想法缺少力量，缺少那種矛盾的體驗:接受自己的恐懼並嘗試去抗拒它。唯有你謙卑的接受自己的恐懼，才有能力嘗試去與它對抗。

至於我，我一向能夠接受自己的恐懼。這是身爲女孩的特權。看到天花板上有蜘蛛就尖叫，看到房間裡有老鼠就跳到椅子上，對我而言，這是理所當然的事情。

後來，那些「卡斯皮」裝甲車又來了。在我們領回屍體前幾天，當我正和母親在家時，我們聽見了卡車引擎隆隆作響的聲音。同時街上也傳來了奔跑和吶喊的聲音。接著我便看見了那些「卡斯皮」。過去我採訪新聞時就經常看見它們。有五次它們沿著我們那條街疾馳，任意的丟擲催淚瓦斯罐。第四次時，它們丟中了我們的房子。那罐子砸碎了另一扇玻璃窗，使得我們的家中瀰漫著我已經非常熟悉的那種令人窒息的刺鼻煙霧。於是我們便喘著氣跑到屋外去呼吸新鮮的空氣。

我的孩子就是這樣遇害的嗎？是不是同樣一批士兵幹的？他們對這樣的事已經麻木了嗎？或者這次已經換了另外一批，而他們正逐漸變得麻木？他們開走的時候有沒有笑呢？他們是要我們讓路給他們的家人嗎？讓什麼路呢？

還有，這是我們的家嗎？這不會是我們的家。這只是一個隨時會遭到猛禽掠奪的鳥巢。牆壁上那些結婚照、畢業照、生日的照片、親友的照片和綠意盎然的風景畫似乎都毫無意義可言。屋裡一切具有人味的東西都不再有任何意義了。只要有一次隨意的攻擊，所有的個人價值、過往的意義都將灰飛湮滅。在絕望中，我們開始過一天算一天。我眞的有被獵殺的感覺。

發生催淚瓦斯事件的那天晚上，班圖回到家，看見家裡的情況，眼淚便如潰了堤般流了下來。這些眼淚他已經積壓了很久……

我的眼淚也同樣一發不可收拾。我們要哭多久才能使那些擱淺的小船再度漂起來呢?我相信它們一定會再次漂流的。

幾天之後,在舉行葬禮的那天晚上,我疲累已極的躺在床上,聽著最後一個前來哀悼的客人離去的聲音。逐漸的,我開始意識到自己已經回到了這個世界。有某個已經很久不見的東西回來了。它突然的到來,讓我感到驚訝,也提醒我要把眼光向前看。日升日落,螞蟻將永遠不停的工作,直到有一天烏雲密佈,下起了雨,這時哪怕是在自治區裡,螞蟻們也會飛向天空的。要來的就讓它來吧。

我的月事來了,血流得很多。經過這麼長的一段時間之後,我又想起了那個埋葬在我心裡的東西。感覺上它彷彿才剛進去,如今卻已經隨著那血漂流而去。我將像從前那樣做好準備,以迎接一個又一個月份,迎接新的開始。

至於班圖,我將會和他在一起,永永遠遠。所有的試煉在不知不覺中已經爲我們預備了新的開始。我們一定會勝利的,不是嗎?

信裡人生

蘇姍・桑塔格

深吸一口氣。先別急著做什麼。你還沒準備好。你什麼時候會準備好？永遠永遠永遠不會。

這表示我現在就得開始了。

別急，連想都不要去想它。這事太難了。不，太容易了。

還是讓我開始吧。其實已經開始了，我得趕上。

不是這樣，你這蠢蛋。坐在椅子邊邊，這樣要怎麼開始呢？往後面坐。

別想讓我冷靜下來。你難道沒看見我已經開始了？我的感覺已經像浪濤一般洶湧，我有一肚子的話……筆、鉛筆、打字機、電腦，該有的工具，我手邊都有了。

你知道嗎，你會把事情搞砸的。這種事情需要花時間。你得先做些準備。讓其他人知道你要來了。

你的意思是我的入侵吧。我的要求，我的懇求。

你是有這個權利，這我承認。深吸一口氣。

你是說我有呼吸的權利？謝啦。那我有出血的權利嗎？我可不要別人阻止我、幫我止血、給我包紮。讓我試一下吧。你就假裝沒看見就好了。

第一幕，第二景。泰媞亞娜皺著眉，掌心微溼，坐在臥房的寫字台前給尤金寫信。但在寫完信首的稱呼語後，她就停筆了。該怎麼寫下去呢？畢竟他們只見過一次面而已。幾天前的晚上，她倚在樓下溫室的窗台旁時看見了他，從此目光就他吸引住了。他的外套上那些閃亮的鈕子讓她看得目不轉睛。現在她內心有一股暖暖的衝動，想要宣告某件事情。她站起身來，請奶媽幫她準備一些茶。奶媽也端來了奶油巧克力糖漿蛋糕。於是，泰媞亞娜皺著眉再度開始動筆。她想像著他站在一個空曠的地方，看起來更瘦更高，也離她更遠了。她想要宣告的是她的愛情。她開始唱起歌來。

在此同時：

風吹得百葉窗嘎嘎作響。尤金手中的羽毛硬筆在紙上快速的移動著，宛如一隻搖擺著小鰭的魚兒。「親愛的父親，長久以來我心中一直有許多話想告訴你，但卻從不敢當著你的面說出來。也許透過這封信我才能鼓起勇氣一吐爲快。也許我在信中才能變得勇敢。」寫了開頭這些話之後，尤金又遲疑了許久，還是沒能把他心中真正想說的話寫出來。他將在信中公開提出譴責。

這將會是很長的一封信。他扔了一些木柴在火爐裡。

這是杜曼被處絞刑的前夕。在吃過他們特別準備的餐點後，他就要上絞刑台了。到時隔壁幾間牢房的同志們將會徹夜唱著讚美詩和自由之歌，給他一些安慰。此時此刻，杜曼弓著膝蓋坐在那九呎寬、十二呎長的囚室的水泥地板上，用左手那三根傷痕累累的手指（他的右手已經被打斷）緊握著一小截鉛筆，吃力的寫著他的遺書。「當妳看到這封信時我已經不在人世。妳要勇敢。現在我的心情很平靜。我和伍邦傑力都深信我們的犧牲將不會白費。請不要爲我悲痛過久。我希望妳能再嫁。請替我安慰姥姥，並親吻孩子們。」當然，後面還有別的，不過這些才是重點。他繼續一筆一畫慢慢的寫著，用的全都是大寫字母，字跡歪歪斜斜的。在信末，他寫道：「P・S・我親愛的女兒，請永遠記住爸爸愛妳，希望妳長大以後能像妳媽媽一樣。我最親愛的兒子，請照顧你媽，她需要你。要用功唸書，以便有朝一日能夠加入我們這場正義的抗爭。」

誰想得到她會這樣？寫作速度向來極其緩慢、作品向來精細而嚴峻的她居然會在寫作的空檔如連珠炮般寫了這麼多直率、不假修飾的信函？她那些長篇小說和隨筆很快就使得她出了名。現在她的兩冊書信集也已出版。他們都說，這可能是她有史以來寫得最好的文字。它之所以吸引人，除了她那生動的文筆之外，還包括她所描繪的那種家庭生活。在她筆下，她與她原生家庭成員之間的關係是如此親密而溫馨。現在還有這樣的家庭嗎？沒有人知道她寫給她妹妹的信函口氣是如何怨毒，因為這些信都被她的未亡人丟到烤肉爐燒毀了。這年頭人們已經厭倦了幻滅，厭倦了陰暗面，大家都希望能有一個誠實無欺的人來做他們的表率。沒有人會像他這麼了解她，知道她在病危的那段時期表現的多麼勇敢。當時腦瘤已經影響了她的語言能力，他只好遵照她的意思為她代筆寫信。現在他身負維護她的名譽的責任，也終於能夠參與她的作品。她生前他從來沒有機會這樣。他會像她在世時那般的挑剔與嚴格。有個教授已經開始為她寫傳記了（但這個人不夠傑出）。他尚未決定是否要與他合作。遠東地區某家報社的特派員寫了一封很感傷的信給他，痛悼「文學界無可彌補的損失」。他回覆之後，他們之間便保持通信。這個人會不會是她從前的情人呢？後來從香港寄來了一包她的書信，共有六十八封，用紅絲繩紮著。他驚訝的讀著這些信函：這不是他所認識的那個女人。

第一幕，第二景。泰媞亞娜把奶媽端來的一杯剛泡好的茶一飲而盡後，便把左手伸進上衣裡，用拇指摩搓著她那長滿柔細汗毛的肩膀。她幾乎還沒開始動筆。光是享受那種要宣告什麼的欣喜就已經足夠了。不，她已經等著他回覆了。「當時你並沒有看我。」在第一頁上她如此寫著。在第二頁中間她又寫道：「我寫信來是想問你是否曾經想到我。」然後她便開始啜泣。接著（不是在詩詞或歌劇裡，而是在眞實生活裡）她便重新起了一個頭。在歌劇裡，她從頭到尾感覺都一樣強烈。

我坐在這裡，心意已決（至少我覺得已經無法挽回）。很顯然的，這一切原本很可能不會發生。我們有可能不會相遇。

我們之所以相遇是因爲一場火災的緣故，不是什麼了不起的事件。我很幸運的在一棟六層樓的公寓裡，找到了一個租金固定的房子。那天，五樓一個住戶抽大麻抽得昏昏沈沈的，把他的馬毛沙發燒了起來，起了一陣刺鼻的黑色煙霧，其實也沒什麼大不了的。我沒穿外套，在街上凍得發抖。你正好把錢投到販賣機裡，要買一份《泰晤士報》。看到我盯著你，你便問我有關火災的事。沒什麼大不了的事。我們穿過那些消防車，去對街喝咖啡。那是去年一月的事情。現在我得了重病，已經快死了。你爲什麼離開我呢？你難道不在乎他對你那樣冷淡嗎？我書桌上這張白紙是用來幹什麼的？我坐在這裡給你寫信。你想你還有可能再愛我一次嗎？可是也許我不會了。

那封沒有寄出去的信，像幽靈一樣。

那封從未抵達的信，又兩個幽靈一般的東西。那封（在送信過程中）遺失的信。那封從未寫過的信。但她說她寫了一封，一定是（在寄信過程中）被弄丟了。這年頭你永遠不能相信我們的郵政系統，永遠不能相信那些郵差。

動筆寫信這件事本身就表示……一切，表示你有那個熱情。所以她一直猶豫，只是不斷的在腦海裡寫著。但腦海裡的信也算是信，據說許納貝爾（Arthur Schnabel）❶就常在腦海裡練習。第一幕，第二景。「我寫信給你，」泰媞亞娜再度起了一個頭——她已經抓住了那個韻律。「不需要再表白了，也沒有什麼好說的了。我知道，你可以輕視我，讓我痛苦不堪。要不要這麼做，就全在於你了。」

寫字台上的燭光明滅不定。也或者是月亮的緣故。是因為那顫動的月光已經愈來愈明亮了嗎？

親愛的，上床睡覺吧，老奶媽喃喃說道。

「喔，奶媽。奶媽。奶媽！」但她知道她無法在親愛、仁慈的奶媽懷裡得到安慰。

好了，好了，親愛的……

「奶媽，房間裡好悶。把窗子打開吧。」那有著陳年體味的老婦人依言走了過去。「奶媽，

❶名鋼琴家。

我好冷。拿一條被子給我吧。」奶媽站在窗邊無所適從。「不，不，喔……」

孩子，讓我唱歌給你聽吧。

「不，奶媽，該唱歌的人是我。用我那少女的高音。親愛的老奶媽，妳走吧，我得唱歌。」

我寫這封信是要告訴你一個壞消息。我不知道該如何啓口。剛開始時情況似乎沒有那麼糟，我們還滿懷希望。一直到最後情勢才逐漸惡化。希望你節哀順變。我實在不想告訴你這件事。

人們爲什麼不再寫信。(就算不提電話的發明，這事還是很有得說。) 人們就是不願意花時間(要花很多時間哪!) 因爲他們缺乏自信。手裡拿著筆，面對這一張空白的紙，他們就開始猶豫起來。初時雖興致勃勃，但滿腔思緒就是無法迅速流暢的化爲符合標準的文字……什麼標準?於是他們再三躊躇，結果便擬了一張草稿。

還有，書信是如此的——呃，片面。或者可以說速度太慢。光是等待回信就教人很不耐煩。

情況變得更嚴重了。這是不折不扣的壞消息，得要正式宣佈才行。他寫了一封詞藻華麗而正式的信來安慰我，讓我悲傷不已。

孩子和父母不像情人或好友一樣，能夠爲了彼此或許不會相遇而欣喜或絕望。他們也不一定要分開。尤金已經愈來愈貼近他想說的話了。「父親，您一向慷慨，並顯然自認處處爲我著想。自從我軍校畢業後，您一直按月提供我生活津貼，對此我自是感激。但正如您依照自己的原則行事，我也必須依照我自己的原則行事。」這是一封冷峻的信——他想採用的是一種難以理解的誠摯語調——後來將會變得強烈而激情。

這批被他稱爲「香港書信」的信件揭露了他太太一段長達近十年的婚外情。他從未想過他太太也能如此這般縱情於男歡女愛而且花招百出。信中生動的回憶著他們雲雨時的美妙，以及他們不在一起時她如何的取悅她自己。無論何時，一想到他們之間那狂放的愛慾，即使是在穿戴整齊的公共場合（在雞尾酒會裡與人聊天、舉辦作品吟誦會時），只要她能夠悄悄的挨著某個東西，她總是能夠讓自己銷魂。她愛「他」的清心寡慾，她愛「他」爲了保護自己而裝出來的道貌岸然的模樣。如果沒有「他」，她恐怕寫不出東西來。天哪，難道這許多年他寵她、疼她、對她忠心耿耿，到頭來在她眼中這只是一樁無趣的婚姻？現在他要給他們一點厲害瞧瞧——他們犯的是通姦罪，處理這種事永遠不嫌晚。於是他便買了一張前往香港的飛機票。

此刻，一架故障並已經失速的巨無霸噴射客機正在空中急速盤旋，眼看就要撞山。機上一名來自大阪的四十三歲職員戰勝了那一瞬間他體內本能湧現的強烈恐懼，從公事包裡的拍紙簿抽出一張紙來，開始像杜曼一樣寫一封給他的太太和小孩的遺書。只不過，他只有三分鐘的時間。其他旅客有的尖叫，有的呻吟，有的則跪下來禱告。包裹、行李、枕頭和外套等物紛紛從座位上方的置物箱裡掉了出來，如雨點般落在他們頭上。他用雙腳頂住前方的座位，以免摔到走道上，在左手抱著的公事包上面振筆疾書，字跡雖然潦草，但卻仍可辨識。他吩咐孩子們要聽媽媽的話，對於妻子，他則說他此生已經了無遺憾，因爲「我們這輩子都很圓滿」，請她接受他死亡的事實。當他署名時，飛機的機身已經翻了過來。當他把信塞進外套的口袋時，他整個人被拋了起來，越過旁邊那位乘客，頭部撞到了窗戶，當場昏迷。當他和其他五百多名乘客的殘骸在那座長滿香柏樹的山坡上被尋獲時，那封信也被發現了，後來便由一名眼眶泛紅的日航幹部交給他太太。信的內容刊登在隔天各報的頭版上，使得全日本民眾都潸然淚下。

爲什麼現在人們寫的信比以前多了許多。(當然啦，是在電腦上寫的，看起來和從前的信不一樣。)人們不覺得這些是眞正的信，只是你用鍵盤敲出來而且不必擔心拼錯字或打錯字的某個東西罷了。三言兩語就可以了，回信多到你看不完。要有多快就有多快。「喀嗒」一聲就送了出去，讓其他人或所有人看見。小心哪。只要敲一個鍵就搞定。你的信可能會被轉寄，洩漏了你原本並不想讓別人知道的事情，而你卻被蒙在鼓裡。所以，你不能表露任何你不想讓別人知道的感覺。可是你很可能還是會這樣做。你會忍不住要開開玩笑，尤其是在你必須在信件頂端宣告信中的主題時。這是信件格式的一部份。於是，信件愈來愈多，片段的文句、資訊與笑話也愈來愈多。你不斷寄信收信寄信收信。要把新的文件叫出來嗎？試試看。三兩句話就可以了。「喀嗒」。

她總是在孤獨的時候才寫信來。因爲分離，才有機會與理由寫信。

以下是她寫給我的信當中的一封：

「過後不久，我就在達爾梅薰海岸（Dalmation coast）❷邊一個瀰漫著薰衣草氣息的小島上住了一個月。我在當地一個漁夫家裡租了一個房間，並遇見了一些可愛的遊客。我大部分時間都和他們在一起：一起租一艘小船（有四匹馬力的船外引擎的那種）去潛水，一起去某個半島，在松樹林下的岩石上野餐，吃著烤銀鯖和現焙的 lepinja（一種形狀扁平的麵包），或在港口的餐廳裡消磨一整個晚上的時間，聊著我們在別的地方所過的生活。在他們尚未各自回到休士頓、倫敦或慕尼黑時，我就先走了。輪船離開碼頭時，我朝他們猛揮手。「要寫信給我喔！」我大喊。「要寫信喔！」

❷克羅埃西亞共和國的一段海岸。

「後來我又陸續見到了那些人。其中第一個是那位從德州來的律師。第二年春天我在日內瓦碰到了他。之前我們曾經通過許多封信。他笑我說：「妳那時一直大喊『要寫信給我喔！』，好像是我們遺棄妳似的。可是當初決定要離開我們繼續去旅行的是妳呀。」他的話讓我的自尊心受損，從此我就不曾再寫信給他了。」

在寫給我的另外一封信中（這是其中的一段），她說：「……這不是對人不信任、與人疏離或排斥人群。一個人如果害怕獨居，那他的日子就會過得很糟。」

在寫給另外一個人（不是我）的信中，她則極盡抒情之能事。

「唐・佩德羅・達法羅貝拉騎著他的四隻單峰駱駝環遊世界，欣賞各地的風光。這正是我想做的事。如果我有三隻駱駝就好了。兩隻也行！這封信是我騎在馬背上寫的。我正在環遊世界，欣賞各地的奇觀。一個人只能活一次，這是我這輩子一直想做的事。不過，在這段期間，我還是希望能夠和你們保持連絡。」

保持「連」絡。

和你。還有你。

「父親，我已經淸償了我的賭債。」尤金接著說。「您知道了應該會很高興吧。」他原本意在嘲諷，但也許他只是想安撫他老人家而已。他幹嘛還在乎這個？幹嘛呢？難道他還想爭取父親的認同嗎？這一部份——這位失意的詩人表明他並未虛度人生的這一段——應該以音樂中的「急板」來處理，就像一張聲明要和某人決鬥的字條一樣。

其實，在那架失事的飛機上還有另外一名乘客在寫信。她是一個十四歲的女孩，剛在大阪的阿姨家度過一個快樂的週末（觀賞寶塚歌劇），正要回東京去，並即將開始在飛機上寫一封感謝函給她的阿姨。她聽見飛機駕駛以嘶啞的聲音宣佈飛機的情況後，拿起了筆，開始發抖，然後便在信紙上寫下：「我好怕！我好怕！救命！救命！救命！」

她的字跡潦草的令人難以辨認。這封信也從未被尋獲。

這是一疊昔日的書信。泛黃的紙頁……這一陣子以來我一直試著要重讀。它們都是我前夫寫來的信。我們結婚七年後，我得到了牛津所提供的一筆獎學金。當時我們心想反正以後天長地久，暫時分開一年也無妨。於是那一整個學年的時間，我們便分居兩地，並每天以航空郵件書信往返。那是很久以前的事了。當時我們很窮，他又小氣，因此並沒有想到要用越洋電話連絡。後來，我發現自己沒有他也過得很好，於是對他的感情便逐漸變淡。不過，我還是每天晚上寫信給他。白天時，我會在腦海裡先打著草稿。我總是在心中對他說話，因爲我已經習慣了他，這樣我才比較有安全感，不覺得自己形單影隻的。當我不和他在一起時（哪怕只有一個小時），如果看到什麼東西，我第一個念頭就是該如何向他描述，說給他聽。事實上，我們每次分開的時間頂多只有幾個小時，就是他去教書、我去上課的那段時間。我們永遠不能滿足。有時我已經尿急，但卻不想打斷我和他之間的談話，於是他便會一邊說話一邊跟著我走到廁所。不只一次，我們在午夜時分離開一場那個古板年代的學術界人士所謂的「宴會」後，還會坐在車裡熱烈的討論剖析他那些討厭的同事，直到黎明的曙色把街道照亮為止，完全沒想到要回我們自己的公寓去。在那許多年當中，我們兩人就這樣不停的說著、忘我的聊著，一天可以聊個三次以上，感覺和諧而融洽。不知道他是否還保存著我寫給他的信，或是已經將它們丟進了火爐裡，以便全心經營他的第二次婚姻。離婚後那一年，我時常在早上醒來時，發現自己已經擺脫了他，便鬆了一口氣，臉上也不由自主的浮現傻傻的笑容。從那時起再沒有任何人像他那樣給我這麼多的安全感。但人不應該這麼有安全感。他的信我並未——也無法——重讀。但我需要感覺它們的存在。它們就在那兒，在我衣櫥底下的一個鞋盒裡。它們是我生命中的一部份，我那已逝的生命的一部份。

第一幕，第二景。「你為什麼來拜訪我們？為什麼？若你不來，住在這偏遠鄉間的我就不會認識你，也就不致受到這樣的折磨。也許，隨著時間的過去，我心中這青澀的情感會消逝，我會找到另一個朋友，平靜下來，慢慢試著扮演一個賢妻良母的角色。」泰媞亞娜的這份感情毋庸置疑，但一個人胸中的感情之火要如何引燃另一個人的呢？物質燃燒的定律是什麼。她所能說的只是她自己的感覺。這感覺也許得自她所愛讀的那些言情小說，但無疑還是屬於她的，而且是獨一無二的。「另一個朋友！這是我無法想像的。再沒有別人可以得到我的心。我對你的感情是上天註定的，永遠不會改變。我乃是爲你而生。無論你願意與否，我的一生都將奉獻給你。」

誓言，承諾——我們如此慷慨激昂的發誓、保證，豈非正印證「遺忘」這股反作用力是如何的強大？唯有這股強悍的力量才能將我們意識的門窗關閉，騰出空間容納新的事物。泰媞亞娜渾身顫動，香汗淋漓的仰靠在椅子上，抬手摸著自己的額頭。在白樺樹林裡渡過芬馥童年的她怎麼也想不到自己會置身如此悲慘的處境。她試著想她那親愛的妹妹以及她那富態、慈祥的雙親，但都沒有用。此刻，世界已經縮小到只剩下尤金那張嚴肅不安的臉。那麼，就讓過去消失吧，讓它溶解在蒼白的月色中，像香水的餘韻一般的蒸發。沒有遺忘，就沒有幸福，沒有快樂，沒有盼望，沒有尊嚴，沒有現在。沒有遺忘，就沒有絕望，沒有焦慮，沒有屈辱，沒有渴望，也沒有未來。

初見你時，你圍著一條白色的圍巾，在脖子前面打了一個結。陽光照在你的頭髮上。你穿著條紋上衣、麻布長褲和一雙布面的平底涼鞋。我坐在那家俯瞰「波波羅」比薩屋的餐廳的陽台上，看見你走了過來。當時我並不認爲你有多美。你興高采烈的談論著昨晚的事情，說你從警察手中一把搶過他剛開好的那張超速罰單，當場撕毀，因此在牢房裡待了一夜。說著你便坐了下來，叫了一杯檸檬冰果露。我看到你，心中便想：如果我不能對你表白我的愛意，我這輩子就白過了。但是我並沒有說出口。現在我打算寫一封信給你。這眞是最軟弱的一種舉動。

現在我已經看清你有多美了，於是你的臉便經常橫亙在我面前，甚至有些礙事。你那雙眼睛像是鑲在一個雙凸透鏡的螢幕上，老是盯著我轉。我不想告訴你說你長得很美，因此得想出一些別的詞來。但照慣例我得奉承你（而我也的確認爲你很美。因爲，情人眼裡出西施），以博取你的歡心。我想大聲說出那些蒙福的字眼：愛，愛，愛。

我接到了一個好友的來信，將它棄置在我的床頭几上，足足有一個禮拜都沒有拆閱。看到一個寫著不太熟的人名的信封，我卻一邊上樓梯一邊迫不及待的打開來看，因爲我相信裡面的信不會有任何令我不安或傷心的內容。

比你所想像的更辛苦——就是這樣。此刻，在我的窩裡，傍著一扇髒兮兮的玻璃窗，就著從窗戶灑進來的溼冷陽光，我坐在廚房的餐桌前思索著要對你說的話。爲此我不時的捻弄頭髮、摸摸下巴、揉揉眼睛、搓搓鼻子或將額上的一綹頭髮往後撥，彷彿我主要的工作就是這些，而不是在我眼前那張空白的紙上寫字。也許我終究寫不出什麼來，但我還是挺樂觀的。我得告訴你，我的字很小，小得可能會讓人覺得無法辨識，但事實並不然。這麼小的字體似乎透露了我不願爲人所知、想要離群索居的意向。但是我卻希望你能了解我，眞的。於是才會寫這封信。你看我正在寫信給你。就是現在。

從德國那裡寄來了一封鑲著黑邊的信，向我宣佈一個我敬愛的熟人的死訊。事實上，一個星期前，我就已經在電話裡知道了這件事。我想，如果信件中的主要訊息都能以顏色來分類的話，我拆閱時就不會這麼猶豫了。比方說，黑色代表死亡（克里斯多夫因心臟病再度發作而逝世，得年四十九歲）紅色代表愛，藍色代表渴望，黃色代表憤怒。那麼一個鑲著一度被稱爲「玫瑰的灰燼」色飾邊的信封——它是否代表善意呢？我已經不太記得有這種信存在了。就是那種純粹表達善意的信。

哈囉，哈囉，你好嗎，你好嗎，我很好，我很好。誰誰誰好嗎？

那你呢？我親愛的。

第一幕，第二景。嘆息，顫抖。泰媞亞娜繼續寫著信，她的法文有許多錯字。（正如我先前所說，她似乎有點發燒）。她聽見她自己，她的話。還有那夜鷹的啼唱。（我之前有沒有提過花園裡有隻夜鷹？）天將破曉，但她仍舊需要那微弱的燭光。她開始唱出她的愛情。或者，應該說是那歌劇演員唱著泰媞亞娜的愛情。雖然泰媞亞娜非常年輕，但扮演她這個角色的往往是一個成熟的女伶，已經無法唱出那樣的音色。她的聲音應該是輕飄飄的。但那些女伶往往因爲必須努力劃分樂句，因此聽起來便沒有飄浮或跳躍的感覺，而是壓抑或勉強的。幸好，今晚的演出很不錯。她的聲音飛翔在空中。泰媞亞娜一邊寫著，一邊唱著。

我無法忍受收不到你的信的感覺，於是便再也不出門了。過去，我眞的曾經是個無憂無慮、快活似神仙的人嗎？現在我背後拖著一個長長的影子，走過之處所有的花草都瞬息枯萎。

我一直待在家裡，等著你的回信。這段自我囚禁的日子比我想像的還要長。在近午時分或中午過後不久，當郵件送達後，我有時會回到床上去，睡一場被牢裡的犯人稱爲「齋戒時間」的覺。你的信一定會到的。

我寫下你的名字。兩個音節。兩個母音。你的名字將你膨脹了起來，比你還大。你正躺在角落裡睡覺。你的名字將你喚醒。我把它寫下。你不能有別的名字。你的名字是你的汁液，你的味道，你的風味。換了一個名字，你就消失了。我寫下來了。你的名字。

「親愛的朋友！親愛的朋友！我只剩下你了。你是我唯一的希望，我唯一的朋友。只有你才能救我。我想到你這裡來，靠近你，在你身邊。我不會吵你，不會來看你，不會打攪你的工作。我只要知道你在那裡，只要知道我隔壁的房間有個活生生的人在就好了。那個人就是你。我需要你的溫暖。他們已經把我弄垮了。我被打敗了！沒力氣了！在經過今年的夢魘之後，我必須到你這裡來，受你的庇護！你能幫我找個房間嗎？隨便什麼都行。只要有一張桌子，有一扇窗戶，可以看見外面的景色，不要對著牆壁就可以了。可是如果眞的面對牆壁，也沒有關係，只要靠近你就行了。你會拯救我，告訴我要怎麼做，要怎麼過日子。你可以借我一點錢讓我買車票嗎？我什麼都不需要，對你也一無所求。到了你那裡以後，我不會打攪你。這點我可以鄭重向你保證。有誰比我更明白你需要有一個私密的空間呢？我多麼佩服你獨立的精神和你的力量。還有你慷慨的心腸。有你這顆明星指引著我，我就會像你一樣獨立。必要時我會自己弄飯吃。我已經很習慣照顧我自己了。不過，如果你能在村裡找到一個人，幫我料理一些簡單的瑣事，那我就可以一直待在我的房間裡，看著窗外，平靜的想著你，不去吵你。你是我唯一可以求助的人，但也是我唯一需要的人。你還記得我們初次見面的時候嗎？當時那盞銅燈的燈絲是如何在我們頭上發光？那時你就已經了解了。你向來都了解我。請你製造一個奇蹟，做個安排吧！把我藏起來！幫我找一個房間。」

我幫他找到了一個房間，就在沙丘間的那座山頂上，就在我家，我隔壁的房間。我寫信告訴他窗外可以看見樹木和空地，還有孩子們在海邊放風箏的情景，並說我會帶他一起去放風箏。

他死後，我把他那封字體很大的信拿給一個朋友看，她說：「這是一個瘋子的筆跡。」不，不是瘋子，是孩子：那些字和和小孩寫的一樣，字母大大的，不光是用手寫的，而是用整條臂膀寫的。「親愛的媽咪，我全心愛你，永遠愛你。」

我爲他找到了一個房間，他卻一直沒來。

圖一（待補）是原來的大小。圖二（同上）是經過放大的形狀。這是一九二〇年代里查．安東（Richard Anton）的一段文字，顯然是爲了預防自己的手稿被人偷看。裘今．葛瑞欽（Joachim Greichen）教授已經證實，這些文字大多數都是可以解讀的，就像安東那些潦草的散文手稿一樣（這些散文後來已經出版）。儘管到一九三一年時，他已經恢復了正常的筆跡，如圖三（同上），但他還是時常改變字體的大小。舉例來說，在他最私密的信件中，他就經常使用很大的大寫印刷體字。

I NEED, I WANT. I NEED, I WANT.（我需要，我想要。我需要，我想要。）

我喜歡溫柔的天氣。我懶洋洋的躺在游泳池旁邊。我的信就是我的日記。我把我的生活存放在別人那兒。那個人就是你。夏日的暴風雨就要來了。要不要我向你描述這裡的天氣（或景色），用天氣（或景色）來表現我內心的起伏？只要我能寫信，我就覺得安全。我正哼著某個曲子，滿腦子都是性的焦慮。

慾望是急切的，郵政系統則是緩慢的。郵件被耽擱，使我的信才剛寫完就失去了時效，讓我不管怎麼寫都不對。因爲，當我正寫著信，回覆你上一封信所提的種種時，你已經開始寫信給我，就我上一封信的內容提出回應，並談及另外一些事情了。當我正寫著信的時候，你已經又寄了一封信給我，只是我還沒看到罷了。「信神」在戲弄我們。我們的信在中途交會，我們的肢體則不然。

女伶心想：

「我喜歡人家來看我，不喜歡去看別人。我喜歡收信甚至看信，卻不喜歡寫信。我喜歡勸告別人，卻不喜歡別人勸我，也從不會立即聽從別人的忠告。」

有時信裡會附上一張照片。女伶很願意在照片上簽名。我的朋友，她寫道。祝福你。我愛你。是的，在給陌生人——但他們都是她的歌迷——的照片上她寫下：「我愛你。」

信有時是讓別人不要接近你的一種方式。但要做到這點，你得寫許許多多封信——每天至少一封，有時兩封。我寫信給你，就可以不必見到你、觸摸你，舔你。

起先他的信裡寫的主要都是他那個驚人（現在已經變成傳奇）的發現：附近的莫提摩（Mortimer）島上存在著一種「六級」婚姻制度。當然，他很希望當初她也能一起來，但她知道，這是不可能的，即使他們已經結了婚也是一樣。一個白人男性要取得當地人的信任已經很不容易，但至少他們還看過男的白人。至於英國女人，他們可是一個也沒見過。在當地惡劣的氣候（蚊子、水蛭、紅蟻）下，如果這英國女人穿戴的很明智（長褲、襯衫、帽子），他們會認爲她穿的像個男人一樣。他解釋說，這裡的男人和女人看起來都和別的地方很不一樣。女人都（他實在不知道該怎麼形容）袒胸露乳。所以，住在這裡很不舒服，還好他已經逐漸習慣此地的食物。她必須相信：他很想她，連夢裡都見到她，並且比從前還要愛她。兩年的時間並不長，不是嗎？親愛的。他告訴她，每天晚上，當他獨自坐在帳篷裡，開始謄寫他的筆記時，只要手裡的筆一碰到紙，他就會想起寫信給她時的那種喜悅。她接獲電報，得知他已經死於瘧疾後的那一個月，仍舊不斷的接到他的來信。五十年後，她仍舊再三重讀著這些信。她死前把這些信和一張他臨走時的照片（當時他還沒滿二十四歲）都留給她唯一的孫女，讓這膚淺的傻女孩知道她過去是怎樣的被愛著。膚淺的傻女孩。

我無法在信中告訴他我要和他離婚。我的信非得寫得深情款款不可。我得等到我回去以後再說。他在機場等著我。我一下飛機，他就從等待區衝到跑道上。我們互相擁抱，領回我的皮箱，走到停車場。一進車子裡，在他還沒把鑰匙插進點火器時，我就告訴了他。我們坐在車裡談著，後來便開始啜泣。

當然，在信裡面說「不要」——或「絕不」、「再也不」——是比較容易的，遠比面對一張淒楚的臉容易。那說「要」呢？我要。

第一幕，第二景。泰媞亞娜重讀了她所寫的那三頁信紙，然後便在上面署名。信中有些字被劃掉了，紙上也沾了淚痕。但沒有關係，這不是學校的作業。就這樣封緘吧。

太陽出來了。她拉一拉鈴繩召喚奶媽（這老婦人一臉迷惑，還以為她這個有些神經質的孩子只是比平常早起而已），叫她把信拿給她的孫子，請他儘速送到他們新來的鄰居家。是誰？哪個鄰居？泰媞亞娜無言的指著信封上那個親愛的名字。

尤金呢？我是說泰媞亞娜的尤金，那位蒼白、纖瘦、穿著昂貴的外國靴子、總是皺著眉頭的尤金，那位大家都以爲他是特地前來拜訪，卻整個晚上幾乎沒跟人講一句話的尤金。人們總以爲自己所愛的人是孤單寂寞的。但尤金（尤金的尤金）實際上也就像泰媞亞娜所想像的那樣孤獨淒慘。

這個尤金（我的尤金）也是一樣。他剛寫完一封措詞高傲、長達六頁的信給他父親，要和他斷絕一切關係。此後，他將不再讓任何人佔據他的心。此後，他發誓，他將不再接受任何人的感情。

但是後來他卻接獲父親已經去世的消息（他死前是否收到了他的信呢？），然後——在這裡我的故事將和他們的故事合而爲一——便回到彼德堡奔喪並處理遺產。就在他即將出國時，卻聽說他父親的哥哥已經不久人世（這些兇悍的老頭生命是如何脆弱呀！），於是便恪盡爲人侄子的責任，前往他伯父位於偏遠鄉間的莊園探望，但是一到那裡卻發現那老人已經躺在院子內的一口棺材裡。此時，他決定在這裡住一陣子看看（也許鄉間生活可以讓他重新有寫詩的靈感？）。在鄰人的議論聲中閉門獨居了一個月後，他才心不甘情不願的被人帶去一個本地人的家裡參加他們的聚會。那家主人有兩個女兒。當晚的場合只是一個簡單的家庭聚會，只有幾個鄰居參加。他確實曾經注意到窗台旁那個美麗動人的身影，並心想：如果我能談戀愛，也許就是和那樣的女孩。他發現她的神色有些憂鬱……很有教養。

當他收到泰媞亞娜的來信時，心中頗爲感動，但主要是因爲他憐憫她那種毫不做作的天眞，而不是因爲別的，因爲此刻他對愛情已經毫無想望了。他重讀著她的信函，嘆了一口氣。他不想傷害她，今天（泰媞亞娜生命中最長的一天）晚上，他會騎馬到她家去，在花園裡與她見面，儘可能禮貌的告訴她他並不適合結婚，並且和她只能有兄妹之情。他並未回信給她。她對他並不構成困擾。他將當面告訴她。

正如你必須鼓起勇氣才能寫信給我一樣，我也必須鼓起勇氣才能拆閱你的信。請別以爲你的每一行字我都反覆推敲，但我想我已經了解爲何對你而言寫信給我是如此困難。（看吧，你已經允許我了解你了。）那是因爲你寫給我的每一封信都好像是你初次提筆一般。

尤金並不知道他們在花園中晤談後，泰媞亞娜就病倒了，險些喪命（因爲羞恥和悲傷的緣故），但兩年後他卻從一位軍校的老同學那兒聽說她已經結婚了，而且嫁得很好——她的丈夫是個將軍，爲人正派，是尤金家的世交——目前正住在彼德堡。

大約又過了兩年後，當他應邀參加在彼德堡的葛瑞閔宅邸所舉行的酒會時，難道已經忘記這件事了嗎？當晚，葛瑞閔將軍將他介紹給他那位年輕的夫人。尤金看著眼前這位頭上戴著王冠、看起來雍容華貴、甚至比以前更加美麗的女子時，一時認不出她便是當年在花園裡被他打發走的那個綁著黑色蝴蝶結的纖弱少女。她看見了他，卻並不正視他，眼神裡也沒有任何疑問。

火炬，吊燈。

後來，他發現自己經常造訪葛瑞閔的宅邸，設法在歌劇院或其他人的宴會裡與她碰面。但兩人之間只是相敬如賓而已。有時他會逮住機會幫她披上她的毛皮披肩，但她只是對他莊嚴的點點頭——這是什麼意思呢？有時她似乎是故意把她那可愛的臉埋在皮手筒裡。他迷惑之餘，慢慢發現自己愛著她，只是無法說出口。他知道這是上天所註定的愛情，因爲他一直想寫信給她。長久以來他的心田一直莫名的乾荒。這份愛會不會是他所尋求的甘霖呢？唉，他在說什麼呀——沒關係。一天晚上，他花了一整夜寫了一封長達四頁的情書。第二天又寫了一封。接著又是第三封。

他等了又等，等候她的回音。

四年前她寫給他的信到哪裡去了？當時他甚至懶得把它燒掉，只是隨手一扔，就把它給丟了。如果他還留著那封信就好了。他會把它藏在皮夾裡，反覆的打開來看，讓他的眼淚落在信上。

請你寫信給我，只要一封就好。他們最後一次見面時，他如此卑微的請求著。他發現她在哭泣，進而發現了她的祕密：雖然已經結了婚，事情已經無法挽回，但她仍舊愛著他。他跪在她的腳下。

我不會寫信給你。

從前的事她都記得。

我們之間沒有未來。

現在我做了一次更長的深呼吸。做著準備。準備好了，又猶豫起來。我的渴望已經到了頂點，就在我的手邊，等著化爲文字。

把那盞鹵素燈開亮一點吧。房間裡的光線太暗了。

親愛的，請繼續寫。你的信一定會寄到我這裡來。你可以用你眞正的、小的不能再小的字體。我會把它拿到燈前來看。我會用我的愛將它放大。

曾經

克勞迪歐·馬格瑞思

獻給 Luca Doninelli

所以呢，傑瑞死了。沒關係。這不是問題，無論對他自己或任何人都是如此。甚至對我也是一樣，雖然我曾經愛他，而且現在仍愛著他，因爲愛是沒有時態變化的——上帝呀，就這點來說，是的，這就是我們唯一需要的！但是愛有自己的文法，儘管它無法辨認時態，只能辨認語氣，而且實際上只能辨認一種語氣：現在不定語氣。當你愛一個人的時候，就是永永遠遠的，其他的都不重要。不管過去任何一種愛都是一樣。因爲，你不可能眞的從裡面走出來的——你不可能從任何一種經驗中走出來。大多數時候，這對我們是有些不利——只是把它帶著走罷了，就像生命一樣。生命本身是沒什麼好大聲宣揚的，只有一點：你從它裡面走出來還比你從愛裡面走出來要容易一點。愛就在那兒，像星光一樣。誰在乎那些星星是活的還是死的？它們會發光，這就夠了。即使白天時你看不見它們，你還是知道它們就在那兒。

於是，我們再也聽不見那吉他聲了。這也沒關係。任何損失你都會逐漸適應的。可是天哪，他彈得多好呀！當他的手已經不行的時候，他就拉下百葉窗，對眾人說 bye-bye。對這事，我沒啥好抗議的。它遲早是會發生的，至於怎麼發生也不是很重要。無論如何，它就是會發生。各位先生女士，有誰知道今晚在這兒的人當中有多少個在一個月之後還會活著？不是每個人都會。這是可以確定的。在統計學上這是不可能的。現在，正用手肘推著旁邊的人或抱怨前面有人擋住他的視線的某個人也許從此就再也去不了理髮店了。那又怎樣呢？多一年少一年也沒差多少。我不會為那些已經翹辮子的人感到難過，也不會羨慕那些還活著的人。對於我自己到底屬於哪一群人，我也沒有什麼興趣知道。

祝福傑瑞吧，同樣的也祝福每一個人和每一件事情。就像我說過的，我不是要批評他做的這個決定。如果有人想下車，就讓他下車吧。如果巴士還沒到站，他就寧可在半路上跳下去，那也是他的事。也許他受夠了、太累了、已經到了極限了或者還有其他原因，那只有天知道。不過，當我看見傑瑞因為吉他彈得沒有從前好而沮喪不已時，為了給他打氣，我告訴他他曾經是一個了不起的吉他手。他的回答是：對他來說，光是「曾經」是不夠的。他要的是現在——無論當個音樂家或情人或任何其他的角色都是這樣。他只要「現在」。

啊，各位女士各位先生。在那一刻，我突然了解像我這樣出生在布拉提斯拉瓦(Bratislava)❶、

❶斯洛伐克共和國的首府。

冷坡里（Leopoli）、卡羅洽（Kalocsa）❷或這個破敗的中歐國（Mitteleuropa）❸——一個地獄、一個道道地地的糞坑——其他任何其他一個鳥地方的人，和那些有叔叔、伯伯、爺爺或其他親戚住在這些地方的人是多麼幸運了。當然，這些地方（維也納和切爾諾維茲也一樣）的霉味、臭味聞起來是夠要命的，但至少它不會強迫你要做什麼。不但如此，情況還正好相反。當傑瑞的手已經不行的時候，如果他能夠體認到這是怎樣的一種福份就好了！他會有很多自由、很多假日，可以享受那種再也不必做什麼、再也不必演奏音樂的自由，可以理所當然的脫離生活的桎梏！

但是也許他沒法體認到這點，因爲他不是生長在像潘諾尼亞（Pannonia）❹那樣的地方。那裡的空氣汚濁的像一潭死水，厚重的像條毯子。你在那滿是煙霧繚繞的小酒館裡，吃得很差，喝得更糟，但是當外面刮著風下著雨的時候，你還是覺得很滿足——在現實的生活裡，外面總是下著雨，風吹來時就像一把刀子一樣。所以，不用說，任何一個住在尼特拉（Nitra）❺或瓦

❷匈牙利巴奇—基什孔（Bacs-Kiskun）州城市，在多瑙河東側。

❸泛德意志主義所想像的整個德意志民族的統一國家。

❹羅馬帝國的行省，相當於現在匈牙利西部以及奧地利東部和南斯拉夫北部的部分地區。

❺斯洛伐克西斯洛伐克州城鎮。

拉茲丁（Varazdin）❻的雜貨商都可以告訴所有第五街的人——除了那些來自尼特拉或瓦拉茲丁或其他那些齷齪地方的人之外——有關「曾經」的幸福。

啊，「曾經」，多麼的謙遜！多麼的輕盈！那是一個不確定而又親切的空間，在這裡，一切都輕的像羽毛一樣，截然不同於那自以爲是、沈重、骯髒、令人沮喪的「現在」！可別會錯我的意，我所謂的「曾經」指的不是任何一段特定的過往，當然也不是鄉愁（nostalgia）。鄉愁是愚蠢而令人痛苦的，就像 nostalgia 這個字所顯示的，它是「歸返的痛苦」。過去是可怕的。我們雖然野蠻而邪惡，但我們的祖父母與曾祖父母卻比我們糟的多，簡直是兇殘的野人。我當然不願意活在他們那個時代。不，我的意思不是我想永遠活在「曾經」裡，以便逃避「現在」的兵役。輕微的殘缺有時是一種救恩，讓你得以免除參與的義務，免於失敗。

活在「現在」是痛苦的，而且這種苦永無止盡。你要做這個、做那個，要工作，要奮鬥，要勝利，要戀愛，要快樂。是的，你得快樂，這是活著的義務。如果你不快樂，那就太不光彩了。因此，你便盡全力照著去做，努力當一個良善、聰明、快樂的人。但你怎麼可能做到呢？事情不斷發生在你身上，把你壓垮。愛「砰！」一聲掉到你頭上，像從屋頂落下來的一塊飛簷，讓你嚴重瘀傷甚或更慘。你緊挨著牆走，想閃避那些瘋狂的車輛，但那牆卻垮了下來——尖銳

❻克羅埃西亞的一個城市。

的石塊和玻璃碎片割傷了你，使你流血。你和某人上了床，在那一刻才明白眞正的生活可以是、應該是什麼樣子。因此當你得撿起地上的衣服，穿戴整齊並走出去時，那簡直是令人難以忍受的折磨。謝天謝地，街角有一家酒吧。這時候能喝杯咖啡或啤酒眞是讓人鬆一口氣。

是的，沒錯。喝杯啤酒也是活在「曾經」的一種方式。你坐在那兒休息，看著杯中的泡沫一秒一秒（心跳的速度）一個泡泡又一個泡泡的不斷消失，你那疲倦的心也稍稍得以安歇，暫時把一切拋諸腦後。我還記得小時候我們去蘇博蒂察（Subotica）❼探望奶奶時，她總是用衣服把傢具的尖角包住，並把那張鐵桌子搬走，以免我們小孩在屋內跑來跑去、撞到東西時會受傷。她甚至會把電器的插座全都蓋住。活在「曾經」就是這樣。你活在一個安全的空間裡，沒有尖銳的桌角，不會擦傷膝蓋，你打不開那盞會傷害你的眼睛的燈。一切都是靜止的。你不參與遊戲，不會掉入陷阱。

所以說，各位女士各位先生，這就是中歐留給我的東西：一個保險箱，裡面空空如也，上頭卻有一個鎖，免得那些銀行搶匪想把什麼東西放進去。是的，空空的，裡面沒有什麼東西會揪住你的心、咬囓你的靈魂。裡面有著生命，已經逝去的生命，很安全，不會有任何意外，是一張已經不流通的、面值一百個舊克朗的鈔票。你把它裝在玻璃框裡，掛在牆上，這樣它就永

❼塞爾維亞與蒙特內哥羅（前南斯拉夫）的塞爾維亞伏伊伏丁那（Vojvodina）自治省城鎮。

遠不怕通貨膨脹。在小說裡也是一樣。最好的部份（至少就作者而言）就是結語。因爲，所有的事情都已經發生了，該寫的都寫了，問題也解決了，書中的人物要不就從此過著幸福快樂的日子，要不就死了。反正都一樣。無論如何，再也沒有什麼事情會發生了。作者捧著結尾的那個部份，重讀一遍，也許改個逗點什麼的，但沒有什麼風險。

每個結語都是快樂的，因爲它是結語。你走到陽台上，微風吹過那些天竺葵和三色菫，一滴雨珠滑落你的臉頰。如果雨下得大一點，你喜歡聽雨滴打在涼篷上的聲音。雨停時，你便出去散個步。在樓梯上你遇見了一個鄰居，和他聊了一會兒。無論對你或對他而言，說些什麼並不重要，只是喜歡那種和人聊個兩句的感覺而已。從樓梯平台的窗戶望出去，你看見遠處的海面已經被剛透出雲層的陽光照得如同刀刃一般耀眼。下星期我們要去佛羅倫斯了，你的鄰居說。喔，很好呀，那裡挺不錯的，我去過。如此這般你就省卻了往返、排隊、找餐廳的麻煩，也無須忍受那熱浪和人群。傍晚，你在雨後清新的空氣裡散了一會兒步之後便回家了。你不能太累，否則就會變得焦躁，無法入睡。是的，失眠。各位女士各位先生，請你們相信我，失眠是一件很可怕的事，會把你壓垮，讓你窒息，會追著你、跟著你、毒害你——是的，失眠是生活在「現在」至高無上的形式。所以你得睡覺。睡眠是「曾經」的院子，但已經很不錯了，在這裡你可以暫時鬆一口氣……

會面

哈尼夫・庫瑞許

摩根的愛人的丈夫伸出了一隻手。

「嗨，終於見面了。」他說。「我喜歡看你站在對街的樣子。很高興你經過一番考慮後終於下決心和我談談。你要不要坐下來？」

「我叫摩根。」摩根說。

「我叫艾瑞克。」

摩根點點頭，把車鑰匙放在桌上，坐在一張椅子的邊緣。

兩個男人彼此對看。

艾瑞克說：「你要不要喝點酒？」

「也許待會兒吧。」

艾瑞克又叫了一瓶酒。桌上已經放了兩瓶。

「我喝一點你不介意吧？」

「請便。」（譯註：此處英文爲 feel free，亦有「覺得自由」的意思。）

「我是覺得很自由。」

艾瑞克喝完了一瓶，把瓶子放回桌上，手握住瓶頸。摩根看見他那手上那個細細的金戒指，那是他們的結婚戒指。凱若琳進到摩根的門廳時，總是把她手上的那個放在桌上的一個盤子裡，離開時再戴上。

先前艾瑞克在電話中說：「你是摩根嗎？」

「是的。」摩根回答。「你是——」

話筒裡的聲音繼續說道：「你是凱若琳的男朋友嗎？」

「請問你是什麼人？」摩根問。「你是誰？」

「我是和她住在一起的男人。我叫艾瑞克，是她的丈夫。可以了嗎？」

「喔，好吧，我知道了。」

「好，你知道了。」

艾瑞克在電話裡曾經用「請」這個字。「請你和我見面好嗎？拜託！」

「爲什麼？」摩根說。「我幹嘛要和你見面呢？」

「我想知道一些事情。」

艾瑞克說了一家餐廳的名字和時間。就在當天。他會在那裡等他。

摩根打電話給凱若琳。她正在開會。艾瑞克想必知道這點。摩根考慮了一整天，已經要遲到了卻還在客廳裡踱步，直到最後一刻才走到屋外去開車，到了那家餐廳後卻又一直站在對街，並不進去。

儘管凱若琳曾經描述過艾瑞克的父母親、他生悶氣的神情以及心情不好時垂頭喪氣的模樣、乃至他抓屁股的樣子（摩根聽到這裡便笑了起來），但在摩根腦海中，艾瑞克仍然只是一個影子，一個自從他遇見凱若琳之後就橫亙在他們生命中的模糊的黑色身形。摩根雖然知道關於他的一些事情（一些他沒有必要知道的事情），但卻不太清楚艾瑞克對他了解多少。他得搞清楚凱瑞琳最近對他說了一些什麼。過去這幾天眞是摩根生命裡最瘋狂的時期。

女侍爲艾瑞克送上了一瓶啤酒。摩根原本也想叫一瓶，但最後卻改變主意，叫了一杯水。

艾瑞克臉上露出了冷冷的微笑。

「呃，你好嗎？」他問。

摩根知道艾瑞克的工作時間很長，經常很晚回家，到孩子們已經上學後才起床。摩根看著他，心中試著揣想凱若琳描述過的一幕景象：早上，當她梳洗打扮準備上班時，艾瑞克會穿著睡衣躺在床上，整整一個小時一語不發，只是用兩隻手蒙住眼睛，專心的想事情，彷彿他很痛苦，必須想出什麼辦法來似的。

凱若琳總是儘可能早點上班，以便從辦公室打電話給摩根。

過了兩三個月後，摩根請她不要再提有關艾瑞克的事，尤其是他們試著做愛的那一部份。但既然凱若琳總是要等艾瑞克不在的時候才能和摩根見面，因此不提到他是不可能的。

摩根問：「你找我有什麼事？」

「有些事情我想知道。而且也有權知道。」

「是嗎？」

「難道我沒有任何權利嗎？」

摩根知道他和這個男人見面會是一件很不容易的事。先前他在車裡已經試著準備了一下，但那就像是在考前複習卻不知道要考什麼科目一樣。

「好吧。」摩根試著安撫他。「我了解。」

「畢竟，你搶走了我的生命（my life）。」

「你說什麼？」

「我是說我的太太（my wife）。」

艾瑞克喝了一大口酒，然後便拿出一小罐藥丸，搖了一搖。裡面是空的。

「你有帶止痛藥嗎？」

「沒有。」

艾瑞克用餐巾擦了一下自己的臉。

他說：「我不吃這些藥不行。」

毫無疑問，他很苦惱。他會很驚訝。摩根就很驚訝，當然凱若琳也是。

摩根明白，剛開始她之所以跟他在一起，是爲了讓她自己快樂一些。她有兩個孩子，還有一個雖然無趣但還算不錯的工作。後來，她最要好的一個朋友有了外遇。她是在工作的場合遇見摩根的，一開始她便認定他就是她要找的人。愛情與羅曼史很適合她。爲什麼她不能每天沈浸在這種喜悅裡呢？她以爲除了她這種「享受」之外，其他的每件事情都可以照舊如常。但摩根總說，這種事是會有後果的。所以，在床上時，她總是戲稱他爲「後果先生」。

「我不會搬出去的。」艾瑞克說。「那是我的家。除了我的太太以外，你該不會連我的家也一起搶走吧？」

「你的太太……凱若琳，」摩根試圖將她還原到她本來的身分。「我沒用搶的，也沒用拐的。是她自己要跟我在一起的。」

「她自己要跟你在一起？」艾瑞克問。「她要你？你？」

「沒錯，就是這樣。」

「女人總是這樣對你嗎？」

摩根試著微笑。

「是嗎?」艾瑞克問。

「只有她這樣——我是說最近這一陣子。」

艾瑞克瞪著他看,等著他繼續說下去。但摩根什麼也沒說,只是在心裡提醒自己:他隨時可以離開這裡,不必忍受這個男人對他怎樣。

艾瑞克又問:「你要她嗎?」

「我想是吧。」

「你不確定?在做了這些事情之後,你還不確定?」

「我可沒那麼說。」

「那你是什麼意思?」

「沒什麼意思。」

不過,也許他真的並不確定。他已經習慣了他們之間的這種安排。雖然有太多匆匆忙忙的電話、引起誤會的信函、短暫的會面和痛苦的分離,但他們已經習慣了,甚至已經有了一套固定的模式。他和艾瑞克的妻子一個星期見兩次面,從她身上得到的比他從任何一個女人那兒得到的都要多。其他時間,在不上班的日子裡,他會和女兒一起參觀美術館,或帶著揹袋和導遊書探訪城裡那些他從未到過的地區。有時他也會坐在河邊,寫著過往的事。他從她那裡學到了什麼呢?他學到了尊重這個世界、也學著重視感覺、某些物件和其他的人,把他們當成生命中很重要——乃至無價——的東西。她讓他享受到那種無憂無慮的快樂。

艾瑞克說：「我遇見凱若琳時，她才二十一歲，臉上沒有一點皺紋，臉頰紅潤。當時她正在大學裡演一齣戲。」

「她演得好嗎？很多事情她都做的很好，不是嗎？她喜歡把事情做好。」

艾瑞克說：「不久我們就養成了一些壞習慣。」

摩根問：「什麼樣的壞習慣？」

「在我們的……『關係』裡。現在大家都這麼說吧。」艾瑞克說。「我們沒有技巧、才華和能力來擺脫它們。你認識她多久了？」

「兩年。」

「兩年！」

摩根有些迷惑。「她是怎麼跟你說的呢？你們不是談過這件事了嗎？」

艾瑞克說：「你認爲我需要多久才能消化這種事？」

摩根問：「你在幹嘛？」

之前他一直看著艾瑞克的手，心想不知道他會不會抓住那酒瓶的瓶頸。但艾瑞克只是從桌子底下拿出了一個手提箱，在裡面翻尋著。

「是哪一天？你一定記得的！你們兩個難道沒有什麼週年慶嗎？」艾瑞克從箱子裡抽出了

一本大大的紅色的冊子。「這是我的日記。那天也許我有做一些筆記！我得把過去這兩年的時間重新想一想！當你被人欺騙的時候，每一天看起來都跟從前不一樣！」

摩根環顧著餐廳裡其他的人。

「我不喜歡人家對我吼叫。」他說。「我已經太累了。」

「不，不，對不起。」

艾瑞克翻閱著那本冊子。當他發現摩根正在看時便將它闔上。

艾瑞克低聲的問道：「你有沒有被人欺騙過？有沒有遇過這種事？」

「應該有吧。」摩根說。

「多自負呀！你認爲欺騙別人是對的嗎？」

「也許可以說，在某些情況下是不得已的。」

艾瑞克說：「欺騙讓所有的事情都顯得很虛假。」接著他又說：「你的舉止讓我覺得這對你來說也沒什麼。你就這麼憤世嫉俗嗎？這很重要。你看我們這個世紀！」

「抱歉，你說什麼？」

「我在電視台做新聞。我知道發生了什麼事。你的殘忍也是一樣的。你想想看那些猶太人——」

「你少來——」

「你們這些人就是以爲別人都沒有感覺！別人都不重要！你可以把他們踩在腳底下！」

「我可沒殺你。艾瑞克。」

「你可能會要我的命。」

摩根點點頭。「我了解。」

他還記得有一天晚上，當凱若琳必須回家和艾瑞克睡在同一張床上時，她曾說：「如果艾瑞克死了就好了……」

「你是說自然而然的死去？」

「對，自然而然的死去。」

艾瑞克把上身湊過來：「那麼你會不會難受？」

「會。」

「因爲這件事？」

「因爲這件事。」摩根笑了起來。「應該說每一件事都讓我難受。不過這件事確實讓我很不好受。」

「很好。很好。」艾瑞克說。「人到了中年是很寂寞的。」

「一點沒錯。」摩根說。

「說來好笑，到了中年，感覺上比其他任何時期都要更寂寞。你覺不覺得？」

「是啊。」摩根說。「你所缺少的似乎都已經無可挽回了。」

艾瑞克說：「我很崇拜的一個哥哥在十二、三歲的時候自殺了。我的父親因爲過度傷心而死。我的爺爺也走了。你認爲我還會想念他們嗎？」

「怎麼會不想呢？」

艾瑞克喝了一口啤酒，想了一下。

「你說得沒錯。我心裡有個洞。」他說。「我希望你心裡也有個洞。」

摩根說：「我的話她都很注意的聽。我對她也是。」

艾瑞克說：「你們眞的很注意彼此，不是嗎？」

「有人注意你，會讓你好過一些。跟她在一起的時候，我從來不覺得孤單。」

「很好。」

「這次我決心不再把我自己隔離起來。」

「可是她是我太太。」

一陣沈默。

艾瑞克說：「這年頭人們是怎麼說的？『喔，那是你的問題！』那是我的問題！你想是這樣嗎？你以爲呢？」

這一陣子，摩根喝了許多威士忌，還抽了大麻。這是他生平第一次這樣。他是在六〇年代上大學的，但當時他認同的是主張人應該節制慾望，勤奮工作，不應貪圖享樂的左派，而非那些嬉皮。這些日子以來，當他需要讓腦筋休息時，便發現人的意識是多麼頑強。也許他之所以想麻痺自己是因爲這些天來他一直考慮要忘掉凱若琳，忘掉所有的人：凱若琳、艾瑞克和他們的孩子。現在想想，也許他眞的可以忘掉。也許那種偷偷摸摸、得不到她的感覺使得他們之間一直維持著適當的距離。

「是的。」

摩根意識到自己已經發了好一陣子的呆。他再度轉向艾瑞克，發現他正用指甲敲著酒瓶。

「我喜歡你的房子。」艾瑞克說。「可是一個人住太大了。」

「你說我的房子？你看過了嗎？」

「是的。」

摩根看著艾瑞克的眼睛。他看起來還蠻有精神的。摩根幾乎有點羨慕他。仇恨會讓人有很大的能量。

艾瑞克說：「你出去跑步時，穿著白色的短褲和襪子，還蠻好看的，總是讓我忍不住笑出來。」

「除了站在我的房子外面之外，你難道沒有什麼事好做嗎？」

「除了搶我的太太之外，你難道沒有什麼事好做了嗎？」艾瑞克用手指著他。「摩根，也許你有一天早上醒來會發現所有的事情已經在一夕之間變了樣，發現你所擁有的一切都已經被玷污了、走樣了。你能想像這種感覺嗎？」

「好了。好了。」摩根說。

艾瑞克已經把那酒瓶敲得翻倒了。他把他的餐巾放在桌上那一灘灑出來的啤酒上，拿著瓶子在上面頓了一頓。

他說：「你打算把我的孩子也搶走嗎？」

「你說什麼？我幹嘛要這樣？」

「我現在就可以告訴你。那棟房子是我特別改建的，有一個涼亭。我不會搬出去的，也不會賣掉。事實上，老實告訴你——」艾瑞克的臉上露出了一種既像是咧著嘴笑，又像是痛苦的齜牙咧嘴的神情。「沒有了老婆、孩子，我說不定還過得比較好。」

「什麼？」摩根問。「你說什麼？」

艾瑞克揚起眉毛看著他。

「你明白我的意思。」艾瑞克說。

摩根的孩子都和母親一起住，女兒已經到外地上大學，兒子就讀私立學校。兩個人的成績都很好。至於艾瑞克的孩子，摩根沒見過幾次。他曾經告訴凱若琳：如果她要跟他在一起，他願意養他們。他想，這點他已經做好了準備。這是個很重大的責任，他無意閃躲。可是日後也許他們當中有一個會染上毒癮，另一個則變成雛妓。而摩根因爲愛上他們的母親，可能會受到拖累。他認識的一些人就遭遇過這樣的事情。

艾瑞克說：「我的孩子如果發現你對我們所做的事，一定會很氣你的。」

「是啊。」摩根說。「這也不能怪他們。」

「他們個子很大，要花很多錢。食量大的像馬一樣。」

「天哪。」

艾瑞克說：「你知道我做什麼工作嗎?」

「我想，不像你對我的工作了解的這麼多。」

艾瑞克沒有回答，只說：「一想到你們兩個談論我的事情，我就覺得很怪。我打賭你躺在床上時一定希望我發生車禍。」

摩根的眼睛眨了一下。

艾瑞克說：「你知道，在新聞編輯部裡面，你會感覺自己很重要。待遇很好，有很多刺激的事情，新聞事件不斷的進來出去、進來出去。不過現在想起來，這些東西都很無趣，沒有價值。裡面的人後來都沒勁兒了，他們都太累了，但同時又受到腎上腺素的驅使。我一直想去健走……你知道，就是去山上健走，穿著靴子，背著帆布背包什麼的。我也想寫一部小說，想去旅行，去探險。也許這次是我的一個機會。」

摩根有點納悶。凱若琳曾說艾瑞克對外面的世界沒有什麼興趣，只想透過新聞去了解。他對事物的樣子、氣息和味道不感興趣，對人的內在動機也不想去探究。相反的，摩根和凱若琳在酒吧裡耳鬢廝磨的消磨時間時，卻時常討論他們所認識的人的感情，彷彿他們可以一起歸納出哪一種愛情才能長久似的。

摩根拿起他的車鑰匙說道：「很好啊。艾瑞克，到時候你會過得很好的。祝你好運。」

「多謝。」

艾瑞克似乎無意起身。

他說：「你喜歡她哪一點？」

摩根很想對他大吼，很想捶著前面那張桌子大聲告訴他：我喜歡她脫下衣服側躺著，讓我對著她那柔軟的部位又親又舔的樣子，那感覺就好像我把生命這道菜高舉在我面前，透過它一頭栽進愛情的美妙世界，直到永遠！

艾瑞克的神色緊張了起來。「是哪一點？」

「什麼？」

「你喜歡她哪一點？如果你不知道的話，也許你就不應該再來煩我們。」

「艾瑞克，你聽我說。」摩根表示。「如果你平靜下來一分鐘，我就會告訴你。一年多以前，她說她想跟我在一起。這一年多來，我一直在等她。」他指著艾瑞克說道：「你已經跟她在一起過了。你有很多時間跟她在一起，可以說已經夠了。現在輪到我了。」

他站起身來，走向門口。非常簡單。到了外面後，他感覺很舒服，並沒有回頭看一眼。

摩根坐在車裡嘆了一口氣。他發動引擎，開車上路，然後又在街角的紅綠燈處停了下來，想到超市去。凱若琳下班後會過來，他要煮飯給她吃。他會調製她最喜歡的威士忌飲料，讓她享受被照顧的感覺。然後他們可以一起躺在床上。

艾瑞克打開車門，坐了進來，把門關上。摩根瞪著他看。後面那輛車的駕駛按了好幾次喇叭。摩根把車開過馬路。

「你要不要我在哪裡把你放下？」

「我跟你還沒完呢。」艾瑞克說。

摩根看了看馬路，又看了看艾瑞克。後者正坐在他的車子裡，坐在他的位置上，把腳放在他的橡膠墊上。

摩根心裡暗罵。

艾瑞克說：「你想怎麼做？你決定了嗎？」

摩根繼續往前開。他看見艾瑞克從儀表板上撿起了一張紙。摩根想起那是凱若琳開給他的一張購物單。艾瑞克把它放了回去。

摩根將車子掉頭，加速行駛。

「我們現在就去她的辦公室和她討論這件事。你是不是就想要這樣？我相信她一定會告訴你所有你想知道的事。要不然——你什麼時候想下車，你就告訴我。」摩根說道。

艾瑞克只是瞪著前方。

摩根心想過去他一直害怕幸福，排拒幸福，一直害怕別人，不讓別人靠近。現在他仍然害怕，但已經來不及了。

突然間他用力的捶了一下方向盤說道：「好吧。」

「什麼？」艾瑞克問。

「我決定了。」摩根說。「答案是肯定的！我全都要！現在你得下車了。」他把車子停了下來。「我說，出去！」

他把車子開離那裡，看著後照鏡裡的艾瑞克身形愈來愈小，愈來愈小。

藍色的聯想

克莉絲塔·沃爾芙

是誰欣喜吶喊
當藍色誕生之時？
——帕布羅·聶魯達（Pablo Neruda）

你問的問題很奇怪，帕布羅。藍色？誕生？藍色不是一直都存在嗎？就像我們童年時大地上的天藍色，那最恆久不變的藍？此刻，外面是最美的藍天，你在這屋裡，蜷縮著看你的書！最後你會變成一個「藍長襪❶」，然後就嫁不出去了。

藍色可以寫很多故事。

安瑪莉的男友說他想抓一把藍天給她。「我要爲你抓一把藍天」。老天，這就是像他這種傢

❶ Bluestocking，意爲「女學者」。

伙會說的話，而且說成了「藍條紋」❷。可是她說他對她是眞心的。說的跟眞的一樣。她有一頭金髮，所以應該穿藍色的衣服，她的男友說。藍色，藍色，我所有的衣服都是藍色的。藍色是代表「忠誠」的顏色。但最近她穿著紅色的鞋子，是他送給她的。老天！紅配藍是母豬華服的顏色，也適合出現在小丑太太的美麗袍子上。她的男友喜歡偶爾「把整個鎭塗成藍色」❸。今天藍，明天藍，後天也藍。還有藍色的星期天。你懂我的意思嗎？藍色在「星期一懶，星期二餓」，我們都聽過這句諺語。現在，很不幸的，他正在外面，搖搖晃晃的走過廣場，口裡唱著「偉大的萊茵河呀，河上的天空藍的像矢車菊」。他是徹底的「藍掉了」，意思就是他已經爛醉如泥，連「藍十字」的護士都幫不了他。在偉大的酒精作用下，女人的眼睛才藍的像矢車菊。可不是嗎？最近他把她打得「藍一塊紫一塊」的，懂了吧？然後她的哥哥說：現在我要給那傢伙一個大大的「藍色的驚喜」，於是便將他痛毆了一頓。這一次他又輕鬆過關，只有一隻眼睛被打成「黑藍」❹色。嗯，很好。不過希望安瑪莉不要再用藍色的羊毛蓋在自己的眼睛上，要將他看個清楚。即使是她，眼睛也不可能那麼藍吧。

❷ Talk a blue streak，指像連珠炮般說個不停。

❸ Paint the town blue，這裡是借用英文中的成語 paint the town red 的意思，指「狂歡作樂」。

❹ Black and blue，即「瘀青」的意思。

「我們將從藍色的山脈前來，我的愛戀／你離這裡是如此的遙遠」這是我們過去時常唱的歌。「恐怕老師和我們一樣的笨耶。」天空是藍色的，天氣很晴朗，親愛的老師，我們想去外面走走。我猜你們這些孩子應該想拿一張「藍字的成績單❺」回家給你們的爸媽看吧？你們爲什麼不背誦彩虹的顏色呢？紅橙黃綠藍靛紫。還是你們只想再聽一次有關戰爭的事？那時，青蠅在我們的男人的耳朵邊飛來飛去。前進！起步走！還有那首歌：「穿著藍外套的龍騎兵正在鼓號聲中騎馬走進城門。」

你們難道就不能唱一首比較好聽的歌嗎？像是那首美妙的「藍色多瑙河」。那是我和漢思跳的第一首華爾滋舞曲。沒錯，還是那個老故事。她那位穿著藍色外套的水手後來扯了個爛汚。葛瑞媞的心至今無法平復。「一個穿藍外套、航行四海的少年／他愛著一個姑娘可是他沒有錢／是誰？是誰讓那少女丟了臉？／就是那風流但卻沒錢的少年」這類故事的結局可能很慘。X女士剛剛被警察用閃著藍光的車子載走了。我猜是藍色的氰化物惹的禍。她的嘴唇看起來已經很藍。在這種情況下，救護車到的時候總是已經來不及。

那個花言巧語、棄她於不顧的花花公子據說有「藍色的血」❻，至少他是這麼對她說的。

❺ Blue-ink report，指每科都及格的成績單。

❻ Have blue blood，意指「出身貴族名門」。

我們都知道「藍鬍子國王」的故事。「這位奇怪的騎士有一把藍色的鬍子。她很怕那鬍子，每次看著他時都很不安。」假使當初人們曾經注意她的感覺就好了。可是他送她一隻藍色的北極狐，於是她便想：像這樣的男人應該不會說謊，於是便接受了他的情意。

這將會讓你損失一兩張漂亮的「藍便士」❼郵票。但你得先將它們贏到手才行。即便如此，我還是會做。我們總是用藍墨水的筆簽署謄好的文件。但請先畫一張藍圖給我：畢竟，有這樣一個計畫，你可不想就這樣飛到「彼處那藍色的荒野❽」去。不過有些人瞄準「彼處那藍色的荒野」，卻射中那黑色的靶心。

從前我們常常花兩小時就把那只牛奶罐裝滿了藍莓，還不到下午蛋糕就烤好了。過新年時吃「藍鯉魚」❾？才不要呢。鯉魚應該配上啤酒醬汁。燜鱒魚則是上流社會人士吃的菜。藍色不應該是食物的顏色，用在花朵上倒比較好，譬如說紫蘿蘭。「草原上一株紫蘿蘭，花兒低垂，無人知曉，它是一株美麗的紫蘿蘭。」藍色的甘藍菜呢？那是南方那種紅得泛紫的甘藍菜，這

❼模里西斯郵局印行的郵票是全世界最珍貴罕見的郵票之一，其中包括「藍便士」和「紅便士」。

❽Wild blue yonder，指的是白日的藍天。

❾Blue carp是指德國北方在聖誕節或過年期間所吃的一道菜，做法是將鯉魚以醋燜熟，配上辣根、鮮奶、水煮馬鈴薯和荷蘭芹。

我還可以接受。還有那藍色的烈酒，我想它的名字是叫「古拉索」(curaçao)吧。還有上面長了藍色霉菌的藍霉乳酪，這我可不愛。我永遠無法理解爲什麼人們能夠種出藍色的馬鈴薯，並稱之爲「藍鼠」。眞是太不自然了。

歌德的「色彩理論」。「這種顏色會對眼睛造成一種奇特而難以形容的效果。它是一種代表能量的顏色……」

我說，帕布羅，藍色是渴望的顏色。你的意思就是這樣嗎？「春天又讓它的藍色緞帶在空中飄揚。」「藍色的遠方那藍色的山丘。「在藍的過份的地平線上」，「給柏林的藍色鳶尾花」。普魯士藍，柏林藍，都是一種很重要的藍色顏料，成份是硫酸鐵和氰亞鐵酸鉀，讓瓷器顯得如此精美。玻璃花瓶、碗缽和煙灰缸上的那種深沈的鈷藍色是我最喜歡的顏色。還有印著靛藍色古典圖案的桌巾。但這種手藝已經逐漸失傳。

這一輩子我一定要去看一看那藍色的亞得里亞海。喔，那燦爛的碧空。那藍色的蝴蝶正在我們前面飛舞。一九二〇年代藝術家列斯那—布隆柏格(Liessner-Blomberg)爲柏林的俄羅斯移民所開設的夜總會所設計的布幕上的那隻藍鳥(譯註：或稱青鳥)。康丁斯基(Kandinsky)⑩的

⑩Kandinsky, Wassily. 出生在俄國的藝術家，現代純抽象繪畫創始人之一。

「藍騎士」畫派。馬爾克（Franz Marc）[11]的畫作《藍馬塔》（The Tower of Blue Horses）。畢卡索的藍色時期。尼斯美術館中克萊因（Yves Klein）[12]那令人難忘的藍。「就像我們本能的會去追趕一個很吸引人但又離我們而去的東西一樣，我們之所以喜歡看藍色，不是因爲它會朝我們靠過來，而是因爲它會把我們拉過去。」這是歌德的「色彩理論」。

介於晨光和夢境之間的「藍色時光[13]」。暗藍。鴿灰藍。格林童話中井裡的那盞藍色油燈。當那個忠實可靠但又遭到不公待遇的軍人用它點燃他的煙斗時，他不僅報了仇，還得到了一整個王國外加國王的女兒。故事非得這樣發展不可。

西班牙內戰時佛朗哥將軍那可怕的「藍色師隊」。歐盟的藍色旗幟。美國人在阿富汗空投的賑濟糧食已經從黃色變成了藍色，以免當地人將它們誤認爲美軍所投的黃色榴霰彈。

此外，帕布羅，你還有「藍花」（Blue Flower），那由人稱「諾瓦利斯」（Novalis）[14]的弗

[11] Marc, Franz. 德國油畫家、版畫家，與康丁斯基同爲藍騎士（Blaue Reiter, Der）畫派的創始人。

[12] 新寫實主義畫派（Nouveau Realisme）的創辦人之一。

[13] Blue hour，指的是藉於夜晚與清晨之間的那段光線很特別的時光。

[14] 德意志早期浪漫派詩人兼理論家，對後期的浪漫思想有重大影響。

列德瑞克・馮・哈登柏格伯爵（Count Friedrich von Hardenberg）所創造的德國浪漫主義象徵。他小說裡的主角海瑞克・馮・歐夫特丁根（Heinrich von Ofterdingen）在夢裡看見了它，「一株細長的淡藍色的花，挺立在泉水旁，用它那大大的、光輝燦爛的花瓣撫觸著他……眼裡只有這株花的他以一種難以言喻的溫柔對它凝視良久。」他不斷的追尋著這個象徵渴望的意象，將它視爲「抵禦生活中的單調與慣性的一座堡壘」，一個對抗單調乏味的凡俗世界的神奇符咒。

可是當藍色誕生之時，是誰在欣喜吶喊？你在想什麼呀！帕布羅。我們哪會知道呢？不過我想應該是那些外星人吧。它們正因著地球這個藍色星球的誕生而欣喜吶喊呢！

排斥

伍迪・艾倫

波瑞斯・伊凡諾維奇拆開那封信，讀完之後，他和他的妻子安娜便臉色蒼白。這是曼哈頓最好的一家托兒所寫來的信，信中表明他們無法讓波瑞斯・伊凡諾維奇那個三歲的兒子米夏入學。

「這怎麼可能呢？」波瑞斯・伊凡諾維奇非常吃驚。

「不，不——他們一定弄錯了。」他的太太附和著他。「他聰明、可愛、活潑，又很會講話，蠟筆也用得很好，還很會玩『馬鈴薯頭先生』。」

她說話的時候，波瑞斯・伊凡諾維奇已經轉頭看著窗外，沈浸在自己的思緒中。小米夏進不了一家有名的托兒所，這下子他要怎麼面對「貝爾・史登」公司裡的那些同事呢？他幾乎可以聽見席米諾夫那嘲諷的口氣：「這些事你根本不懂。人脈是很重要的。你得花點錢。波瑞斯・伊凡諾維奇呀，我看你眞是個土蛋。」

「不，不——不是這樣的。」他聽見自己忙不迭澄淸的聲音。「從老師到洗窗子的工人，我每個人都打點了，但那孩子還是進不去。」

「他口試的時候表現得好不好？」席米諾夫一定會問。

「很好呀。」波瑞斯會這麼回答。「只是他堆積木的時候有點困難——」

「堆積木時猶豫不決，」席米諾夫輕蔑的嘀咕著。「這表示他有嚴重的情緒障礙。誰會要一個連城堡都蓋不好的蠢蛋呢？」

可是我幹嘛要和席米諾夫討論這件事呢？波瑞斯心想。或許他根本就不會知道。

然而，星期一，當波瑞斯走進辦公室時，他發現他的辦公桌上躺著一隻死耗子——顯然每個人都知道了。這時，席米諾夫走了進來，臉色像烏雲一樣的黑。「你應該知道，」席米諾夫說。

「這樣一來，那孩子就進不了任何像樣的大學，更別說長春藤盟校了。」

「就因爲這樣嗎？席米諾夫。托兒所會影響他以後進的學校嗎？」

「我不想指名道姓的。」席米諾夫說。「不過許多年前，有一個知名的投資銀行家沒能把他的兒子送進一家還蠻有名氣的幼稚園。顯然是因爲他手指畫畫得很差的關係。無論如何，那孩子既然進不了他父母親所選擇的學校，後來就被迫——被迫——」

「被迫怎樣？你說呀，席米諾夫。」

「就這麼說吧，當他滿五歲的時候，就被迫進入了——一所公立學校。」

「那麼他就不會信神了。」波瑞斯說。

「十八歲時，他從前的玩伴都進了耶魯或史丹佛。」席米諾夫繼續說道。「但這個可憐蟲因爲沒有在一家，呃，有頭有臉的托兒所拿到適當的證書，所以後來只能進理髮師學院。」

「被迫去替人家修剪鬍子。」波瑞斯大喊，腦海中想像著可憐的米夏穿著白色制服替有錢人刮鬍子的模樣。

「你別說在托兒所裡只是裝飾杯子蛋糕或玩玩沙坑呀什麼的，但如果在這方面沒有強有力的背景，米夏這一輩子註定是會很淒慘的。」席米諾夫繼續說道。「最後他只能去幫人家打打雜，然後就開始偷老闆的錢去買酒喝。到那個時候他已經變成一個無可救藥的醉鬼了。不用說，小偷會變成大偷，最後他就把他的房東太太給殺了，並且還將她分屍。他被吊死的時候，一定會說這一切都要怪他當初沒進對托兒所。」

當天晚上，波瑞斯怎麼也睡不著覺。他腦海中一直浮現那家高不可攀的「上東區」(Upper East Side)❶托兒所的模樣。那裡的教室光線明亮，充滿著歡樂的氣息。那些三歲大的孩子穿著Bonpoint❷的衣服正忙著剪剪貼貼，然後便開始吃點心——一杯果汁和小金魚餅乾或一片全麥

❶紐約中央公園以東的一個地區，象徵著一種尊貴的身份。

❷法國知名的童裝品牌。

巧克力餅乾。如果米夏沒法過這樣的生活，那生命就沒有任何意義，所有的事物都沒有任何意義了。他想像著他的兒子長大成人後站在一家知名公司的執行長的面前接受口試的模樣。考試的主題是動物與形狀。他得對這些科目有深入的了解才行。

「這個嘛——呃，」米夏的聲音有點顫抖。「這是一個三角形——不，不，是一個八角形。那個是兔兔——對不起，是袋鼠。」

「那你知道『Do You Know the Muffin Man?』這首歌的歌詞嗎？」那執行長又問。『本公司所有的副總裁都會唱這首歌。』

「先生，不瞞您說，我從來沒有好好學過這首歌。」米夏從實招來。然後他的履歷表就「咻！」一聲飛進了字紙簍。

後來那幾天，安娜．伊凡諾維奇一直垂頭喪氣的。她和奶媽吵架，指責她幫米夏刷牙的時候是左右刷而不是上下刷。該吃飯的時候她也不吃飯，並且開始對她的心理醫生哭訴：「一定是我違逆了上帝的意旨，才會發生這樣的事情。」她哀嚎著。「我一定犯了什麼滔天大罪——也許是買了太多 Prada 的鞋子。」她認爲「漢普頓公車」故意要撞她。當 Armani 公司無緣無故取消她的記帳戶頭時，她便躲進臥房，開始有了外遇。但這很難逃得過波瑞斯的眼睛，因爲他和她睡在同一個房間。於是他便一再地問她旁邊那個男人是誰。

當他們已經陷入絕望的深淵時，波瑞斯的一個名叫宣姆斯基的律師朋友打電話給他，告訴他事情還有一線希望。他提議他們兩人在 Le Cirque ❸餐廳碰面，共進午餐。於是波瑞斯便戴著假鼻子和假髮，易容前往，因爲當他們被那家托兒所拒絕的消息傳出之後，這家餐廳便不肯讓他進去了。

「有一個名叫費歐多羅維奇的男人可以幫你的孩子安排第二次口試。」宣姆斯基一邊說一邊用湯匙將他那份奶油布蕾送進口中。「條件是你得在私下裡提供他某幾家公司的機密消息，讓他知道它們的股票會不會突然大漲或大跌。」

「可是這是內線交易哎！」波瑞斯說。

「只有你遵守聯邦法律的時候才算。」宣姆斯基指出。「天哪，我們現在談得可是關於你兒子進不進得了一家高級托兒所的事哎。當然啦，如果你能捐錢，那也不無小補。數目不必太大。我知道他們正想找人出錢擴建校舍。」

就在這時，一名侍者認出了波瑞斯的眞面目。於是餐廳裡所有的工作人員都怒氣沖沖的過來包圍他，把他拖到門外。「哼，你還以爲你騙得過我們呀？出去！」那領班說道。「喔，至於

❸紐約一家著名的高級餐廳。

你兒子的未來呢，我們餐廳永遠都需要人打雜。再見。」

那天晚上波瑞斯・伊凡諾夫維奇回到家後便告訴他的太太說他們得賣掉他們在阿瑪根塞特(Amagansett)的房子，以籌措行賄的錢。

「什麼？我們在鄉下那棟房子？」安娜大喊。「我們姊妹可是從小就在那裡長大的耶！從鄰居的地一直到海邊我們都擁有地役權，而且還正好橫跨我們鄰居家的餐桌呢。我還記得我常和家人一起走在一碗碗的 Cheerios❹中間，到海邊去游泳玩耍呢。」

可是造化弄人，在米夏第二次面試的那天早上，他的古比魚❺突然過世了，事前一點徵兆都沒有——它並沒有生病。事實上它才剛做完全身健康檢查，而且醫生說它的健康狀況是屬於 A-1 這個等級。於是，米夏自然很傷心。在面試時，他一點都不肯碰那些樂高積木或 Lite Brite 的玩具。當老師問他幾歲時，他很不客氣的回答：「你是誰呀？肥豬！」於是他又再一次沒被選上。

此後，窮困潦倒的波瑞斯・伊凡諾維奇和安娜只好住進遊民收容所。他們在那裡遇見了其他許多個小孩被名校拒收的家庭。他們有時會和這些人分享食物，並不勝唏噓的回憶著當年他

❹小朋友很喜歡吃的一種圓圈狀的穀類早點。
❺Guppy，產於西印度群島的一種熱帶魚。

們有私人飛機可搭、冬天時在馬阿拉歌（Mar-a-Lago）❻避寒的生活。波瑞斯甚至發現有些人比他還慘，因爲他們還曾經因爲資產淨值不足而無法加入合作社的理事會。這些人都很單純，他們那受苦的臉上煥發著一種虔敬的美感。

「現在我相信一件事情。」有一天他告訴他的太太。「我相信生命是有意義的，而且總有一天所有的人——無論貧富——都會住在上帝的城市裡，因爲曼哈頓顯然已經愈來愈不適合人住了。」

❻佛羅里達州棕櫚灘的一個私人度假村。

終極的狩獵之旅

娜丁・葛蒂瑪

非洲探險歷久彌新……你也可以親自體驗！
終極的非洲狩獵或探險之旅
由非洲專家帶隊

——廣告，
倫敦「觀察者報」，27/11/88

那天晚上我們的媽媽去店裡後就再也沒有回來了。倒底發生了什麼事？我不知道。先前我爸爸也是突然一去不返，但那是因爲他去打仗的關係。我們也在打仗，但我們是小孩，和我們的爺爺奶奶一樣都沒有槍。和我爸爸打仗的那些人——政府管他們叫盜匪——到處亂竄，而我們則躲著他們，像被狗追趕的雞一樣，不知道該往哪裡跑。媽媽會去店裡是因爲有人告訴她那裡可以買到食用油。我們聽了很高興，因爲我們已經很久沒有嚐到油的味道了。也許她買了油之後，有人趁著夜色把她敲昏，把油搶走了。也許她遇到了那些見人就殺的盜匪。有兩次，那些盜匪來到我們的村子裡，我們趕緊跑到灌木叢裡躲起來，等他們走了以後才出來，但回家後卻發現他們已經把所有東西都帶走了。等到他們第三次來的時候，我們已經一無所有了，沒有食用油，也沒有食物，於是他們就茅草給燒了，我們的屋頂也就掉了下來。後來媽媽找到了幾塊錫板，於是我們就把那些板子架在屋子裡一個角落的上方。那也就是她一去不回的那個晚上我們等她的地方。

我們不敢出去，連去辦事都不敢，因爲那些盜匪眞的會來。不是到我們家裡——我們的房子已經沒有屋頂，看起來一定很像沒有人住的空房子——而是到村子裡的各個地方。我們聽見人們尖叫奔跑的聲音，可是因爲媽媽不在我們身邊，沒有人告訴我們要往哪裡跑，因此我們連跑都不敢跑。我排行中間，是家裡唯一的女孩。我的小弟弟雙手纏著我的脖子，兩隻腳夾住我的腰，身體緊緊的貼住我的肚子，好像小猴子抱住母猴一樣。整個晚上我哥哥手裡都一直拿著一塊破木片(是家裡的柱子被焚燒後剩下的)，這樣萬一他被盜匪發現的時候就可以用來保護自己。

我們在那兒待了一整天，等著媽媽回來。我不知道那天是星期幾，因爲我們村子裡已經沒有學校，所以你根本無法知道今天是星期天還是星期一。

太陽下山的時候，我們的奶奶和爺爺來了。他們已經聽村子裡的人說我們的媽媽沒回來，而我們這些小孩單獨在家的事。我之所以先提奶奶再提爺爺，是因為我們的奶奶還不老，身材高大而強壯。我們的爺爺則體型瘦小，又穿著寬鬆的長褲，簡直不知道人在哪裡。他臉上總是掛著微笑，但卻從來聽不見你在說什麼，他的頭髮看起來好像沾滿了肥皂泡。奶奶把我們——我、小弟、哥哥和爺爺——帶到她家去。一路上我們（除了我小弟之外，因為他已經在奶奶背上睡著了）都很怕會遇見盜匪。我們在奶奶家住了很久，可能有一個月吧，等著媽媽來接我們。我們肚子很餓，可是媽媽一直都沒來。奶奶也沒有東西給我們吃。事實上連她自己和我爺爺也沒有東西吃。有一個還有奶水的婦人拿了一點奶水給我弟弟喝，雖然從前在家裡時他都跟我們一樣吃粥。後來奶奶帶我們去找野生的菠菜，可是她那個村子裡的人也都在找，於是到最後就連一片菠菜夜也不剩了。

我爺爺跟著幾個年輕人一起去找我們的媽媽，但卻沒找到。奶奶和其他女人都哭了，後來便一起唱著讚美詩，我也跟著他們唱。那些女人給我們帶來了一點食物——一些豆子，但兩天後我們又沒東西吃了。從前爺爺有三隻羊和一頭牛，還有一個菜圃，但那些羊和牛早就被盜匪搶走了，因為他們也沒東西吃。到了栽種的季節時，爺爺卻沒有種子可以播種。

於是他們決定——應該說是奶奶決定的，因為爺爺向來不怎麼出聲，而且走起路來總是搖搖晃晃的，而奶奶都不睬他——要帶我們走。我們這些小孩聽了都很高興，因為我們不想待在一個看不到媽媽、肚子又餓的地方。我們想去一個有食物而沒有盜匪的地方。我們很高興的想：

外面的世界裡總有這麼一個地方吧。

奶奶用她上教堂穿的衣服和別人換了一些曬乾的玉米，把它們煮熟後用一塊布包起來綁好，然後我們就帶著這些玉米上路了。原本奶奶以爲我們可以在沿路的河邊取水，但一路上我們都沒有經過任何一條河。在渴的受不了的情況下，我們只好掉頭回去，但不是回到爺爺奶奶家，而是到一個有水泵的村子。奶奶打開她裝衣服和玉米的籃子，把她的鞋子賣了，用來買一個大大的塑膠水壺。我說：奶奶，你現在連鞋子都沒有，怎麼上教堂呢？但她說我們還有很長的路要走，不能帶太多東西。在那個村子裡，我們遇見了一些同樣要離開的人，於是我們便加入了他們的行列，因爲他們似乎比我們更知道該往哪裡去。

要到那個地方我們得經過克魯格公園。我們聽說過這個公園，那裡到處都是動物——大象、獅子、胡狼、土狼、河馬、鱷魚以及其他各式各樣的動物。在戰前，我們國家也有些動物（我們的爺爺還記得，那時候我們還沒出生），但後來那些盜匪把大象都殺了，把象牙賣了，羚羊也全被他們和我們的士兵給吃了。我們村子裡有一個人兩條腿都沒了——在河裡被鱷魚咬斷了。不管怎麼說，我們國家現在只剩下人，已經沒有動物了。但是我們知道這座克魯格公園，因爲我們家鄉有些男人從前曾經到那裡工作，爲那些前去住宿和觀賞動物的白人服務。

就這樣，我們再度動身上路。這群人裡面有婦女也有像我一樣的大小孩。當那些婦女揹娃娃揹的很累時候，就換我們大小孩來揹。有一個男人負責帶我們進入克魯格公園。我們到了嗎？

我們到了嗎？我一直問奶奶。於是她就幫我問那個男人。他說，還沒，接著又說我們得走一條比較遠的路，以便繞過那道圍籬。他告訴我們那圍籬可能會要我們的命，只要一碰到它，皮膚就會被燒焦，就像我們村鎮裡那些架得高高的電線一樣。圍籬上有一個告示牌，上面畫著一個沒有眼睛、沒有皮膚、沒有頭髮的人頭。這個標誌我從前也曾在我們的野戰醫院的一個鐵箱子上看過，不過這座醫院現在已經被炸毀了。

後來我又問一次的時候，他們說我們已經在克魯格公園裡走了一個小時了。可是這裡看起來就和我們一路上經過的那些灌木林沒有什麼兩樣。除了一些我們村子裡也有的猴子和鳥類之外，我們什麼動物也沒看到。後來我們發現了一隻烏龜。當然啦，牠是不可能逃得過我們的手掌心的。我哥哥和其他男孩把牠捉了起來帶到領隊那兒，想把牠殺了煮來吃，但領隊卻把牠放了。他說我們不能在公園裡生火，因爲煙霧會洩露我們的行蹤，到時警察和公園管理員就會來抓我們，把我們送回家。他說，我們得像公園裡的那些動物一樣，不要接近任何道路或白人住的營區。就在這個時候，我聽見——我確信我是第一個聽見的——樹枝霹啪霹啪折斷的聲音以及某個東西從草叢裡走過的聲音。當時我幾乎要尖叫起來，因爲我以爲領隊要我們閃躲的那些警察和公園管理員已經發現我們了。結果後來我們看到的卻是一頭又一頭、許許多多頭的大象。一時之間，只看到樹林間到處都是一個個大大的、移動著的黑影。牠們用長鼻子捲起莫潘內(Mopane) 樹的紅葉，送進嘴裡。小象靠著媽媽，那些年紀較大的則像我哥哥那夥朋友一樣互相門來鬥去的，只不過牠們用的是鼻子而不是手臂。我看得津津有味，都忘了害怕。領隊說我們應該站著不要移動，不要出聲，等那些大象離開。只是牠們走得很慢，因爲像大象這麼大的動物是不需要逃走的。

公園裡的羚羊看到我們就跑走了。牠們跳起來很高，看起來像是在飛一樣。疣豬則是一聽到我們的聲音就停下來，然後立刻轉個方向飛奔而去，那樣子很像是我們村子裡那個騎著腳踏車（是他爸爸從礦坑那兒帶回來的）拐來拐去的男孩。我們跟著這些動物到牠們喝水的地方，等牠們走開後，再去喝水。沒找到水的時候，我們也不覺得口渴。但問題是動物們有東西吃——牠們一天到晚在吃。草呀、樹呀、根呀，不管你什麼時候看到牠們，牠們總是在吃，但我們卻沒有東西吃。我們帶來的玉米已經吃完了。唯一能夠找到的食物就是狒狒吃的那些乾乾的小無花果。它們長在河邊的樹枝上，裡面都是螞蟻。要學這些動物生活實在很辛苦。

白天天氣很熱的時候，有時我們會看到獅子躺在地上睡覺。牠們身上的顏色跟草很像，因此起先我們並沒發現牠們，可是領隊看到了，於是他就趕緊帶我們掉頭，遠遠的繞過獅子睡覺的地方。我眞想像那些獅子一樣躺下來呀。我的小弟雖然愈來愈瘦，但還是很重，所以當奶奶在找我，要我揹他的時候，我就盡量假裝沒看見。這個時候，我哥哥也不再唧唧咕咕的說個不停了。當我們休息完畢要上路的時候，他總是爬不起來，得要人家把他搖醒才行。當時他就好像我爺爺一樣，什麼都聽不見。我看到幾隻蒼蠅在奶奶臉上爬著，但她卻一副無所謂的樣子。

我心裡害怕，便撿起一片棕櫚葉將牠們趕走。

我們白天也走，晚上也走。夜裡我們可以看見白人在他們的營區裡炊煮時的火光，聞到炊煙和肉味，也看見土狼彷彿很害羞似的弓著背，溜過灌木叢，朝著那個味道前進。如果其中剛好有一隻轉過頭來，你就會發現牠的眼睛是棕色的，看起來又大又亮，很像你在黑夜裡看到的人的眼睛。風吹過來時，我們可以聽見園裡工作人員所住的地方有人正在用我們的語言交談著。我們當中有一個女人想要趁夜裡去找他們，請他們幫幫我們。「他們可以把他們不要的食物拿給我們。」她說著便痛哭起來，奶奶只好趕緊抓住她並摀住她的嘴巴。先前領隊已經叫我們不要去找我們在園裡工作的那些同胞，因爲他們如果幫助我們，就會丟掉飯碗。所以，就算他們看到我們，頂多也只能裝作沒看見而已。

夜裡，有時候我們會停下來，大家緊挨在一起睡一會兒。我不知道是哪個晚上——因爲我們一直在走路，走個不停——我們聽見附近有幾隻獅子。牠們不像在遠處時那樣大聲的吼，而是像我們跑步時一樣不停的喘氣，只是方式不同。你聽聲音就知道牠們沒有在奔跑，而是正在附近的某個地方等著。於是，我們大家都像疊羅漢似的擠成一團，旁邊的人拚命的想往中間擠。我被推到一個女人身邊。因爲害怕的緣故，她的體味很難聞，但我還是緊緊的抱著她。我向上帝禱告，希望那些獅子吃了靠邊邊的某個人之後就會走開。我的眼睛一直閉得緊緊的，不敢看旁邊那棵樹，深怕一隻獅子會從上面跳到我們中間——也就是我所在的地方。這時，只見我們的領隊跳了起來，用一根枯樹枝敲著那棵樹的樹幹。他之前一直教我們不要出聲，但現在他自己卻對著那些獅子大吼大叫，像是我們村子裡一個醉漢。後來那些獅子果眞走了。我們聽見他們在遠處對著他吼叫的聲音。

我們累了，好累好累。一路上找到地方過河時，我哥哥和領隊都得抬著爺爺一塊石頭一塊石頭的走。奶奶的體力還很好，但兩隻腳已經開始流血了。我們再也無法把那個籃子扛在頭頂上了。事實上，除了我的小弟之外，我們什麼都扛不動了。於是我們就把我們帶來的那些東西放在一棵灌木下。只要我們人到那裡就行了，奶奶說。然後我們就吃了一些從沒見過的野果子，結果不久就開始肚子痛了。當時我們所在的地方長滿了一種被稱爲「大象草」（因爲它們長得幾乎像大象一樣高）的草。爺爺雖然肚子痛，但當著那麼多人的面，不好意思像我的小弟一樣蹲下來大便，於是就走到草叢裡去辦事。我們原本應該按照領隊的交代趕上其他人，但爲了等爺爺，我們只好請領隊等一下。

於是大家都在那裡等著爺爺，但他卻沒趕上來。當時正是中午，我們聽見蟲子叫的聲音，卻聽不見爺爺走過草叢的聲音。而因爲草太高，他人又太小，所以我們也看不見他。但他一定是在附近某個地方，穿著他那件鬆垮垮的長褲以及破破爛爛的襯衫（因爲沒有棉布，所以奶奶沒法幫他補）。我們知道他不可能走遠，因爲他既沒有力氣，走路又慢。於是我們就開始去找他。我們分成幾個人一組，免得被草擋住，彼此看不見。那些高高的草不斷搔著我們的眼睛和鼻子。

我們一邊走一邊輕聲的叫他，但那些蟲子的聲音必然蓋過了我們的聲音，使得聽力本來就弱的他根本聽不見。我們找了又找，但還是找不到。於是那天晚上我們就在那草叢裡過夜。在睡夢中我看見爺爺蜷縮著，躺在一處他用腳踩成、像是羚羊用來藏匿小寶寶的那種草堆上。

我醒來時，還是沒看到爺爺。於是我們又繼續的找。來來回回許多次之後，那草叢已經被我們走出了幾條路，就算我們找不到他，他也應該很容易找到我們才對。於是，那一整天我們就坐在那裡等著他。這時大地一片寂靜，太陽當空照著，即使我們像動物一樣躺在樹下，也還是照得我們腦袋發昏。我躺在那兒，看見那些那些長相很難看的鳥在我們上方盤旋著。牠們的鳥喙像鉤子一樣彎彎的，脖子光禿禿的。這一路上我們經常看見牠們啄著死掉的動物的骨骸，把牠們啄得乾乾淨淨的，讓我們什麼也吃不到。牠們忽高忽低的在空中盤旋著，不時伸長脖子往這邊看看，那邊看看。這段期間奶奶一直抱著我的小弟坐在地上。我知道她也看見了牠們。

下午時，領隊過來了。他告訴奶奶說其他人得上路了，因爲如果他們再不快點找到食物，他們的小孩就要餓死了。

奶奶聽了一句話都沒說。

「我們走之前，我會給你帶一些水來。」領隊說。

奶奶只是看著我、哥哥和她懷裡的小弟。我們眼睜睜的看著其他人起身準備上路。我簡直不敢相信他們會就這樣子離我們而去，讓我們獨自待在這裡，等著警察來把我們抓去或野獸來把我們吃掉。我開始搗著臉一把眼淚一把鼻涕的哭了起來，但奶奶卻彷彿沒有看到似的。最後，她站起身來，像從前她在村子裡抬木柴時一樣雙腳岔開，一把將我的小弟拎到了她背上，用她的衣服綁好——她的上衣已經破了，露出了她那大大的乳房，但裡面卻沒有奶水可以給我的小弟喝——然後便對著我們說道：「走吧。」

於是，我們便離開了那個草長得很高的地方，跟著領隊和其他人再度上路了。

那裡有一座很大的帳篷，比教堂或學校還大，用繩子固定在地上。剛到時，我並不知道這就是我們要去的地方。記得有一次媽媽聽說我們的士兵已經來到了鎮上，便帶著我們一起過去，想找他們問一問父親的下落。當時我也曾經看過像這樣的東西，看見人們在裡面又是祈禱又是唱歌。眼前這座帳篷也是一樣藍白相間，但卻不是用來祈禱和唱歌的。我們和其他那些來自我們國家的人一起住在裡面。從診所來的那個修女說我們一共有兩百個人，嬰兒還不算在內。除了他們，我們還有剛出生的嬰兒，有些是在我們穿越克魯格公園時出生的。

即使外面陽光很明亮的時候，帳篷裡還是很暗，而且看起來好像是一座村子。每一家都各自擁有一小塊地方，用麻袋或厚紙板（有什麼就用什麼）圍起來，藉此告訴別人這是你家，請他們不要進來。因爲沒有門窗也沒有屋頂，因此如果你不是個小小孩，只要一站起來就可以看到所有家庭裡面的情形。有些人甚至把石頭碾碎作成顏料，在那些麻袋上畫了一些圖案。

當然啦，我們還是有屋頂的——帳篷的屋頂。那帳篷頂看起來又高又遠，像天空一樣，也像一座山，而我們就住在山裡面。陽光從帳篷的鋪縫中灑進來，形成了一道道的塵柱，濃得讓你覺得好像可以沿著它們爬上去一樣。下雨時，雨水雖然無法從帳篷頂進來，卻會從側面打進來，使得每個家庭之間的那些狹小通道（一次只容一人通行）一片泥濘，像我小弟那樣的小小孩們就在這片泥濘中玩耍，你走在路上還得跨過他們才行。不過，這些玩耍的小孩當中並不包括我小弟。星期一醫生來時，奶奶便帶他去診所檢查。修女說他的腦子有點問題，她認爲是因爲打仗期間我們家沒有足夠的食物，爸爸又不在的緣故，同時也是因爲他在克魯格公園裡餓了太久的關係。他整天都躺在奶奶懷裡或靠在她的身上，一直盯著我們看，好像想問我們什麼問題，但又說不出話來。如果你搔他癢，他可能只是微微的笑一下。診所的醫生給我們一些特製的藥粉，要我們拌在粥裡給他吃。這樣也許有一天他會變得跟正常的小孩一樣。

剛到這裡時，我和哥哥的情況就像小弟一樣。不過我現在已經不太記得了。住在帳篷附近的一個村子裡的人帶我們到診所去(所有經過克魯格公園前來的人都要到這裡來登記)。我們坐在草地上，腦筋一片混亂。有一個頭髮直直的、穿著美麗的高跟鞋的漂亮修女拿了一些那種特製的藥粉給我們，要我們倒在水裡攪勻後慢慢喝下去。但我們立刻就用牙齒把那小袋子咬開，把裡面的藥粉舔個精光。有些藥粉黏在我的嘴邊，我就用舌頭把它舔乾淨，連手指頭都不放過。有些一路和我們同行的孩子吐了。但我只是覺得肚子怪怪的，感覺那東西好像一條蛇一樣在我身體裡面遊走，然後我就開始打嗝打得很厲害。後來，另外一位修女叫我們站起來，在診所的陽台上排隊，可是我們都站不起來，只是歪歪倒倒的坐成一堆。於是修女們便將我們一個一個的拉起來，在我們的臂膀上打針，然後又用針頭把我們的血抽到一個個小瓶子裡。這是爲了要預防疾病，但我並不懂。每次只要眼睛一閉上，我就以爲自己還在走路，還看見那些長得高高的草和大象。我並不知道我們已經離開了克魯格公園。

不過，我們的奶奶倒是還很強壯，可以站得起來。由於她會寫字，就幫我們做了登記。後來，她又幫我們在帳篷裡找了一個靠邊的位置。這是裡面最好的地方之一。雖然下雨時雨水會滲進來，但天氣好的時候我們可以把牆上的蓋子掀開來，這樣陽光就可以照進來，帳篷裡的氣味也會逐漸消散。奶奶認識的一個本地女人告訴她哪裡可以找到適合編織草蓆的草，於是奶奶便做了幾張草蓆給我們。每個月有一天，載食物的卡車會開到診所來，奶奶就會帶著她簽了名的一張卡片過去。卡片打了洞後，我們就可以領回一包玉米粉。然後我哥哥便會用診所提供的獨輪車幫奶奶把玉米粉載回帳篷，之後又和別的男孩比賽，看誰最快把那些空的獨輪車推回診所。有幾次他運氣好，在路上碰到了一個男人花錢請他幫忙把他在村子裡買的啤酒送回家（其實這是違反規定的。那些獨輪車用完以後應該直接推去還給修女才對）。這時他便會用賺來的錢買一瓶冷飲，和我一起分享（如果我抓到他的話）。每個月還有一天，教會會載來一堆舊衣服，放在診所的院子裡。這時奶奶就會帶著另外一張卡片去打洞，然後我們就可以自己選一些衣服。

現在我已經有了兩件洋裝、兩條長褲和一件針織上衣，可以去上學了。

村子裡的人讓我們和他們的小孩一起唸書。我很驚訝的發現他們和我們說同一種語言。奶奶告訴我，就是因爲這樣他們才讓我們待在他們的土地上。她還說，很久以前，在我們祖先那個時候，他們和我們之間並沒有那道要命的圍籬，也沒有克魯格公園。那時，我們和他們是屬於同一個民族，由同一個國王統治。那個王國的領域就從我們離開的那座村子一直延伸到我們來到的這個地方。

在帳篷裡住了這麼久——我已經十一歲，我的小弟也將近三歲了，只不過他個子還很小，只有頭比較大，他的腦子也還沒有完全恢復正常——有些人開始在帳篷外鬆土挖地種植豆子、玉米和甘藍菜。那些老人家還砍了一些樹枝在菜園四周築起一座圍籬。按照規定，我們的人不得在城鎮裡找工作，不過還是有些女人在村子找到了一些活計，賺了點錢，可以買得起東西了。仍然身強力壯的奶奶也在一處房屋建築工地——這座村子裡的房屋都是用磚塊和水泥砌的，不是我們家鄉那種泥土房子——找到了一份工作，幫他們運送磚塊和石頭（她把裝石頭的籃子頂在頭上）。就這樣，她終於有錢買糖、茶葉、牛奶和肥皀了。商店的老闆還給了她一份日曆，她把它掛在家裡的帳篷蓋上。我在學校功課很好。奶奶還用她在商店外頭撿到的廣告紙來幫我包書。她規定我和哥哥要在下午天黑之前把功課做完，因爲我們在帳篷裡的家很小，連睡覺時都得擠在一起（就像我們在克魯格公園時一樣），根本就沒有多餘的空間可以做別的事，而且蠟燭也很貴。到現在爲止，奶奶還是沒法爲她自己買一雙上教堂穿的鞋子，但她倒是爲我和哥哥買了黑色的學生鞋以及清潔腊。每天早上，當帳篷裡的人陸續起床、嬰兒們哇哇啼哭、人們在帳篷外的水龍頭旁邊互相推擠、孩子們把鍋裡的粥上所結的硬皮拿掉時，我和哥哥就在帳篷裡擦鞋子。奶奶會要我們坐在草蓆上，把腿伸得直直的，以便檢查我們有沒有把鞋子擦乾淨。帳篷裡的小孩沒有一個像我們這樣擁有一雙眞正的學生鞋。當我們三人看著他們時，感覺就好像我們已經住在一棟眞正的房子裡，沒有戰爭，也不再流離失所。

有些白人來到這裡拍攝我們在帳篷裡生活的情況。他們說他們正在拍一部電影。我聽說過電影這東西但卻從沒看過一部。後來有一名白人婦女擠進我們的家，問奶奶一些問題。有一個懂白人話的人用我們的語言向我們解釋這些問題的意思。

你們在這裡住多久了？

她是說這裡嗎？奶奶問。喔，在這個帳篷裡，住了兩年一個月。

妳對將來有什麼期望？

沒什麼期望。我已經在這裡了。

那對妳的孩子們呢？

我希望他們好好唸書，以便將來找一個好工作，能夠賺錢。

妳想回到莫三鼻克——妳自己的國家嗎？

我不要回去。

可是戰爭結束以後，你們就不能再待在這裡了。妳難道不想回家嗎？

我想奶奶大概不想再說話，也不想再回答她的問題了。於是，那白人婦女便轉頭對著我們微笑。

這時奶奶別過臉，說了一句話：已經沒有家了。什麼都沒有了。

爲什麼奶奶要這麼說呢？爲什麼？我要回去。我要越過克魯格公園回家去。戰後如果沒有盜匪了，媽媽可能會在那裡等我們。而且，或許爺爺在我們離開以後，也設法找到了路，慢慢的穿越克魯格公園回到了家。他們都會在那兒。我也會記得他們。

地球上的棄兒

大江健三郎

葬禮在三點鐘開始，比村裡人所習慣的時間晚得多。顯然是爲了配合我們班機抵達的時間而特意安排的。送葬的隊伍從父親的家門口出發，沿著一條小路往河下游走到菩提寺。我和依唷❶看到祖母左手拿著一根拐杖，在送葬賓客的簇擁下上路。隊伍最前端是大伯父的照片，接著是他的牌位，然後便是一列掛著籃子的竹竿以及高大的花圈，後面還跟著長長的一列奇形怪狀的紙旗。一路上都有村民穿著黑衣或平日的服裝站在道路兩旁的屋簷下向死者致敬。時值深秋，面河的山坡與遍植常綠樹木的蒼翠南坡之間突然下起了一場陣雨。在這樣的背景下，整個送葬行列形成了一幕奇特的景象。每當有送葬者圍過來，在那副沈重的棺木旁繞圈子時，他們

❶ Eeyore，是小熊維尼童話中驢子的名字，此處爲文中主角哥哥的暱稱。依唷爲一智障兒，本文節錄自〈地球上的棄兒〉一文之後半。

便會從竹竿上所掛的籃子裡撒下紙花。這樣的場面與玻里尼西亞島偏遠地區土著的葬禮頗爲相似，在我看來，也頗具文雅及懷舊的氣息。每當那些紅色、藍色和黃色的小紙花從竹竿上的籃子裡飄落時，祖母都會伸長她那瘦削的脖子，抬起頭，睜著她那雙三角眼，似乎想看個仔細。

當整個送葬行列全部出發後，祖母、依唷和我便回到小屋裡休息一下，然後便再度搭乘小修的車前往菩提寺。由於她老人家沒法走太遠，小修便開車走小路。到了菩提寺院落及墓地與一條通往森林的小徑交界處，我們便下車了。從後院進入廟裡後，我們發現葬禮已經快要開始了。主祭的住持正帶著其他僧侶走進大殿，一名從鎭上來的胖胖的葬儀社人員正在屋頂上大聲的對著前來參加葬禮的賓客吆喝著，彷彿下達軍令一般（就像我們在老電影裡面看到的場景），要他們挺直身子坐好。我們三人走到遺族席的中央坐下，我和依唷分別坐在祖母的兩側。然後，她老人家便挺起腰桿，向那位主祭的住持招手，請他過來，顯然有話要告訴他。住持見狀便停下腳步，派了一個年輕的和尚過來問她要做什麼。

結果，祖母是這麼說的：「可不可以請你叫那個正在主持葬禮的人離開？」小和尚回去轉告了祖母的話後，那住持點了點頭，便將這話轉告那個葬儀社的人。此後，便再也沒有人大聲吼叫了，葬禮也得以很自然的進行著。典禮結束後，我步出大殿，走到下面的花園，注意到剛才那位葬儀社的人正穿著黑色的喪服和背心，繫著蝴蝶領結，抱膝坐在潮溼的遊廊一隅，看著雨水滴落在七筋菇葉子上的情景。

大伯父的長子對著站在大殿前花園內的賓客發表了一段簡短的談話，向他們表達謝意。祖母認爲儀式至此已經結束，於是在我們等著大伯父的遺體被抬上靈車以便送到河上游的火葬場時，她便回到前廳和那位主祭的住持（他似乎是她的老友）說話。穗子姑姑見狀便說：「她不喜歡那些遠道而來的熟人過來和她打招呼，所以才躲起來。」不久，穿著一件太小的喪服、看起來像米其林廣告裡那個胖傢伙的小修走了過來，告訴我們祖母已經從後門離開，此刻正在我們先前下車的地方等著我們。

於是，我們便沿著那條小徑走了回去。小徑兩旁種滿了各式各樣的矮小灌木，它們那五彩繽紛的秋葉在陽光下閃爍著光芒，看起來煞是美麗。到了那裡後，我們發現祖母已經坐在車子後座了。一看到我們，她便伸手將助手座的椅背往前推，讓依唷進去坐在她旁邊。先前來寺裡時，我和祖母及穗子姑姑一起坐在後座。儘管我們三個人都不胖，身材也算嬌小，但還是覺得有些擁擠。可是在回程，祖母似乎只想讓依唷和她一起坐在後座，因爲他一進去，她就把助手座的椅背拉回原位了。

「我猜你是想讓依唷看看森林，對不對呀？祖母。」穗子姑姑一邊問一邊將葬禮後用來淨身鹽巴撒在車子裡的兩個人以及我們三個站在車外的人（包括她自己）身上。「如果你想一路把車開到山上，那後座坐三個人就太重了。小 Ma，你爲什麼不坐在前座，我來開車。小修，你不是很能跑嗎？請你跑回家，幫忙把家裡的東西整理整理。」

我們沿著那條林地小徑往前開，經過一座橫跨村中河流的橋，前往山上那條彎彎曲曲的道路。我們的車子過了橋頭轉個大彎時，我回頭張望，看見像個米其林人似的小修正邁著穩健的步伐「認眞」的沿著山崖邊的小徑奔跑。山崖上的樹木葉子已經掉光，露出了底下一塊塊的岩石。

通往山頂的道路迂迴曲折，有如迷宮一般。我們的家人之間流傳著這麼一個笑話：當父親第一次帶我們到他所生長的這個村子裡來時，我曾經問小O（從小他便是我的良師益友）一個問題：「在爸爸小時候，這個地方是不是還有長毛象呢？」我已經不記得自己問了這個問題，但對於隧道挖通之前往返父親老家時那段漫長的路途仍然印象深刻。事實上，對我而言，從河邊的路走到村子的那段上坡路感覺起來還更長呢。

車子一路開著。沿途的風景美的驚心動魄。過了小鎭之後，我看到道路兩旁滿山遍野的橙色秋葉中夾雜著幾抹閃耀的紅，等到愈爬愈高時才發現原來那是一畦畦柿子樹的顏色。這幾塊地原本是戰後缺糧時期被砍伐用來種植小麥的林地。曾經營一家「山產批發店」的祖母告訴我，過了那段時期後，這裡便改種栗子樹，後來又改種柿子樹。

過了一會兒之後，我們所走的這條路便陷入了一座燦爛的橙紅樹海裡：上、下、左、右全是閃耀的紅赭色，而且愈往上走景色愈壯觀。沿途只要是地勢較爲平坦之處，便可看到一棟棟地基堅實、外觀氣派的房屋，屋頂一半是茅草，一半是瓦片，與山谷裡的房子不同。我們每隔一陣子便可在路旁看到這樣的房屋，而且風格都相當一致。最後，穗子姑姑把車停在山頂一處向外突出的高地上，從這裡看去，附近的風光一覽無遺。在我們的一邊是一座又寬又深、形狀宛如一個巨缽的山谷。山谷再過去，在與我們的視線齊平之處，便是一座層巒疊嶂、寧靜肅穆的藍色山脈。

「那就是四國山脈。」穗子姑姑說道。「我們的祖先在翻山越嶺跋涉了許久之後，才在這片茂密的森林裡找到了棲身之處，躲過了追兵。他們雖然遭遇了那麼多困難，但仍然不曾放棄建立一個新家園的夢想，想想眞是不可思議，也眞可憐。」她環視眼前的山水，嘆了一口氣。此時，依唷正攙扶著祖母下車。

「當年我曾坐著我們的車子來這裡爲山產店採購栗子。當我站在這塊高地上時，心裡也是這麼想。」祖母開口說道。「不過這已經是許多年前的事了。現在我看著山谷裡的這個村子，發現這個地方確實夠大，可以養活不少人口。光看那些山坡就好了。你看有多少座呀。我想恐怕沒有人能夠把它們走遍。這個地方眞大呀！正因爲它大，所以像「森林傳奇」這樣的傳說才會流傳這麼久遠。不過，依唷，你是唯一以這個傳說來作曲的人……我已經聽了你寄給我的那捲錄音帶，就在這裡，就在這塊高地上。你的音樂眞的讓我想起『森林傳奇』。對了，依唷，你最近作了什麼曲子？」

「曲名是『棄兒』。」依唷語氣明快的回答。

此語一出，感到震驚的不只我一個。祖母和穗子姑姑也突然僵在那兒，神色木然，沈默的令人不安。看到她們這副模樣，我不禁心想這兩位年齡相差這麼多的女人——儘管她們是母女——爲何對這件事反應如此相似呢？此時的我不由得想起了遠在加州的親愛的媽媽，一時之間不禁想要大喊：「媽媽，幫幫我呀。幫我解決這個『困境』呀。」可是依唷這個讓我心中波瀾起伏的人卻一副沒事人似的走到路邊，步下一級台階，來到一畦被修剪得矮矮的以利採摘的柿子樹旁，把臉湊近一片散布著紅、黃斑點的葉子，聞著雨後葉片上的晶亮水珠……

「依唷，你這麼靠近柿子樹，人家可能會以爲你想偷採幾顆柿子吃呢。」我對著他喊道，但這並非我心中眞正想說的話。

「沒人會這麼想的。」祖母臉上又恢復了笑容。「如果是在十或十五年前，農夫們就會在這幾塊地旁邊圍起鐵絲網了。可是這年頭什麼都變了。你們沒看到每個農夫家前面都有好幾堆熟柿子嗎？那些柿子都是因爲太熟了無法運送而被剔除的。有這麼多柿子吃，那些小孩根本連樹上的柿子都不想採……唉，孩子們做的事情實在變得好快，不是嗎？小 Ma。我們小時候只有草鞋穿，都穿著單層的和衣，綁著紅細帶。那時，我們常用乾樹枝在泥巴地上生火烤地瓜，或者光著上身在河裡抓魚，用小竹籃把那些魚撈起來。你不是看過一些書嗎……像是《近世兒童風俗》和《兒童歲時記》之類的？裡面的插圖所畫的就是我們以前常做的事。」

「祖母，你是近世的人沒錯。」穗子姑姑說道。「我們已經跳過古早，進入現代了。依唷這些人則已經步入了未來。」

「好吧，那麼——」祖母說道。「我們這一個近世人和一個未來人是不是可以閒聊一會兒呢？依唷，你可不可以說一說你做的曲子？」

「好呀。」依唷回答。他一聽這話便立刻挺直身子，走回祖母那兒，顯然對這個話題很感興趣。

「那麼，就讓我們這兩個現代人去上面那邊聊聊吧。」穗子姑姑說道。「誰知道，如果現代人和未來人能夠談一談的話，說不定會有什麼共識呢。」

正如我所料，穗子姑姑果然是想在私下裡詢問我有關「棄兒」的事，並且她的態度還是一貫的實際。她說如果因爲我父母親長期待在一所美國大學而讓依唷覺得自己像個棄兒的話，我就應該打電話請他們立刻回來。她說，小K是以日文寫作的，現在美元幣值又這麼低，何必在美國當個駐校作家，增加人家的負擔呢？他雖然宣稱和校內其他教授溝通是一件很重要的事，但事實上他連法文和英文都會搞混（她說這是上次她和他通電話時，他親口承認的），怎麼和別人溝通呢？

我無法向她解釋父親的處境，只告訴她依唷雖然創作了一首名爲「棄兒」的曲子，但在作曲的過程中並未流露出屬於棄兒的情緒。曲子完成後，他只是急著想聽聽結尾的和絃罷了，他對於他在技術方面的成就似乎比對曲子的主題要更在乎。

由於穗子姑姑把車子停在高處，因此我們再往上走一小段路便看到了山下那一整座宛如陶砵的山谷。上游的河流就像我們來時的那條山路一般迂迴曲折，而且在每個轉彎處河水都閃閃發亮。在上游更遠處，有一座林木茂密的山丘，上面長滿了又高又直的絲柏樹，宛如森林的附加物一般。在這些絲柏樹上方又有一群密密叢叢的古老雪松巍然挺立。在這些樹木之間，有一座造型突兀、有如盒子般的水泥建築，屋頂上豎著一根高高的煙囪。此時煙囪口突然噴出了縷縷白煙。穗子姑姑表情嚴肅的俯瞰著這些白煙，顯然沈浸在她自己的思緒裡。

我不時的仰望天空，只見天色藍得一如往昔，絲毫看不出剛下過雨的痕跡。正看著太陽時，我突然打了個噴嚏，但也算是因禍得福，因爲我的噴嚏聲打斷了穗子姑姑的思緒（不知道她是在想著有關依唷的《棄兒》這首曲子還是大伯父已經在火葬場被焚化一事，當然也很可能兩者都有。）

「原來你看著太陽也會打噴嚏呀，小Ma！」她猛然抬起頭看著我。「小K上中學的時候曾經在雜誌上讀過一篇有關這方面的文章。於是他就想做一個實驗，看看太陽和打噴嚏兩者之間是否眞的有關連。由於實驗對象就那麼幾個，於是他就叫我每天早上都對著太陽看。對我來說，這可不是一件容易的事情。當時的小K就像小O一樣是個科學迷，」

穗子姑姑瞇著眼睛看著西邊的太陽，然後便打了一個很可愛的噴嚏，使得我們兩人都笑了起來。過一會兒後，我決定問她一個問題。

「我猜這是父親更小的時候發生的事情。」我開口說道。「我聽說他拿著小麥去水車磨坊磨粉的時候，在那裡讀了有關聖方濟的書，於是便開始非常的憂慮自己是否要開始追求有關心靈方面的事務。」

「沒錯，眞的有這麼回事。」穗子姑姑說道。「你看到下面河流岔成兩條小溪，一條比較亮，一條比較暗的那個地方嗎？那座水車磨坊就在比較暗的那條再往上一段路。那天小K回家時，雙手緊緊抱住那袋麵粉，臉色蒼白。他很怕聖方濟會突然從附近某一棵樹下跑出來，引誘他去追求心靈方面的東西，於是他就開始掉眼淚，一雙眼睛哭得像貉一樣……」

「可是爸爸在演講的時候說你告訴他他看起來像隻白猴子。」

「他把他的記憶美化了一些，我想是因爲這和他有切身關係的緣故吧。他當時看起來就像一隻又瘦又小的貉……不過我猜想自從那次以後他就一直害怕有一天他會不得不放棄一切，獻身有關心靈的事務。至少他和我們住在一起的時候就是那個樣子，一直到他高中畢業爲止。當時每次他的朋友們邀請他一起參加英文查經班的時候他都會很沮喪……」

「大哥也很關切這件事。他很擔心小K會在東京參加某個宗教組織，但如果參加的是政黨他倒並不在意。有一次他還悲歎說，如果眞的發生這樣的事情，小K在這個社會就沒前途了。其實現在想起來，大哥和小K兩人都是可憐的年輕人，經常滿腦子都是心靈的事務。可是他們倆個當中有一個還沒從事任何一點性靈的追求就已經化爲白煙了……」

「說到這裡，祖母在談到依唷的曲子時所提到的有關『森林傳奇』的傳說，外曾祖母曾經告訴過小K。或者應該說小K自己發現了這個傳說。當時他還是個滿腦子都是科學的小孩子，於是他就試著以各種方式來詮釋這個傳說。有一回他甚至說：『森林傳奇中的人物可能是從太陽系或宇宙更遠的地方搭乘火箭到地球上來的。』無論如何，他說地球的文明可能就是這樣開始的。我向來是個心思很單純的人，於是當時我就開始想像有一群來自某個遙遠星球的小孩乘坐著擠得像沙丁魚罐頭般的『森林傳奇』號火箭來到了地球，然後就被棄置在這個星球上。所以那時候我常常覺得很孤單……」

「其實你想想看，難道你不覺得依唷和我有著同樣的想像嗎？這可能都是小K造成的。當初我之所以會想著有關『森林傳奇』號火箭的事，並因此而覺得很孤單，可能就是因爲他說我們是星際棄兒的緣故。所以，如果他也對依唷說過同樣的話，我是不會很驚訝的。但是，他在做了這麼一件莽撞的事情之後，卻和 Oyu 一起到加州去了！這種舉動也許有些人會覺得很奇怪，但實際上他就是這種人。」

我們在聊天的當兒，祖母和依唷兩人一直輕輕的把背靠在路邊那畦柿子樹外緣的石牆上。此時，只見祖母輕快的往前傾身，舉起拿著拐杖的右手對著我們揮舞。我原本以爲她和依唷兩人只是在那裡靜靜的看著森林、陽光和橙紅色的柿子葉上所反射的光影，但顯然這段時間祖母一直很有耐心的與依唷交談。我們看到她招手，便趕緊跑了過去，險些跌倒。

「『棄兒』這首歌的全名是『拯救棄兒』。」她對著我們喊道。『依唷和他在社福工作室的同事不是每個星期二都會去打掃公園嗎？他告訴我有一次他的幾個同事在那裡發現了一個棄嬰，還救了它一命。於是依唷便決定如果有一天他值勤時發現一個棄嬰，他也要救它。他當初作曲時心裡想的就是這個，所以才會把那首曲子命名為『拯救棄兒』。』

「啊，原來如此。依唷！」我大叫。「對了，我想起來了。那次他們在打掃公園時救了一個嬰兒。我一聽到這個曲名就應該想起來的……不過那已經是很久以前的事了。啊，原來如此。這麼說這首曲子的旋律自然應該悲傷一點。畢竟這是一首關於拯救棄兒的曲子呀！」我心裡暗自歡喜。

「啊，原來如此！」穗子姑姑也說。她對事情的了解就像我一樣，只不過她還是一秉她往常的作風，下了這麼一個結論。「如果我們把地球上所有的人都當成棄兒，那麼依唷這首曲子的主題就很崇高了。」

作者簡介

奇努・阿契貝（Chinua Achebe），生於奈及利亞，長於東區的Ogidi，父母均爲基督徒。畢業於Ibadan的University College，其後即擔任廣播工作，但在引發比夫拉戰爭的那場動亂中離職。他的作品包括小說、詩、隨筆和童書，已被翻譯爲大約五十種語言。其中*Things Fall Apart*這部小說更是非洲文學的里程碑。他的詩集於二〇〇四年出版。

伍迪・艾倫（Woody Allen），作家兼舞台劇及電影導演和演員。

瑪格麗特・愛特伍（Margaret Atwood），作品迄今已逾三十五部，包括小說、詩和評論。她的長篇小說《末世男女》（*Oryx & Crake*），《使女故事》（*The Handmaiden's Tale*），《貓眼》（*Cat's Eye*）和《又名葛麗斯》（*Alias Grace*）曾獲布克獎提名。其中《又名葛麗斯》曾獲加拿大文學吉勒獎

和 *the Premio Modello*。二〇〇〇年時她以《盲眼刺客》（*The Blind Assassin*）一書獲頒布克獎，目前與作家 Graeme Gibson 同居於多倫多。

加柏瑞・賈西亞・馬奎斯（Gabriel García Márquez），一九二七年生於哥倫比亞共和國，以新聞記者和作家自居，作品曾譯爲多種語言，其中包括長篇小說《百年孤寂》（*One Hundred Years of Solitude*），一九八二年時贏得諾貝爾文學獎，目前與妻子 Mercedes Barcha 一同居住於墨西哥，育有兩名子女、五名孫子女。

娜丁・葛蒂瑪（Nardine Gordimer），著有十三部長篇小說、十部短篇小說集和好幾部非小說類文集，已譯成多種文字，一九九一年時獲頒諾貝爾文學獎，現居約翰尼斯堡。

鈞特・葛拉斯（Günter Grass），一九二七年時生於德國的 Danzig，是一位小說家、詩人、劇作家、散文家暨平面藝術家。他的作品很難以任何既有的類型加以界定。他是二〇〇〇年諾貝爾文學獎得主，最近的一部長篇小說作品爲 *Crabwalk*。

哈尼夫・庫瑞許（Hanif Kureishi）生長於英國，其長篇小說作品包括 *The Buddha of Suburbia*、

The Black Album、*Intimacy* 和 *The Body*，並曾撰寫多部電影劇本，包括 *My Beautiful Laundrette* 和 *The Mother*，現居倫敦。

克勞迪歐‧馬格瑞思（Claudio Magris），一九三九年生於義大利的第里雅斯特，目前在第里雅斯特大學教授現代德國文學，曾獲 Prix du Meilleur Livre Etranger、Premio Strega Leipziger、Buch Preis zur Europüischen Verständigung 和 Praemium Erasmisum 等多種獎項。他的近作 *La Nostra* 以及其他作品已經被翻譯爲多種語言。

亞瑟‧米勒（Arthur Miller），其近作除了四個短篇小說外，尚有兩個新劇本：*Resurrection Blues* 和 *Finishing the Picture*。兩者都已經搬上舞台，將於二〇〇四年推出。他曾經獲得普立茲獎、法國戲劇界的莫里哀獎、三項東尼獎的最佳劇本獎以及一項終身成就獎，並曾獲頒牛津大學及哈佛大學的榮譽學位，現居美國。

埃斯奇亞‧恩法雷利（Es'kia Mphahlele），一九一九年生於南非普勒多利亞的 Marabastad，一九五七年至一九七七年間流亡西非、東非、法國與美國。回到南非後，他將名字自 Ezekiel 改爲瑟索托語（Sesotho）Es'kia。一九五九年時，他出版了他最著名的一本書 *Down Second Avenue*，其後又出版了數冊短、中、長篇的小說、詩集和隨筆。其中隨筆部份是在他從事教學工作期間所撰寫。他在美國獲得博士學位，其後並獲國內外多所大學頒贈榮譽文學博士學位。

賈布洛·戴貝里（Njabulo S. Ndebele），現任南非開普敦大學副校長，最近的一部長篇小說爲 *The Cry of Winnie Mandela*。其他作品包括曾經獲獎的短篇小說集 *Fools* 以及備受好評的評論集 *Rediscovery of the Ordinary*。他曾擔任南非作家協會會長多年。

大江健三郎（Kenzaburo Öe），一九三五年生於日本鄉下，大學時期即有作品問世。一九六三年時他的妻子生下了一個腦部缺損的兒子，使得他開始研究原爆生還者的問題。他的長篇小說《個人的體驗》描述主角如何接受並關愛一個有嚴重殘疾的孩子。同樣的主題也出現在他以廣島事件及其後果爲焦點的小說與隨筆中。一九九四年時他獲得諾貝爾文學獎。

阿莫思·歐茲（Amos Oz），一九三九年時生於耶路撒冷，在 Hulda 集體農場生活了三十年，從事農耕、寫作和教書工作。他的作品包括十一部長篇小說和許多短篇小說選與散文集，已被譯成三十種以上的文字，並曾獲得許多國際獎項。過去三十五年來，他一直是以色列和平運動中的知名人物，主張以色列與巴基斯坦雙方根據歷史的妥協以及「兩國方案」謀求和平。

薩爾曼・魯西迪（Salman Rushdie）曾出版八部長篇小說，分別是：*Fury*、*The Ground Beneath Her Feet*、*The Moor's Last Sigh*、《午夜之子》（*Midnight's Children*，此書曾獲布克獎及「布克之最」獎）、*Shame*、……《魔鬼詩篇》（*The Satanic Verses*）、*Grimus* 以及 *Haroun & The Sea of Stories*。其他作品尚包括短篇小說集 *East, West*、報導文學作品 *The Faguar Smile* 和兩冊散文集 *Step Across This Line: Collected Nonfiction 1992-2002* 和 *Imaginary Homelands*。他目前居住於紐約及倫敦兩地。

荷西・薩拉馬戈（José Saramago），一九二二年生於葡萄牙，曾任機械工人、繪圖員、出版社校對、編輯和譯者，作品包括劇本、隨筆、短篇小說以及十部長篇小說，並曾多次獲獎，一九九八年時得到諾貝爾文學獎，現居西班牙加那利群島的 Lanzerote。

殷格・舒茲（Ingo Schulze），一九三二年生於德國的德勒斯登。在 Jena 大學獲得藝術學位後便在前德意志民主共和國的 Altenburg 國家劇院擔任戲劇顧問，為期兩年，後來又創辦了一家廣告報，並在聖彼德堡待了六個月。這段期間的經驗給了他創作的靈感，使得他在一九九五年出版了首冊短篇小說集 *33 Moments of Happiness*。他的長、短篇小說曾屢次獲獎，並已被譯為二十種文字。

蘇珊・桑塔格 (Susan Sontag)，作品包括四部長篇小說 *The Benefactor*、*Death Kit*、*The Volcano Lover* 和 *In America*，短篇小說集 *I, etcetera*，包括 *Alice in Bed* 和 *Lady From The Sea* 在內的多種劇本及七部非小說類文集，包括 *On Photography*、*Illness as Metaphor* 和 *Regarding the Pain of Others* 等，已被譯爲三十二種文字，現住紐約。

保羅・塞羅克斯 (Paul Theroux)，曾在非洲教書並旅遊，並曾居住英國達十七年，一九九〇年時回到美國，現住夏威夷。他出版的著作包括四部短篇小說選以及 *The Mosquito Coast* 和 *My Secret History* 等長篇小說，最新的作品爲旅遊書 *Dark Star Safari*，其中描述了他在二〇〇一年從開羅經由陸路前往開普敦的經驗。

米榭・屠尼耶 (Michel Tournier)，一九二四年生於巴黎，自學生時代起即鑽研哲學，後又在德國的 Tübingen 大學繼續深造，事業範圍橫跨新聞界、公關界與出版界，總部設於巴黎的 Editions Plon。他的第一部長篇小說 *Vendredi ou les Limbes du Pacique* 獲得了 Grand Prix du Roman de l' Academie Francaise，其後又陸續出版了曾獲 Prix Goncourt 獎的 *Le Roe des Aulnes*、*Les Meteor-*

es、*Gaspard*、*Melchior et Balthazar*、五部非小說類作品以及三本童書。一九九六年時 Volker Schlöndorff 將 *Le Roi des Aulnes* 拍成電影。目前爲 Academie Goncourt 的成員，住在法國某個村莊的一座古老的神父寓所中。

約翰·厄普戴克（John Updike），一九三二年生於美國賓夕法尼亞州的 Shillington，就讀於當地的學校和哈佛學院，一九五五年至一九五七年時任職紐約客雜誌的編輯部，自此即居住於麻瑟諸塞州迄今，育有四名子女，作品逾五十種，包括二十一部長篇小說以及多部詩集、短篇小說及評論選集等。

克莉絲塔·沃爾芙（Christa Wolf）是作家、編輯兼評論家，著作包括隨筆、電影腳本、長篇和短篇小說等，最新的作品爲 *One Day In the Year*。她曾獲德意志民主共和國的國家獎、Georg Büchner 獎、奧地利歐洲文學獎以及 Geschwister-Scholl-Preis，目前居住於柏林。

卡瑞爾·尼爾（Karel Nel），藝術家、美術館館長、非洲藝術學者兼作家，現任 Witwatersrand 大學藝術學院副教授，對於藝術與科學之間的關連特別感興趣，曾在倫敦、紐約和洛杉磯等地舉辦過展覽，作品刻正於南非的國家美術館、華盛頓的史密松博物館以及紐約的大都會博物館展出。

凱文・宣頓（Kevin Shenton）畢業於英國 Reading 大學，主修印刷與平面藝術傳播，曾任職於倫敦多家出版社及廣告公司，後遷徙至南非，現任約翰尼斯堡，擔任書籍設計以及傳播顧問的工作。

以上履歷是由各作者與書套設計人提供，因此長短各異、詳細程度也不同。

娜丁・葛蒂瑪

文章出處

奇努·阿契貝的〈糖寶寶〉選自其 *Girls at War and Other Stories* 一書，Copyright © 1972, 1973 by Chinua Achebe，經 Random House, Inc. 所屬的 Doubleday 公司及 Harold Ober Associates Incorporated 許可採用。

伍迪·艾倫的〈排斥〉，Copyright © 2003 Woody Allen, All Rights Reserved. 本篇最早刊登於《紐約客》雜誌。

瑪格麗特·愛特伍的〈鉛的年代〉Copyright © 1991 by O W Toad，選自瑪格麗特·愛特伍的 *Wilderness Tips* 一書。

加柏瑞・賈西亞・馬奎斯的〈愛在死神逼近時〉選自其 *Innocent Erendira and Other Stories* 一書，由 Jonathan Cape 出版。

娜丁・葛蒂瑪之〈終極的狩獵之旅〉，Copyright © 1991 by Felix Licensing, B.V.，選自作者的 *Jump and Other Stories* 一書。

鈞特・葛拉斯的〈時代的見證〉Copyright © 1999 by Steidl Verlag, Gottingen，選自鈞特・葛拉斯所著《我的世紀》一書，中文版由時報文化出版，本書收錄已獲時報文化出版公司授權。

哈尼夫・庫瑞許的〈會面〉，Copyright © 1999 by Hanif Kureishi，選自作者所著之 *Midnight All Day* 一書。

克勞迪歐・馬格瑞思的〈曾經〉，Copyright © 1991 by Claudio Magris，經義大利米蘭的 Franco Angeli 出版社之許可重印。

亞瑟・米勒之〈牛頭犬〉經 ICM, Inc. 之許可重印。Copyright © 2001 by Arthur Miller。最早刊登於《紐約客》雜誌。

埃斯奇亞・恩法雷利的〈沿著安靜的街道〉。Copyright © 1954 by Es'kia Mphahlele。感謝埃斯奇亞・恩法雷利先生允許重印此篇。

賈布洛・戴貝里的〈兒子之死〉，Copyright © 1987 by Njabulo Ndebele。感謝賈布洛・戴貝里先生允許重印此篇。

大江健三郎的〈地球上的棄兒〉，Copyright © 1990 by Kenzaburo Öe，中譯收錄於時報文化出版之《靜靜的生活》一書。透過 The Wylie Agency 獲作者之許可重印。

阿莫思・歐茲的〈風就是這樣〉，Copyright © 1965 by Amos Oz and Massade Ltd.，選自阿莫思・歐茲所著、Chatto & Windus 公司所出版之 *Where Jackals Howl* 一書，Copyright © 1980,1976 by Amos Oz and Am Oved Publishers Ltd.。

薩爾曼・魯西迪的〈火鳥之巢〉，Copyright © 1997 by Salman Rushdie。最早刊登於《紐約客》雜誌。

荷西・薩拉馬戈的〈人頭馬〉，Copyright © 1984 by José Saramago and Ed. Caminho, Lisbon。

殷格・舒茲的〈手機〉，Copyright © 1999 by Ingo Schulze。

蘇姍・桑塔格的〈信裡人生〉，Copyright © 1986 by Susan Sontag，經 The Wylie Agency, Inc.之許可重印。

保羅・塞羅克斯的〈熱情的狗〉，Copyright © 1997 by Paul Theroux，選自保羅・塞羅克斯所著、一九九七年由 Hamish Hamilton 公司所印行之 *Collected Stories* 一書。透過 The Wylie Agency 獲作者之許可重印。最早刊登於《紐約客》雜誌。

米榭・屠尼耶的〈驢子與公牛〉，Copyright © 1997 by Michel Tournier，選自 *The Four Wise Men*。Original copyright © Editions Gallimard, Paris, 1980。

約翰・厄普戴克的〈冥府之旅〉，Copyright © 1995 by John Updike，選自一九九五年由作者所著並由 Hamish Hamilton 公司所出版之 *The Afterlife: And Other Stories* 一書。

克莉絲塔・沃爾芙的〈藍色的聯想〉，Copyright © 2003 by Christa wolf。

10550 台北市南京東路四段25號11樓

廣 告 回 信
台灣北區郵政管理局登記證
北台字第10227號

大塊文化出版股份有限公司 收

地址：□□□□□ ＿＿＿＿市／縣＿＿＿＿鄉／鎮／市／區

＿＿＿＿＿＿路／街＿＿段＿＿巷＿＿弄＿＿號＿＿樓

大塊 LOCUS 文化

編號：TO 37 書名：最後一匹人頭馬是怎麼死的

大塊文化 LOCUS 讀者服務卡

謝謝您購買本書！

如果您願意收到大塊最新書訊及特惠電子報：

- 請直接上大塊網站 **locus**publishing.com 加入會員，免去郵寄的麻煩！
- 如果您不方便上網，請填寫下表，亦可不定期收到大塊書訊及特價優惠！請郵寄或傳真 +886-2-2545-3927。
- 如果您已是大塊會員，除了變更會員資料外，即不需回函。
- 讀者服務專線：0800-322220；email: locus@locuspublishing.com

姓名：______________________ **性別**：□男 □女

出生日期：_____年_____月_____日 **聯絡電話**：______________

E-mail：______________________________

從何處得知本書：1.□書店 2.□網路 3.□大塊電子報 4.□報紙 5.□雜誌 6.□電視 7.□他人推薦 8.□廣播 9.□其他

您對本書的評價：

(請填代號 1.非常滿意 2.滿意 3.普通 4.不滿意 5.非常不滿意)

書名_____ 內容_____ 封面設計_____ 版面編排_____ 紙張質感_____

對我們的建議：______________________________

國家圖書館出版品預行編目資料

最後一匹人頭馬是怎麼死的 / 娜丁.葛蒂瑪
(Nadine Gordimer)編著; 蕭寶森譯
--初版--台北市 :大塊文化，2006[民95]
面；公分. --(to；37)
譯自Telling Tales

ISBN 978-986-7059-13-1(平裝)

813.7 95006635

LOCUS

LOCUS

LOCUS

LOCUS